小满

Xiao Man

青梅◎著

花山文艺出版社

图书在版编目（CIP）数据

小满 / 青梅著．—石家庄：花山文艺出版社，2020.6

ISBN 978-7-5511-5179-5

Ⅰ．①小… Ⅱ．①青… Ⅲ．①长篇小说—中国—当代 Ⅳ．①I247.5

中国版本图书馆CIP数据核字（2020）第085398号

书　　名：小　满
著　　者：青　梅

责任编辑：杨丽英
责任校对：李　伟
美术编辑：胡彤亮
装帧设计：中尚图
出版发行：花山文艺出版社（邮政编码：050061）
（河北省石家庄市友谊北大街330号）
销售热线：0311-88643221/29/31/32/26
传　　真：0311-88643225
印　　刷：河北盛世彩捷印刷有限公司
经　　销：新华书店
开　　本：710mm×1000mm　1/16
印　　张：19
字　　数：235千字
版　　次：2020年6月第1版
2020年6月第1次印刷
书　　号：ISBN 978-7-5511-5179-5
定　　价：59.00元

自 序

这是我认真想要写的第二个故事，距离第一个故事的出版，差不多过去了整整七年。时间能让人成长，也能让人遗忘。通常，为了不遗忘，我总会想用什么方式来留住一段时光。

2017 年的初春，还记得那天挺冷的，北京下了一场雪。一个朋友跟我说，你要不要重新写一个长一点的故事？不是细致对待甲方要求的那种，也不是刻意去迎合谁的那种，只是写一个故事，让很久以后的自己知道，哦，原来有一段时光和心情是那样的。

从那时起，我开始收集从前写过的一些零散的文字，也在自己的公众号里翻看这些年里写过的一些文章，有的是小故事，有的是影评，还有的是游记，但老实说，自己都不太满意。成长到底是什么？或许就是一个不停地和自己的理想妥协平衡的过程，或者说，是在无能为力中逐渐接受这个其实并不特别，甚至是庸常的、平平无奇的自己。忽然也明白了为什么这么多年我一直写不出能让自己满意的作品。可能归根结底，是我自己本身一直无法接受这个已经变得庸常了的自己。就像当上了主任的男同学越来越往后的发际线，也像生完孩子的女同学怎么也减不掉的小腹赘肉，你就是再怎么苦恼也没办法完全彻底地改变现状。在时间面前，没有什么事是一成不变的，永远不变的只有改变本身。

没到三十岁之前，时间是过得相对慢一些。生活都是大开大合的，换一个城市生活，放弃一段感情，跌倒了爬起来，大醉一场第二天一早还是一个全新的自己。二十多岁的时候，为了一件事难过，可以精神饱满地哭上一整夜，什么颠沛流离，什么寻死觅活，怎么痛快怎么折腾，反正还有大把时光可以虚度。

可一旦进入三十岁，很多事都不一样了。很少有人去做些离经叛道的事，每一个选择都要前思后想，过自己想要的生活，成为奢望。这次故事里的男女主角，是想要和时光死磕到底的人，尽管在写的时候，我发现他们这种性格在生活里应该都不算讨喜。任性、倔强、决定的事情就不再改变、孩子气，所以难免在现实里碰钉子，撞到头破血流也是必然。

在我高考的那个年代，老师总是用一句话来给大家打气："人生难得几回搏，此时不搏何时搏。"少年意气，听到这样令人振奋的口号，总是很容易获得力量。工作之后呢？结婚之后呢？有了孩子之后呢？这样的话不可能再有当初的魔力了，当你逐渐长大，发现背后的责任一点点变多，要考虑的事情也多了，不可能随便头脑一热就冲动地做一个与目前稳定生活截然相反的决定。很多事是不可逆的，你知道一旦选了就不能回头，就像长大后的你再也无法回到那个就算只有一个气球也可以开心玩上一整天的童年一样。

也是在 2017 年，我在公众号"真实故事计划"里看到一篇文章，名字叫《花甲实习生》，讲的是一位六十岁的老先生退休后来北京重新开始的故事。当初留言的人很多，大家都很佩服老先生的勇气，一个本可以在家含饴弄孙的年纪，到底为什么选择了一条相对艰难的路？走出舒适圈，真正去实现它，又需要经历多少次失败的打击。那个故事的结尾，没有好莱坞大片式的逆天扭转，但一切也并没有十分糟糕。老先生还是通过一份普通的工作留在了北京，并且把老伴接来，闲下来的时候还能一起逛逛公园。

再来说说为什么这个故事和北京有了点关系。坦白地讲，北京的文艺青年实在太多了，关于“北漂”的故事我们也看过了太多。有些模式早已熟悉，什么睡地下室、被骗、潜规则，那些夸张的艺术手法活生生把很多年轻人吓得根本不敢来北京真的瞧上一眼。明知道北京是这样，还敢来的，就成了勇敢者。其实新一代的北漂，早就不睡地下室了。当然，他们也会有些新的烦恼。

到底要在北京待多久？这个问题，也是每个曾经当过北漂或现在正在经历北漂的人想过的。他们心里都有一个留不下的北京和一个回不去的故乡。都说，一线城市容不下肉身，二三线城市放不下灵魂，可这个问题到底又要怎么解决？

写过《北京2000万人假装在生活》的作家张五毛用一本《春困》写出了他对这个问题的理解。那是典型的80年代出生的人对这个问题的理解，新一代的90后甚至95后也有他们的思维方式。过好眼下就行了，干吗要想那么远呢？也许现在在北京，下个月就想去上海、深圳或者武汉、杭州了也说不定。

留不下就不留，回不去就不回。在哪里生活都一样，但当你的生命里有过北京的印记，你就不太可能和从小跟你一起长大从未离开过家乡的小镇青年一样了。这就是在北京生活的意义。北京没有想象中的那么好，可也没有想象中的那么差。只要想来，它还在这里欢迎着你，前提是这里有你想要得到的东西。

以往每次在我完成一篇稿子的时候都有一种解脱感，那种解脱就是紧张到一定程度之后的放松，拥有着完成的仪式感。而偏偏，这个故事是我迟迟不愿意结束的，这种心情就像拖拖拉拉不肯和一个人告别的心情一样。人的一生，都拥有自认为最美好的一段年华，每个人选择的年龄可能也不尽相同，而我认为对于此时此刻的自己来说，有一个七年很重要，这期间，经历过的事很重要，陪伴过我的人也很重要。但有些时候，我知道我必须要被动接受一些告别，不管愿不愿意。

这个故事断断续续写了快一年，中间几度想要放弃。在北京工作已经耗去一大半心力，加上好久没有写这么长的故事了，这让我感到压力很大。可仔细想想，其实并没有谁真的逼我去写它，也并没有人告诉我，你必须写出一个怎样的故事，主人公必须要怎么样。

那么，为什么不顺其自然地就这么写下去呢？本来，我也只是想留住一段时光而已。愿读到故事的你，无论处在什么年龄，都能有勇气去过想要的生活，成为想成为的自己。

这个故事写完后，我一直不知道要给它起一个什么名字好。因为女主角的一个名字叫小满，于是，这个故事也就暂时被我定了一个名字叫小满。

很多人都问我，小满到底有什么意义？我回答，小满是一个节气啊。中国古代的二十四节气很有意思，有小暑就一定有大暑，有小寒就一定有大寒。可偏偏，小满过后却没有大满。

小满小满，麦粒渐满，听着就让人充满了初夏的喜悦。小满真是我在二十四节气里最喜欢的一个了。我喜欢小满，也因为它充满了哲理。

《说文解字》里有说：“满，盈溢也。”任何事物都应该有属于自己的发展极限，一旦达到或超过了某个限度，便由盛转衰。也有人说，节气中的小满气候适宜，作物逐渐成熟却还是有些青涩，像极了人生中的少年时代。既然青涩已不在，不如将此书留下作为一个纪念吧！

谨以此文，献给故事里认真且㞞的小满，献给少年老成的苏莫北，也献给那些同样不知道为什么就来了北京，又一时不想离开北京的人，以及那些不想离开却又不得不离开北京的人。

青　梅

2019.1.1 于北京

序 2

在写这段序的时候，我正在春节后回北京的高铁上。

是的，我就是一个北漂，和书中的主角一样，我很熟悉书中的主角，他们就在我的生活中，甚至亲密无比。

对于北漂，过去很多描写都是十分让人胆战心惊的，睡地下室，啃馒头，各种被骗，找不到工作灰头土脸地回老家。

但是对于 90 后的我来说，北京意味着更好的工作机会、更全面的世界观和价值观。苦，总会吃一些，但是物质的窘迫总会过去，当你不再窘迫，那便是回忆往事时的初心，提醒当下的方向与坚持。

我一直觉得在北京想获得同样的东西，确实要比在老家付出更多的时间和精力，如果北漂仅仅是觉得这里山高路远好混吃等死每天做暴富白日梦，那奉劝还是在小城市安居乐业岂不更妙。

简单介绍下，我是这本小说作者的助理。和青梅认识三年了，从异地的工作伙伴到知己网友，从在北京的正式见面到她因为工作来到北京。

说起来，我觉得自己可能是这世界上最悲惨的助理了。从我认识老板的那天，她就一直说自己是一个过气作者，也无法给我任何酬劳，甚至有时候我还需要帮助这个“傲娇”的文艺女青年。

但我真心希望这本书可以卖得稍微好一点，这样才能让她的文字写得更久一点。在北京的日子，我们互相打气，陪伴彼此，也希望成就彼此。我希望自己能够成为一个更合格的助理，带她走向更广阔的世界，让更多人看到她的温暖才华，也让她无畏这世间的光芒万丈。

早就听说，她要写一个有关北京的故事，可没想到，看她写一个故事居然要那么痛苦。从她第一次提笔到完成，中间经历了好多事，在这一年时间里断断续续地写，她经常说自己写着写着就哭了，写着写着就必须要暴走两万步，写着写着就随手删除几万字……

如果说写一本书是孕育一个孩子，那么这个孩子能出生，可真是耗尽了母亲无数的心血。这个故事的主人公勇敢又拧巴，迷茫也坚定，于是也让我开始问自己一些问题，梦想是什么？爱情是什么？人生又是什么？

我也没有什么明确的答案。但有一点可以肯定，那就是生活一定是活在当下，不是等到明天。还有，你们读完这本书一定不要去追究故事的真实与否，故事来源于生活也销声匿迹于生活，人人皆是主角，你我皆是过客。

当书稿完结那一刻，当我知道老板签了出版合同，我竟然无比平静，平静下深挖还有些淡淡的失落。

如果世界有关青春的说法不是个伪命题，那这本书也许是主角青春的短暂小结。

这世上，有很多人对文字有着超乎常人的敏感与才华，也有很多人对感情有着固执的追求与渴望。每个人都渴望爱，但不是每个人都能自由去爱。

在我的心里、我的眼里，老板的文字是她的自由所在，是她的灵魂寄托。她是一个“文艺”到骨子里的人，她不肯走入这世俗，但是却也在学习和自己和解，和世界好好相处。或许，这本书就是她与过去和解的记录。

或许，这本书让你多了一些勇敢和自由，懂得珍惜身边人，好好活在当下；或许，这本书只是陪伴你度过了平凡的几个小时。无论如何，都请拥抱那些用力生活、偷偷爱着你的人吧。

人生短短长长，其中冷暖只有自己知道。如果这一瞬间你因这个故事感动过、改变过，那就是写作这个故事的初心与愿景吧。

PS：结局我没有勇气看，如果你看完这个故事哭了，那么欢迎来北京找我吃羊蝎子火锅，我可以帮你找个借口，就说其实是被辣哭的。

徐　慧

2019.2.11

于回京高铁济南西站

目 录

Chapter 1
三十岁还去北漂，你是不是喝多了 001

Chapter 2
一个人要活得像一支队伍 006

Chapter 3
见你一眼，我连墓地买哪儿都想好了 010

Chapter 4
除了死亡，其他挫折都是擦伤 015

Chapter 5
规矩是死的，但人是活的 023

Chapter 6
总盯着那些不好的事，怎么会开心 029

Chapter 7
一个真正的男人，应该什么样 034

Chapter 8
小满，很高兴认识你 041

Chapter 9
长大总是慢慢地，老了却是一瞬间 047

Chapter 10
对你好，这三个字比什么都重要 054

Chapter 11
大概心里那头老鹿已经撞死了 060

Chapter 12
你说，人为什么要结婚呢 070

Chapter 13
商人得有一颗能杀爹的狠心 076

Chapter 14
这世上可能只有改变本身不会变 081

Chapter 15
北京，让小朋友长大了 087

Chapter 16
生活必须要往前走 095

Chapter 17
又穷又丑还没有人爱的可怜老女人 101

Chapter 18
睡一觉，就能什么都解决了吗 108

Chapter 19
几乎要成为一个废人 114

Chapter 20
不要为了结婚而结婚 120

Chapter 21
原来，婚姻也只是另一段路程的起点 126

Chapter 22
困在人生的回龙观 131

Chapter 23
北京到底值得不值得 137

Chapter 24
发生就发生了，为什么一定要有意义 141

Chapter 25
如果非要告别，我希望它充满仪式感 147

Chapter 26
这不是你一个人的北京，也是我的 156

Chapter 27
挤地铁，是一项综合性体育运动 161

Chapter 28
我是新媒体小编，没写过“10 万 +”的那种 166

Chapter 29
算命的说我有驳婚煞 171

Chapter 30
女孩子，总归都不会在北京待太久的 175

Chapter 31
有时候，真想干掉我的室友 182

Chapter 32
能来北京，谁还没有点故事（上） 187

Chapter 33
能来北京，谁还没有点故事（下） 193

Chapter 34
不化妆的女企业家 197

Chapter 35
新佳人是什么？赚钱最重要！ 202

Chapter 36
刘小夏，你能不能不折腾 207

Chapter 37
青春如夕阳，凭什么不能狠狠抓一把 212

Chapter 38
谁说金钱买不来爱情 217

Chapter 39
在北京相亲是一种什么体验 222

Chapter 40
媒人和房产中介其实是一样一样的 227

Chapter 41
“尿”字的意思是遵从自己的内心 232

Chapter 42
喜欢这件事，与你无关 237

Chapter 43
在北京，你得随时接受离别 242

Chapter 44
错过的就让它错过吧 247

Chapter 45
有些事，平静接受就好了 253

Chapter 46
只要降低标准，工作不难找 258

Chapter 47
有一种经理叫产品狗 263

Chapter 48
凭本事借的钱，为什么要还 267

Chapter 49
都想爱北京，可是你有资格吗 272

Chapter 50
好的选择，是去过自己想要的生活 278

尾　声 282

Chapter 1

三十岁还去北漂，你是不是喝多了

这天的夜来得有些生猛，天空像一张黑色的渔网劈头盖脸地砸下来，不似有些夜晚来得那般曼妙和轻巧。一弯新月从稀疏的行道树间露出来，有风吹过，莫名把落叶吹起来，旋涡似的打着转，像是在跳一支无人欣赏的舞。

北京，这座既文艺又粗鄙的城市，好似一到了冬天就莫名生出一些萧索的气质来。即便是过了晚上九点的地铁，人群依旧摩肩接踵，但当你从地铁站一出来回到路面上的街道，却发现路人清一色面无表情，一个个被冻得鼻子通红，犹如幽灵般越走越快。

在刚入冬的一场大火过后，刘小夏发现很多在北京生活的朋友都不约而同地在朋友圈刷着感慨的文字，哪怕他们当中有些人再也不用住在隔断间和群租房了。或许是同情心在作祟，不知他们是否还记得多年前刚来北京时第一次租住的地方。这些人默默地站在旁观者的角度，为那些上午还在办公室事不关己刷着隔断房被拆迁的新闻幸灾乐祸，晚上回家就收到限两天内搬离通知的北漂们而感慨，那些感慨里夹杂着同情以及庆幸，还有些伤感。那段时间，有好多篇关于北漂生活很难却还是有很多人挣扎着不想走的文章在网络上广为传播。

在北京，如果你走出那些寂静无声的城中村，地铁里时刻人潮涌动，暖气吹得人出汗，地球安稳地旋转着，一切不会因为一场大火就变得有什么不同。没有多少人会去想，有些正在历经着某些苦难的人们，正在寻找一种新的姿态，小心翼翼地活着。人来人往，大浪淘沙，留下来的势必是那些为了梦想坚定不移的人。

刘小夏和好友程潇说，如果二三线城市发展得特别好，谁又一定非要往北京挤呢？在北京，好像从来没看到过萧条的商场，著名商业街上的饭店永远人声鼎沸，有些工作也只能在北京才会找到。程潇说，其实北京和纽约一样。如果你爱他，就让他去北京，因为那里是天堂；如果你恨他，也让他去北京，因为那里是地狱。刘小夏问，那你打算恨我还是爱我？

程潇笑了，什么爱啊恨啊，都是小孩子才去讨论的事。到了一定的年纪，你要是还能感受到爱恨的刺痛感，那我可就羡慕你了。要知道，人都是在时间的流逝中慢慢变得越来越麻木和冷血的。

曾经的刘小夏，对北京的感情有些复杂。北京于她，总像是一个在远处召唤着她的老朋友，或者说是一个曾经可望而不可即的暗恋对象，反正她知道它一直在那里，让她渴望又不敢靠近。

当年高考填报志愿的时候错失北京，年少轻狂的她曾暂时忘掉了最初的向往，可直觉却告诉她北京这座城市也许在未来会和自己扯上点什么关系，以至于刘小夏都不知道为什么每次去北京都有种莫名的安全感。

也就是在几年前，当大家还不知道什么叫 PM2.5 的时候，刘小夏曾在北京小住过几天。去北海公园看别人划船，去太庙看大风如何把垃圾桶刮得到处跑。一个人在早晨六点多坐公交车去地坛公园感受清净，然后再随意找个早点摊儿坐下感受市井气息。那时候程潇还在北京混日子，每天赚着刚够养活自己的微薄工资也还算开心。

程潇看刘小夏好像还挺喜欢北京，就逗她："不然干脆你也来北京找个工作吧！这儿机会多，工资也高，像你这种喜欢无病呻吟的人就该来北京啊！这儿有国家大剧院，好多明星开演唱会首选一定是北京啊！"

刘小夏反问她："你看你来了这么久，每天都那么忙，是经常去看话剧了，还是把你所有喜欢的书店都逛完了？要不是因为我，你连国家博物馆都没想着要去吧？"

程潇嘟囔着反驳："有多少老北京人还不是连故宫、长城都没去过？"

反正人总是这样，认为一直在身边的，便总有机会去的。心里念着不着急、不着急，谁知道慢慢也就忘了要去了。就像有些人也是如此，你觉得总有机会见到的，谁知道后来就一直拖，直到那人彻底离开了你的生活……

在房价忽然涨得吓死人的时候，程潇还是离开了北京。她说早知道一狠心早点买房就好了，或许，只是因为骨子里她也觉得自己只是把北京当作一个驿站，心里默认北京不是她的北京，早晚是要回家的。到什么年纪做什么事，程潇说回老家其实就是为了结婚生子，过所谓"正常人"的生活。

程潇没想到，在这个大家都纷纷急着要停止"浪下去"的年纪，刘小夏却魔怔了，当所有人觉得她一辈子也只能把北京当作一个梦的时候，当所有人觉得她应该尘埃落定要留在家乡小城一辈子的时候，这姑娘忽然说她想去北京了，哪怕只是短暂的体验也好，能拥有一段让人狠狠记住再也不敢嘚瑟的经历就好。然后，在她真的老了的那天，在某一个太阳暖洋洋的午后，可以笑着、回忆着跟别人吹牛：“想当年，我在北京的时候……”

这年，刘小夏三十岁了，没有男朋友，没有多少存款。别人眼中正常的三十而立，是普世价值中拥有一个温暖有爱的家庭或者一份稳定且小有所成的事业。而刘小夏，两个都没有。

有人说，假如你二十几岁失恋了，失去的是一个人，而到了三十岁以后，你再失恋，失去的或许就是整个人生。听起来多么吓人，可这确实是事实。这个社会对独身女性并不友好，尤其是大龄独身女性，她们往往在网络和媒体上被统一贴上了“大龄剩女”的标签，并不是什么单身贵族。

电视剧里那些美好的爱情故事都是骗人的童话，“剩者为王”“败犬女王”其实和现实中的三十岁还没结婚的女人一毛钱关系都没有。那些有着主角光环的大龄未婚女性要么有着高职位，要么有着高薪水，可刘小夏既没有高薪水也没有高职位，“三高”里她只占一条——高龄。

如果时间可以倒退，刘小夏一定毫不犹豫地告诉二十岁出头的自己，趁着年轻先做些不计较后果不考虑明天的事，去大城市多经历些不一样的人生，反正人都是会老的。可惜在大学刚毕业的时候，她没有那个觉悟。

可她又想，不是有人说，种植一棵树最好的时间一个是十年前，一个是现在吗？为什么非要走和别人都一样的路？

刘小夏发消息给苏莫北，说要以三十岁的高龄去北漂了。过了半天都没有得到反应，直到第二天才被回一句：“刘小夏，你是不是又喝多了？”

她也没再解释什么，按部就班的准备处理手头繁杂的工作。辞职比她想象中的顺利，交接工作也就花了一周的时间。于是，在人生中第三十个深秋，她像个刚毕业的大学生一样，只简单地拿了点衣物，买了张火车票，就来到了北京。

从火车站一路搭乘地铁，她觉得好像有哪里不太对劲，仿佛有人有意无意就是故意要紧紧地贴着她，本能似的她只好小心翼翼地攥紧手机，却忽略了随身背着的小包，包里留着一个使用率已经不太高的钱夹。那钱夹还是她刚参加工作的时候买的，如今大家都习惯用移动支付，很少有人再使用现金了。果然，她的预感是准确的，出了车站钱夹就不见了。也许，这也是个新的开始。刘小夏摸了摸上衣口袋里和火车票放在一起的身份证，松了一口气。她忽然有些倾诉欲，想要找个人说点什么。

程潇在坐月子，以前的同学同事也少有知道她来北京的。她想打个电话给苏莫北，发现弹出的通讯录标注的还是他原来在大学时的电话号码，一时又把电话放下了。

其实，她本想告诉苏莫北，自己来北京不完全是因为他在北京，可又觉得欲盖弥彰。他一定不会理解的，为什么是现在？为什么不是大学刚毕业的时候？为什么不是三年前他来北京的时候？

是啊，这世上哪有卖后悔药的呢？如果有，刘小夏真想买几瓶，也不用多，不需要从头开始，回到十六岁那年吧，在高中好好学习，重新选个大学，重新选个专业，不过想到也许还得再痛苦地经历一遍高考，又觉得还是算了。那就回到七年前吧，回到大学刚毕业的那年就好了。

Chapter 2

一个人要活得像一支队伍

还记得七年前的那个冬天，是刘小夏印象中过得比较潦草的一个冬天。那时候她刚大学毕业不久，还不知道什么是真正尔虞我诈的职场，就稀里糊涂地进入政府机关，成为一名没有编制的实习生。

庆幸的是，领导同事都对刘小夏还算不错。毕竟，他们都知道她本来就只是匆匆过客，就算合同期满后也无须考虑她的去向问题。所以，刘小夏这群刚毕业的大学生来到机关，虽然美其名曰是由政府拨款培养的储备干部，实际上，不过就是在严重缺人手的单位里干些琐碎的杂活。但这也并不重要，毕竟这对于当时想体面又迅速地解决就业问题的刘小夏来说，只能算是一种不是办法的办法。她很痛快地签了合同，不过只是想匆忙完成学校就业办的就业指标任务而已。

刘小夏所在的科室和大部分机关科室一样，忙起来很忙，闲起来很闲。很多和她同一批到岗的实习生几乎无一例外是不太好找工作的文科生，他们想都没想自然觉得刘小夏也是，这让刘小夏心里不那么舒服。

她懒得和他们从头解释，比如，他们一定搞不懂她那听着名字就高大上的专业为什么会找不到合适的工作。在他们眼里，刘小夏的对口专业应该是那种具有科技含量又特别酷的工作，甚至还略微带着一些神秘感。老实说，倒退几年在全球金融危机没爆发之前，她的专业若能找到就业对口的单位，确实可能会肥得流油，是绝对让人羡慕的。

可谁知也就不过一两年的时间，金融风暴席卷全球，到刘小夏真正毕业的时候就业形势忽然就不那么乐观了。这个有着工科背景、成绩却并不够出色的女生，在就业时遇到尴尬简直是太普通不过的事。用人单位时常会怀疑这个女生的实际工作能力，他们总觉得或许女生就是无法和男生一样胜任需要值夜班、常出差的工作。

一毕业，刘小夏就回到了自己的家乡。那时候大城市的房价涨得还没有多离谱，可网上时不时爆发逃离北上广的言论也让她曾一度感到一丝侥幸。家里真挺好的，有熟悉的乡音，有从小玩到大的同学，还有不用交房租的家。虽然，有时候会在大学群里默默地看同学聊起专业对口的工作很羡慕，但她却从来不敢说一句话，她怕他们会问起自己现在的工作，显得自己更像是一个㞞得要命的逃兵。不过她也知道，她们家乡的人不论男女好似骨子里就都不太上进，换种说法，也许真正上进的人早都跑去了北上广。

刘小夏从单位到家的距离不算远，毕竟城市不算大，坐公交车顶多也就半小时，根本想象不出挤地铁是什么感受，因为这座城市根本就还没修地铁。小城市修地铁确实没有什么必要，从城东到城西、城南到城北，也不过几站就到头了。平时实在闲得无聊，刘小夏偶尔会在工作时间偷偷上网去逛些专业性强的论坛。或许，她心里还一直觉得大学四年好不容易学过的专业暂时没有用武之地有些遗憾。

那时候网站名字都起的不像现在的微信公众号这般光怪陆离，清一色的朴实又接地气，比如什么之家、什么联盟、什么小屋，甚至干脆就叫什么论坛。只要你找准了行业圈子，随便一搜就能找到几个感兴趣的论坛或网站，点几下很轻松地就能进到自己熟悉的领域。

起先刘小夏只是随便逛逛，选了个看着还算顺眼的论坛注册了ID，没事就点进去看看。在连续看了几个礼拜无聊灌水帖之后的某一天，刘小夏忽然萌生了一个念头：为什么她自己就不能写点呢？可能是因为本身行业性质就偏重于理工科，男生太多，表达能力偏弱，刘小夏的帖子还挺受欢迎，没多久就在论坛里小有名气了，这给她觉得无聊且没有丝毫未来期盼的工作带来了些清新的空气。

第一次接到苏莫北的哥哥苏楚杰的站内邀请信是在一个值班的下午，那天阳光有些刺眼，刘小夏摇下百叶窗才算看清了电脑屏幕上那几行看着很诚恳又很简单的句子。他说："去我们网站写帖子吧？我们最近在招募有才华的同行，我觉得你行。我给你单独开个专栏怎么样？"后面就留下了他的联系方式，落款是某网站的站长。一个普通的小网民，心里都有对"大网站"的崇敬之心，于是刘小夏想都没想就加了苏楚杰的QQ，心想万一是个好机会呢？

聊天的过程里，她才发现苏楚杰原来只是个抑郁不得志的小公务员，那个所谓的"大网站"其实名义上只有他一个人在管理。在这只有一个人的网站自封站长，倒也没什么毛病。反倒应了那句话，一个人活得像一支队伍。

苏楚杰大学毕业后没多久就考上了公务员，地点是离老家不远的同省城市。一个男人，二十五六岁就开始了退休般的中老年生活，总让他觉得有点憋屈。趁着年轻，还有很强的自学能力和相对充裕的时间，苏楚杰凭着兴趣一脚迈进了互联网这个圈子，决心搞出点什么名堂。

几年前，还是个连微信是什么都没人知道的年代，也没有满屏的微商代购，甚至连上淘宝买东西这个理念也是在逐渐被接受的阶段。苏楚杰对电子商务并不感兴趣，对他来说，大男人不该纠缠在那些小本生意里，建个有规模的网站才像个样，就像搜狐、百度、网易那样的，那才叫事业！

那个下午，苏楚杰和刘小夏说了很久关于网站的宏伟蓝图，年轻人总是很容易热血沸腾起来。什么大数据，什么 SEO，这些概念在那时候很多人根本都还不懂，所以哪怕只懂一点点也会让人觉得这些东西听着就很厉害的样子。

刘小夏问他：“那需要我做什么呢？”苏楚杰想了想说：“那就看看帖子、筛选些好的文章加成精华，这样吧？”

见刘小夏在电脑屏幕这边沉默了一会儿，苏楚杰又补充了一句：“我们这里，一切都是百废待兴的，有很大的可塑空间。反正你只要有想法，一切就能按照你的想法去做，以后的发展谁也不好说，到那个时候你也算是网站的元老了。有这个机会，为什么不试一试呢？”

刘小夏承认，后来再遇到哪个公司的老板给员工画大饼这样的事儿，她都只会在心里先冷笑三声，但是在苏楚杰这里，她却对他充满了感激。本是两个素不相识的陌生人，只因为她写过一个看着还凑合的帖子，就可以在他那个貌似“高大上”的网站里一跃成为团队元老，不管怎么说都是一件比每天帮着送批文、排队找领导盖公章更有意思的事儿。

Chapter 3

见你一眼，我连墓地买哪儿都想好了

作为一个政府机关的编外人员，有几个时刻刘小夏总会忽然感受到自己的特别。比如有编制的同事信用卡额度总会高出她很多；比如他们都人手一个小本本，上面有四个象征身份的烫金大字“公务员证”；还比如新进来的年轻同事在你还没记住她或他到底长什么样的时候，就会有同事马上询问这人的感情状态，然后十分热心地为她或他介绍对象。这个隐形福利在那时并没有引起刘小夏的羡慕嫉妒恨，一个没有编制的实习生哪有资格享受这种待遇？论资排辈在这样的单位早就是约定俗成的事，而她刘小夏连论资排辈的资格都没有。再说，她也根本不急着找对象。

同一个办公室的同事偶尔也会问起刘小夏有没有男朋友这样的话题，但也只是单纯一种好奇的询问而已，并没有想要给她介绍对象的意思。

对这些实习生来说，合同期满后，他们未来究竟还会去做什么，连他们自己都不知道，怎么能和那些有正式公务员身份的同事相提并论呢？

和刘小夏同一批实习的薛琴是一个学法律的博士，因为比他们年龄都要大，常以姐姐自居，她对刘小夏这种一切随缘的消极想法给予了严肃的批评。

“像你们这个年纪，还不知道什么是门当户对，什么叫作年龄就是优势，更不知道一份稳定的工作对男人意味着什么。要我说，咱们哪怕是个实习生，对外也要宣称自己在局里工作，等着慢慢接触熟悉了再摊牌，他们了解了你的性格与为人，也就不那么在意你的工作到底是临时的还是正式的了。可如果你们不抓紧在局里工作的这段时间，以后出去了指定没有现在找到的对象好！”

薛琴的话乍一听似乎是有点道理，可一想到要撒谎骗人，刘小夏就对她没什么好感了。事实也证明了，纸是终究包不住火的，薛琴的男朋友在知道她经常撒一些“善意的谎言”之后还是果断地和她分手了，哪怕他们已经谈婚论嫁连摆酒的日子都订好了。

局里这批实习生男少女多，因此他们单位也偶尔和一些男性比例较高的单位搞些联谊活动，结局却往往不了了之。尽管 21 世纪都过去了十年，但公务员系统的联谊活动还搞得像上世纪七八十年代，既没有新意又缺乏售后服务，充满着政治任务一样的程式化流程，尴尬透顶。

可能天下的父母都是一样，上学的时候天天担心你会早恋，恨不得二十四小时监控严防死守；可当你大学毕业后，却巴不得你立刻变出一个又高又帅又有钱又爱你的男朋友，在二十五岁之前就把你娶走，接着一年内就生个孩子，高效率完成人生必经阶段的所有任务。

在大学毕业没多久的那个时间段，刘小夏刚和大学的男朋友马晓军撕心裂肺地分手，属于尸骨未寒的疗伤期。对于治疗失恋，不同性格的人有着不同的处理方法。有些人靠新的感情来填补空虚，有些人则暂时看破红尘认为全天下的男人都一样，爱情走开时心狠得就像吃人不吐骨头的狼。

刘小夏是被狼保护过也伤害过的，所以很难爱上狗。很长一段时间，她都在等着下一头狼的出现。为此，她的 QQ 个人签名一直是那段又文艺又矫情的话：

“连泡面都需要等上五分钟，煮熟一个鸡蛋也得等上八分钟，何况是一段爱情呢？我不怕等，只要他还敢来！请转告王子，老娘还在披荆斩棘的路上，还有雪山未翻、大河未过、巨龙未杀、帅哥未泡……叫他继续死睡吧！”

秦芳作为刘小夏的发小，是除了小夏亲妈外最希望她快点谈恋爱的人。秦芳的观念是，活着就该谈恋爱，一直谈到全世界都充满爱。能有这样的闺蜜，不知道刘小夏上辈子是积了德还是倒了大霉。总之，秦芳只要一有机会就非要给刘小夏介绍几个男人认识不可。但凡在刘小夏平静的生活里偶尔闯入几个雄性生物，哪怕是只公蚊子她都要刨根问底个半天。

起先，刘小夏还表示自己年轻还不想通过“相亲”的方式来认识别人，后来经过秦芳的洗脑便觉得这种方式也有它的乐趣了。毕竟在那个年纪，好玩比有用重要。

秦芳介绍的第一个男人是个比刘小夏大三岁的“电工师傅”，也不知道她是从哪儿认识的。

“电工师傅”的外号是刘小夏自己起的，其实他的具体职业到底是干什么的她也并不太清楚。听秦芳说，这个男人主要负责会展中心所有灯具设备的布置及安装。在和“电工师傅”用 QQ 聊了两次后，刘小夏就给他换了一个外号，改叫他“叹号哥”了。因为他实在太喜欢用叹号来表示自己强烈的感情，刘小夏甚至怀疑他在现实中也是一个动辄大惊小怪用力过猛的人。

他的QQ昵称叫："加油！"

他的日常问候是："你吃饭了吗？我吃完了！"

"你准备睡觉了吗？我准备去睡了！"

"今天很累！我要为了明天努力奋斗！你也一样！要好好加油工作才行啊！"

这种对话聊一会儿就会感到异常疲倦，那些多到爆炸的叹号就像一茬茬收割不完的韭菜，长在屏幕里让人头晕眼花。

刘小夏和秦芳说，这人会不会平时说话也那样？她说不然让他打个电话给你啊？

本以为只是说着玩，谁知道电话他还真就打了。"叹号哥"一本正经、一丝不苟又慢条斯理地和她聊得十分走心，从他家有多少口人聊到他家有多少头猪。

网络上的段子其实一点都不夸张，见到你第一眼我就把咱们的孩子上什么幼儿园都想好了，那其实根本不算什么。"叹号哥"连死后怎么埋在一起都想好了，还没听完就把人吓得魂飞魄散。

刘小夏半开玩笑地说："我的思想觉悟还没那么高，意识还没那么超前，现在还只是想着如何好好活着，死了以后的事暂时还没想过。"

叹号哥看刘小夏对死这么讳莫如深，语重心长地说，人固有一死，或重于泰山，或轻于鸿毛，既然是早晚的事，为什么不早点打算？你看现在房价涨得已经这样快，到时候真要死了可能墓地都买不起了。于是，顺便还跟她科普了一下墓地的风水，这让小夏怀疑他也许真正的职业是个卖墓地的。

当刘小夏把这些和秦芳说完，秦芳哈哈大笑："也许叹号哥是在玩浪漫呢？我可记得他说过，他看过你的照片后就下决心了，那简直是一见钟情啊。你看，他和你聊这么深刻又严肃的话题，显然连‘生是他家的人，死是他家的鬼’这样的承诺都想好了，说明什么？说明他对你相当认真！再说婚姻本就是爱情的坟墓，他和你讨论坟墓就是变相地和你讨论爱情与婚姻啊。”

刘小夏一拳向秦芳砸过去：“看我的口型，去他的坟墓，赶紧让他给老娘滚远点。”

Chapter 4

除了死亡，其他挫折都是擦伤

当手上有大把青春可以挥霍的时候，找对象这种事看起来更像是女人逛商场，可能逛了一大圈啥也没买，但却没法停止那种乐趣。反正下雨天打孩子，闲着也是闲着。

秦芳给刘小夏介绍的第二个“相亲对象”毕业于医科大，一个长相斯文清秀戴着眼镜的男人。这个男人有着一个和他外形气质完全相符、同样文艺又风度翩翩的名字——唐锦书。

唐锦书那年正好三十岁，在刘小夏大学刚毕业的那个时候是无法想象三十岁是什么样子的，在她看来，三十岁就已经很老了。唐锦书最初有刘小夏联系方式的时候，明显已经懂得了一个混在相亲圈子里应该有的自我修养，也早已熟练掌握了关于自我介绍的基本套路。

身高、体重、学历、专业、工作、兴趣爱好，每一项都言简意赅，像是有固定的模板只要复制粘贴一下就好。介绍完毕，唐锦书额外又打了一行字。

“你介不介意我是少数民族呢？”

“哦？你是少数民族？什么族啊？”

“蘑菇族。”

“……？”

“不对，是摸骨族。”

“……！”

“这该死的输入法！我想说的是蒙古族。”

“哇，那你一定会骑马吧？”

“我们高考都考骑马五公里和定点射箭的，你不知道吗？除此之外，我们还得考蒙古包的搭建、烤羊腿的制作工艺、单人套马、限时围猎……”

唐锦书抖机灵的样子让人觉得这人挺亲切，刘小夏问他怎么称呼。他说随便，叫哥也行，叫叔也行。刘小夏想了想，决定开玩笑似的叫他叔。

刚认识的那个星期，唐锦书很热情地每晚都给刘小夏打电话，内容就是东拉西扯说些有的没的。为了反复展现他的幽默感，他经常说些其实并没什么营养的笑话。其中一个让刘小夏恶心了半天，说的是上高中的时候他们一群男生很讨厌某个老师，就偷偷跑到办公室往他茶杯里吐痰，然后搅拌搅拌看着老师一脸无辜地喝下去再哈哈大笑，直到把老师笑得发毛，罚他们集体跑圈。

刘小夏有些迷惑，这个看着斯文秀气又风度翩翩的男人怎么也有这种恶趣味？秦芳说，男人有时候就是很幼稚啊，屎尿屁类的东西也能笑上半天。总在网上聊天没意思，不如约出来一起见见面。

周末，秦芳很爽快地组了局，三个人随意找了个地方一起吃了顿很普通的饭就算见了面。席间，唐锦书提到了他的大学时代，一会儿对着桌子上的排骨比画了起来："这段可能是 2/12 肋，有可能是胸椎而不是脊椎。"

一会儿又说，还是干锅肥肠最好吃，因为食物消化全都在这儿，但是带袋垂的结肠就非常不行，毕竟那里面会有大便。轻描淡写间，满满的知识点。

刘小夏问他："是不是你们学医的都有这职业病？"

"我现在哪里算是什么医生？要有职业病，也是以前的事情了。"

"听说你毕业后曾经还是在医学领域游过一阵子吧？为啥上岸不游了？"

"话说，我最开始的工作吧，真不适合在吃饭的场合谈起来。"

刘小夏想起他以前说过他的第一份工作是尸体解剖，终于完全没了胃口。唐锦书却像是故意逗她们似的，笑着说："要不要跟你们分享个我最喜欢的钥匙链？"

说罢从兜里掏出个灰白色柱状小物体，表面因为磨损已经变得很光滑了。

"这是什么？"

"你们猜猜？"

"不会是骨头吧？"

"真聪明！这是小指末端的一截骨头，是不是特别漂亮？"

学医的人总是愿意用"漂亮"来形容人体的某个器官，但对于普通人来说这一点都不幽默。在那个场合，其实谁都不能分辨出唐锦书说的到底是真话还是故意吓唬她们。总之，那顿饭前半部分吃得紧张，后半段吃得惊悚。

饭局结束后，秦芳觉得唐锦书并不适合谈恋爱。毕竟那种浪漫的韩剧桥段是绝不会出现在医生这个群体中的。假如有个医生男友，他抱你的时候心里想的也许是摸到了你的第几块肋骨，那还有什么兴致可言？

“听我妈说，她们科室的护士通常也都没什么情趣的，听说她们哪怕是情到浓时还会突然停下来说一句，你不能这么摸，会得尿道炎的……”

但即使这样，刘小夏偶尔还是会在闲得无聊时去看唐锦书的QQ空间，他转发的多半都是那种重口味的视频，什么巨人观的特征，什么一氧化碳中毒后的惨状，那些各式各样奇葩的死法看得人头皮发麻。不过在他的训练下刘小夏的进步也很大，至少在看欧美的恐怖片时不会全程闭眼了。

唐锦书对鬼片情有独钟，不知道是不是学医的人多少都在有意地训练自己的胆量。他也尤其喜欢怀旧经典的港式鬼片，比如《山村老尸》，一看就是好多遍。刘小夏问他，那片子究竟好在哪里，唐锦书就很严肃地说，这个片子其实告诉你，鬼并不在你身边，它一直在你的心里。所谓的鬼，也只不过是一种幻象，鬼本身根本没有任何伤害你的力量，但它却可以轻松利用你给自己的恐惧把你杀死。但是，如果你敢于面对内心的恐惧了，谁也不能把你怎么样。

唐锦书的魅力在于该严肃时严肃，该玩笑时玩笑，这个看似一本正经的人，QQ空间却经常写些段子，比如有天他的“说说”上就忽然发出了这么一句：“一天二十多次！太爽了！”后面跟着一个坏笑的表情。

QQ空间最大的特点就是，无论是不是有共同好友，你都能看到他的那些狐朋狗友在上面肆无忌惮的留言。唐锦书的那些损友都把这句话想象得无比香艳，谁知当大家都在想入非非的时候，唐锦书却话锋一转，说：“你们都想哪儿去了？我说的是拉肚子！”

有时候，唐锦书又忽然抽风了一般在空间里写些只有他自己才能看懂的话，比如：“我不想活了！赶紧死了得了！”

“到底有没有世界末日啊？地球干脆马上爆炸了算啦！”好像是受了什么刺激。人都有好奇心和偷窥的欲望，正巧刘小夏在往下翻记录的时候手一划不小心给他这样负面情绪的“说说”点了个赞，刚想取消，他马上发过来一个发怒的表情。

“怎么？你就那么希望看到我死？”

那段日子刘小夏和唐锦书的交往是很轻松的，虽说谈不上有什么特别的感觉，至少是有意思的。而就在刘小夏觉得慢慢对唐锦书有点好感的时候，他却忽然不见了。

也是从那时起，刘小夏开始慢慢地懂了一个道理：当一个男人在撩了一个自己不喜欢又不讨厌的姑娘却发现好像往下不会再有什么特别的进展，或者有了新的合适目标又不知道怎么收场的时候，最简洁的方法就是装死。

幸好，刘小夏对唐锦书还没有萌发出太深层次的情感，也就不太伤心。秦芳问刘小夏：“唐锦书也没给你个解释？”

还解释啥呢？每个人都有自己选择的权利和理由，随他去吧。

果然，不到半年，唐锦书结婚了。头像换成了婚纱照，不出一个月就换成了蜜月旅行照。刘小夏点了几个赞之后跟秦芳说：“让我二十五岁之前嫁人这种事儿，你还是别想了吧。人生苦短，及时行乐。那么早就迈进婚姻的坟墓有什么意思呢？幸好唐锦书没看上我，人家到了年纪可是特别着急把自己埋了，我要是和他真有点啥，现在埋的就是我了啊！我才多大啊，我不甘心啊！”

唐锦书结婚的事儿，刘小夏表现得很平淡，有时候也会觉得有点遗憾，她十分担心他结婚后就会失去联系，这样她便再也看不到他写的段子了。好在他们其实并没有发展出什么特别的关系，所以唐锦书没有屏蔽、拉黑、删除刘小夏，也就一直保留着联系方式。

后来的七年里，刘小夏看着唐锦书离婚了，又结婚了，二婚后生了个长得和他很像但比他看着喜感的儿子，又看着他开始在微信朋友圈刷代购和广告。婚后的他接地气多了，再也不抱怨和期待世界末日了，也不再写任何段子。他不删刘小夏这类人的原因可能是不愿意损失一个有可能成为购买客户的人，毕竟他的朋友圈内容不过是今天卖土特产、明天卖运动鞋、后天卖变形金刚……

这种好友，最多就是偶尔过年过节的时候群发一条短信，淡淡的，比陌生人熟悉不了太多。

有次过年，唐锦书在街上遇到刘小夏，两个人差点就擦肩而过，还是唐锦书先开了口："咦？这不是那谁吗？还在那儿上班呢？"

这句话对待不够熟悉一时想不出话题的人来说最能缓解尴尬气氛，刘小夏点头笑了笑，说了一句："叔，别来无恙。"一瞬间仿佛时间倒流。

"还别说，你那时候叫我叔有些勉强，现在我还真成大叔了。"

"你还像以前那样幽默。"

"哪里哪里，都挺好的吧？"

"嗯，还都挺好。"

"其实有段时间觉得挺尴尬的，一直也没好意思给你一个解释。"

"不用解释啊，我懂。我不是你喜欢的类型嘛，但也许你当初是我喜欢过的类型。"

"你看，又取笑我不是。其实那时我觉得是我配不上你，你比我小那么多，人生还有很多其他可能，我还一直有个预感，觉得你其实不属于 D 城，你应该去更大一点的地方看看世界。所以……"

"所以，你给我发了张好人卡。"

“哈哈，可惜当时连好人卡也懒得给你发啊。男人嘛，都怕麻烦，你懂的……再说像你这样的姑娘，很快就能把我忘了，应该没给你造成多大的伤害。”

“那可不一定！”

“真的吗？你可别说后来你一直没走出来。”

“说得还跟真的似的了。”

刘小夏确实没有把和唐锦书的那段不了了之的相亲当回事，可那么多年来刘小夏却一直记得他当年和她闲聊时在电话里说过的话：

“感情里没有放不下的人，生活里没有过不去的坎。年轻的时候都不太懂，长大以后就会明白了。在生死面前，都是小事。除了死亡，其他挫折都是擦伤。”

不过有些创伤也许是不可逆的，就像大学时打篮球撞骨折的手臂，即便打上钢板固定石膏，看似愈合了，其实也还是有裂缝的。哪怕是真正到了死的那天，骨头还是裂的，回不到最初没有骨折的那样了。

那段话对于当时的刘小夏来说确实理解不了太深。虽然在那时那刻，她觉得自己已经是个工作了的社会人，不再是大学时代青涩的学生了，可有些成长终究要靠时间的累积，不论男人还是女人。

就算总有人说女人的青春只有很短的一截，她也从未想过刻意去抓住什么。未来到底会是什么样，谁知道？管它呢。毕竟刘小夏一直最喜欢的是王小波在《黄金时代》里的话：

“那一天我二十一岁，在我一生的黄金时代，我有好多奢望。我想爱，想吃，还想在一瞬间变成天上半明半暗的云，后来我才知道，生活就是个缓慢受锤的过程，人一天天老下去，奢望也一天天消逝，最后变得像挨了锤的牛一样。可是我过二十一岁生日时没有预见到这一点。我觉得自己会永远生猛下去，什么也锤不了我。”

这时候的刘小夏也不过才二十出头，脸上还有不用打玻尿酸也饱满的胶原蛋白，会在应酬的酒桌上被当作是刚上班没有多少社会经验的学生妹小绵羊任人宰割，被喝多的领导拉过去特意摸两下光滑的小手却不知道怎么圆滑地处理这种事，会偶尔想想自己到底什么时候才能摆脱这种没有技术含量的茶水小妹的工作。但她从未曾想过要离开D城，也未曾想去外面再看看更大的世界。

那时候的她和大部分的年轻姑娘一样，每天一边肆意地挥霍着青春，一边又迷茫着不知道未来会怎样，很少思考关于三十岁时的她会怎么样这类看着根本不着边际的事。

北京？她好像早就忘了这个考大学时让她有挫败感的地方，她觉得也许最好的人生是像隔壁办公室的徐子琪那样，读完大学以应届生身份考进政府机关成为国家公务员，左手毕业证右手结婚证，和大学的男友在工作两年后就有了孩子，买房买车稳步前进，妥妥的人生赢家。

她曾经觉得自己也可以和徐子琪一样的，如果她不和大学的男朋友分手，如果她学的不是考公务员招考时几乎不设岗位的专业，如果她的家庭不那么普通……

这样想，她觉得自己和时常感叹怀才不遇的苏楚杰没什么不同，她认为自己也许只是缺了一点运气，谁不想给自己每日疲惫的生活里注入一些英雄梦想？她把苏楚杰的网站当成了一个筑梦的地方，梦想还是要有的，万一实现了呢？

Chapter 5

规矩是死的，但人是活的

苏莫北最初在论坛当版主的时候，刘小夏还只是个名为“小满”连头像都没有的 ID，但这个 ID 竟一度是论坛热帖里最扎眼的存在。这自然让他开始好奇小满到底是男是女，后来听苏楚杰说这个小满是女的，年龄不详，对他们的网站很有兴趣，算是个在别处发现后挖来的人才。于是，他空下来的时候特意花了大半个晚上耐心把她写的帖子都看了一遍，好像写得确实有点意思。

也可能因为刘小夏在论坛行事作风像个老干部，苏莫北最初对她有些敬畏之心。他猜，这个年龄不详的小满也许是个戴着黑框眼镜不苟言笑的女老师，上了年纪的女人肯定不喜欢轻易说出自己到底芳龄几何，需要保持一点神秘感。

关于神秘感，作为版主的苏莫北在论坛里也是谜一样的存在。刘小夏曾几次暗自猜过版主年龄，遗憾的是，在其他谈论版主的帖子里大家对这个神秘版主居然一无所知。在她印象里，版主应该是个做事低调沉稳的男人，总是一副好似看破红尘的样子，每天很酷地看着论坛里那些热闹非凡的帖子，高兴了就置顶加个精华，不高兴了也不管它，任那人拼命灌水瞎折腾。

这个版主有点冷，很多在网站混熟的老人都在帖子里叫他冰窟窿，时间长了，大家都早已习惯这个来无影去无踪、封号删帖果断而迅速、从来不说一句废话的冰窟窿版主，也没人敢招惹他。

以前还有人暗自猜过版主的职业，说他兴许是个退了休的老头儿，每天玩些提笼架鸟的消遣，没准还哼两嗓子京剧，泡一壶茶一喝一下午。

刘小夏从未想过，这个神秘版主对更神秘的小满很感兴趣，他想认识她，又不知道怎么开始一段对话。他为此想了很久，最后只写了一句话："您好，我是论坛的版主，很希望能认识您！"

其实，这对彼此还是陌生人的两个人来说没什么毛病，何况刘小夏还是曾被站长钦点的"特邀嘉宾"。可不知道为什么，她觉得这位版主的客气让她有些意外。以前她不是没在其他网站发过帖子，也从来没有哪个版主会刻意发私信给她。

不过在那时，她也并没意识到这个自称版主的人会和苏楚杰有什么关系，只把他当作是一个很普通的陌生人。

"给我留个 QQ？这样联系起来也方便。"

"好的。"

刘小夏申请加他好友的时候发现，毕业院校那一栏苏莫北填的是她母校的简称。

"你是 S 大的？"

"对。"

"S 大什么专业？"

“和你差不多。”

苏莫北像挤牙膏似的回答刘小夏的问题，好像连标点符号都懒得多加一个。

“你毕业多久了？现在在做什么？”

本来是很普通的问句，苏莫北却半天也没回答她，正在输入的字样输入了半天，对话框依旧是空白的。

“不方便说？那算了。”

“没不方便，其实，我还没毕业……”

“啊？还是学生啊，那你很厉害哟，版主大人！”

“也没有吧，就是来玩玩，兴趣爱好而已。我看过你以前写过的所有帖子了，写得不赖。”

这样的话，语气淡淡的，刘小夏根本看不出来苏莫北为什么要加她。但既然是恭维和夸奖，她也便照单全收。

“上班有意思吗？”

“上班不就那样？为了混口饭吃，谈不上有没有意思。”

“那就找点有意思的事儿呗。”

“什么事儿有意思？”

“那多了啊，看看书体验别人的人生，看看电影体会下别人的生活，要么出去旅行，要么晒晒太阳，再不然和我下两盘棋，或者跟我聊聊天。”

“和你聊天有意思吗？”

“你说呢？”

“还行吧。”

“还行是什么意思？”

“还行就是挺有意思吧。对了，小朋友，你大几啊？平时学习不忙？我怎么记得我大学时候挺忙的啊，而且咱学校还特别严，课也特别多，根本不像你这么游手好闲。”

“游手好闲？不喜欢的课就不去上啊，不想去点名就不去啊，规矩是死的，人是活的。那些形式主义的东西，完全没有意义。”

“所以你都旷课？”

“我其实不喜欢学这个，我的兴趣也根本不在于此。但既然念了大学，就别退学了，退了还得重新考，说不定连咱学校也考不上了。”

苏莫北说得没错，他进了 S 大没多久就后悔了。刚上高中时他曾在电视里知道除了考大学之外还有一种方式是出国留学，慢慢接触了一些美国大片，并开始对国外的生活向往起来。

但他也知道这种向往太虚无缥缈，十分不现实，毕竟家乡小城里很少有人会有那个条件出国，就算出了国多半也是出国劳务的国际民工。

从小到大，在同龄孩子中苏莫北有那么一点点不同，他总是最安静的那个，却往往在大家出乎意料时语出惊人。因为比别的孩子聪明，他在学习上几乎没费太大力气。高中头两年，他最大的业余消遣不过是在一个月仅有的那一两天假期和同学花两块钱在网吧里打上几把游戏。

在他们这个人口密集、竞争激烈的省，高考的惨烈过程是无法用语言来形容的。在北京，或许有无数条路通往五道口，可如果在他家乡的小城却只有一条狭长的小路可以带领他杀出重围。著名的高考工厂——毛坦厂中学让他们省有了存在感，至少后来很多人从《舌尖上的中国》里知道了这个近乎病态的学校。

传说中，毛坦厂中学本身因为地处偏僻，原先招收的都是些农村孩子，为了增加效益开始无底线地招收周边县市的城里孩子，只要给钱就多少分都收，并起了个冠冕堂皇的名字：借读。

2000 年前后，网吧迅速兴起，一时间涌现出了诸多网瘾少年，当时很多家长为了防止孩子进一步堕落下去只好狠心把孩子送进大山里，据说当时还有校长怒砸网吧这样的新闻，毛坦厂镇曾经唯一的一所网吧也就此陨落。而那些被拯救的网瘾少年，因为没网可上只好拿起书本认真做题，没想到功夫不负有心人也就一个个考进名校飞出了大别山，从此一传十、十传百。

毛坦厂中学这样的高考应试教育只靠题海战术，而长期脱离社会的后果是进入大学需要很久才能调整过来。有人说，在毛坦厂中学待上一年会减寿十年。这样一个重视教育的大环境下，在他们省没有哪个高考过的学生敢说自己在高三时没吃过苦。也很少有人还敢再吃一遍高三的苦，起码读完本科还可以想着其他方法，再念一遍高三就是要在地狱里重走一遭。

或许生活在大城市的人无法想象，那些人口密集的小镇到底还有多少没有受过正规良好九年义务制教育的学生，甚至说，其实即便在现在仍旧还有些地方的孩子接受着低劣教育，一路读满九年就已经算不错。大部分教育质量普通甚至低劣的地方学校一届高三只能有几十个人考上本科，其余剩下的人，他们的人生轨迹就此改写，要么去当兵，要么去大一点的城市打工。

这样看，苏莫北真的还算幸运，至少没有出生在大山里，可即便是一直被夸奖是聪明孩子的他，曾经在父亲的阴影笼罩下过得也并不是十分快乐。

高考结束后他在报志愿的时候慌了神，毕竟十八岁的时候很少会想未来四年到底会怎么样，大学里的那些名字看着都挺高端的专业又到底会学些什么。这个时候他还记得自己当初想要出国的念头，如果把本科读完就能很快顺利工作攒出出国的学费就好了，那么眼下一个能够赚到钱的专业就是报志愿时最好的选择。哥哥苏楚杰也觉得他想得没错，选个自己不讨厌并且未来有点“钱途”的专业是最靠谱的。最终他报了S大的提前批，没想到就那么稀里糊涂顺利被录取了。

这个结果他并不满意，至少他知道作为老师的父亲是不太满意的，但好歹S大是看着还算不赖的学校，学费减半，未来可期，就算不是前途无量，起码未来的就业率相对其他院校来说看着更有保障些。

“早知这样还不如参加学科竞赛，也好过读了S大。”

“现在说这个也没用了，考都考上了。”父亲总是这样，这让苏莫北有些烦躁。

竞赛，竞赛，竞赛！从小到大他就看着父亲带着他一届届的学生去参加竞赛，然后被保送，选择一个基础学科再也不用高考。既然读高中的意义就是为了考大学，竞赛作为一种捷径不是很好吗？父亲的话是有道理的。可当时的苏莫北肯定不会这么想，他一直觉得没有经历过高考的人生应该是不完整的。去读一个自己其实不那么喜欢的专业也一定很难受。可要知道后来他折腾了半天也还是没有读上自己最喜欢的专业，真是还不如当初参加了竞赛。

S大不是军校胜似军校，各种规定多如牛毛。和其他理工类院校比起来，似乎女生也更少，在这种男女比例严重失调的情况下，他慢慢也就不再奢望能在大学里好好谈场恋爱了。

本能的欲望一旦被压制，反倒越是催生了对异性的好奇，尤其在荷尔蒙旺盛又无处释放的年纪，渴望和异性接触的心理无法得到满足，就算表面上再装作无所谓，心里还是隐隐觉得哪怕和女孩子说几句话也是好的。

Chapter 6

总盯着那些不好的事，怎么会开心

自从知道苏莫北是个大二的小男生之后，刘小夏放松了下来，可能她心里也觉得距离遥远对方又是个小毛孩子，反倒能肆无忌惮地说些真心话。

“做个网站红人的感觉如何？”苏莫北有次像是记者采访一样，半开玩笑地问她。

“没啥感觉吧，生活并没有和平时有啥不同呀。”

“也是，我也不喜欢出名，没啥意思。”

“是啊，你和你哥哥都挺低调，大家都不知道其实这么大个网站就你们两个人在运营。S 大的学生好多都是论坛的铁粉，只是他们却不知道从他们身边路过的你就是那个冷冷的版主大人吧。”

“哈哈，这算啥。就是一个小破网站，不至于吧。”苏莫北虽然表面上一副满不在乎的样子，内心还是挺高兴能被这样夸赞。

“那么，敢问酷酷的版主大人到底长什么样？你还真是神秘呢，社交网站上居然一张你的照片都没有。”

“我不爱照相，没什么照片。”

“通常你这样的人要么长得特别帅，要么长得特别丑。”

“那你可以认为我就是那种长得特别丑的。”

“……这不公平，凭什么你把我空间里的照片翻了个遍？我却不知道你长什么样！”刘小夏的语气有点撒娇的意思，这让她有点意外，在比自己小的男孩子面前怎么也变得幼稚起来了？

“存在就是合理的，你的空间放了照片不就是给别人看的？我空间里没有这些东西，就是没打算让任何人看到，你自然也不例外。”苏莫北发了个得意的表情，但想了想还是发了一张照片给她。那照片像是有些年头了，背景泛着那种有着时代感的暗黄，他坐在那里把着方向盘，在一个不知是什么类型的货车驾驶舱里微笑着，眼神明亮，透着那么一点淡然早熟，虽然留的是很普通的男孩儿发型，短发的末端微微卷曲，坏小子一样的，可那张略有违和的娃娃脸又让人觉得他根本坏不起来。

“怎么不说话？”发现刘小夏收到照片后没有立刻评价，苏莫北还有点紧张。

“哈哈，你不是烫头了吧？没想到咱们的冰窟窿版主原来是个可爱的小卷毛。”

“大老爷们谁会刻意烫头？我那是自来卷。”

“哦？还挺硬汉的嘛。”

“那是，大丈夫不拘小节，烫头什么的也太娘了。”

“不过挺可爱的，这是你多大的时候啊？”

“忘了，十六七岁？反正比现在小。怎么样？这下满意了？不许说出去。”

“那就看我心情咯！”

“喂，认真点，不许说出去听见没！”

“哎哟，这么霸道。遵命，版主大人。”

“哎，你到底多大啊？怎么看语气感觉是个和我差不多的小姑娘。”

“反正比你大，大好多岁的那种大。”刘小夏发了个调皮的表情，“不过也没多大，你叫阿姨可能不合适，叫我姐姐就行了。”苏莫北“哦”了一声，却并没有叫过一声姐。他还是依旧叫小满，又自然又理直气壮。

也就半年不到，苏楚杰的网站因为面向的群体比较垂直很快就有了稳定的访问量，小满的帖子也变得越来越受欢迎，每天收到的站内信多到爆炸，根本来不及打开看。更多人为了追看小满的帖子自然留在了网站注册了会员，这让苏楚杰觉得自己眼光果然不错。

“我早就知道你能行！继续写下去吧！想怎么写就怎么写，想让我怎么配合你就尽量说！”

这种无心插柳，让刘小夏反倒有些无措。尽管在网上刘小夏帖子写得很爽，可因为圈子确实很小，一不留神就会被人肉，她是真的不太想让别人知道自己，加上那时候网络暴力初见端倪，总有些异样的声音在帖子里携带着那些问候对方母亲之类不太干净的词语，作为一个从未经历过这种阵仗的普通女孩，她并没有做好这种“红了”的精神准备，时常感觉压力很大，一度不想再更新下去。版主苏莫北倒是很淡定，一如既往的高调置顶，甚至在首页做起了 FLASH 飘浮广告条。

“反正没人知道你的真名，他们骂你或捧你都是一种变向关注，不应该高兴吗？”

“我不过就是随便写写，也没想到要被这么多人评论啊。”

“有些事就是这样，你一旦搭上这班车就不能轻易下来了，倒不如享受这种过程。”

“好吧，那我试着去享受这个过程。”

“就是嘛，何况还有我在后面帮你肃清障碍呢。大胆地去写想写的啊，去多看看那些喜欢你帖子的人的留言嘛。总盯着那些不好的事，怎么会开心？”

“嗯，你说得对。看来还真的要向版主大人学习呢！”

“哈哈，给我留个电话吧，行吗？”

“嗯？”

“以后在网站遇到问题了可以随时解决嘛，就说给不给？”

“你平时都是这么跟女孩子要电话的？”

“你不是说你是个老阿姨吗？女孩子电话我倒是真没这么要过，但是想先用这个方式要个阿姨的电话试试。”

“小屁孩！信不信我发个帖告诉大家冰窟窿版主其实是个长着娃娃脸的小卷毛，让你瞬间威信扫地。”

“你倒是发呀，哼，也不看看权限在谁手里。”

“算你狠！”

“哈哈，笨蛋。”苏莫北也开始有了错觉，按照刘小夏的说法，她起码要比他大个七八岁，可一个二十七八岁的女人是不会有着这么单纯和天真的语气的。他看她空间里的照片时就觉得疑点重重，除非她发在空间里的都是过去的老照片，不然她哪有她说的那么大？

然而，刘小夏却一口咬定她是比他大七八岁的老阿姨，这还真是让他有点失落了。但他自己并不明白这种失落到底是因为什么，他为自己找到了一个合理的理由，或许真的是长期在男女比例失调的学校里待久了，母猪都能看作是貂蝉。

对，没错，一定是这样，按理说刘小夏这姑娘并不是漂亮的类型，细看脸上好像还有几粒小雀斑，要说她是美女，还真有点牵强。但他又有点喜欢看她似笑非笑的样子。

不得不承认，刘小夏有一双适合微笑的眼睛，就是那种笑起来会自然弯成一道月牙的形状，看起来很温暖，温柔姐姐的治愈感对一个还不到二十岁的男孩子来说还是有一点吸引力的。可惜她真正笑起来的照片又太少了，大多数都一副面无表情的样子，看起来不怎么快乐。

他也看过她大学时候的照片，简单的T恤牛仔裤，披着长发背着书包就像高中生一样。这让他还真有点好奇刘小夏的过去，大学时的她一定也会有男孩子喜欢的吧！可他又不敢问，这种矛盾的心理让他有点怀疑自己是不是对刘小夏产生了所谓的“爱情”。以前看到宿舍的同学给女朋友打电话时，他内心都是有些不屑的，听他们张口就来的“宝宝”“哈尼”“老婆”和那些甜言蜜语让他甚至感到恶心和反胃。爱情到底是什么？谁知道呢？他没想过，也没打算用心细致地去想这个问题。周末的时候和要好的同学骑车去学校附近的池塘钓钓鱼虾也挺快乐，又或者用业余的时间辅修几门喜欢的专业课，去图书馆一坐一下午，日子也照样过得飞快。再加上自从和哥哥苏楚杰业余做了网站，除了兼任这个被大家都认为很冷酷的版主外，也会想到要系统地去学习写些简单的程序。他曾问刘小夏大学里最遗憾和后悔的事是什么，刘小夏说，应该是后悔没好好珍惜在大学的时光。“以后的每一天都会比今天还要老，所以必须要抓住现在好好珍惜呀。”这一点和他想的一样，宝贵的青春确实不能浪费在那些不值得的事情上。

Chapter 7

一个真正的男人，应该什么样

随着苏楚杰网站的规模越来越大，论坛下面分类板块的每个版主逐渐组成了一个社群，这些管理员是苏楚杰去各个院校用画饼方式招募来的志愿者，每到晚上或周末，大家都会按时在群里开会，听苏楚杰接下来要做的更宏伟的目标计划。

“我们以后的目标就是要寻找更牛的内容产出者，找更大的网站合作，找更牛的广告商赞助……”站长苏楚杰自然而然地就沿用了在机关里开会的作风，好像他还在单位。只不过这时候他不再是一个唯唯诺诺只能说是的小科员，而是一个真正的领导者。

这种会，苏莫北听个开头就知道接下来的时间将会十分无聊，哥哥苏楚杰就是这点不好，明明还挺年轻的，却搞不明白为啥老气横秋的，总硬是要摆出一副官架子来。他悄悄私信刘小夏：“嘿，发什么呆，一句话也不说？有心事？”

“嗯，今天上班迟到了，扣了五十块钱。”

"就这事儿？来，陪我下盘棋。"

"可是我根本不会啊。"

"不会教你！包教包会。我开房，等你哈！"

"啊？"

"笨！开的是游戏房间，你想什么呢？"

虽然知道基本规则，但依旧菜鸟一个的刘小夏自然是毫无章法地胡乱下着。在苏莫北的故意"喂子儿"下，刘小夏顺利吃掉了他所有的"大子"。最后一步，将军，顺利赢了一局。

"心情好了吗？下棋是不是超简单？"

"……那也不用故意这样吧，我知道你是高手，为什么不好好下？"

"输赢无所谓，你高兴就行了。我小时候赢一盘棋总是最开心的。"

"真是个孩子。"

"嘿嘿，你不也是个孩子吗？"

"我不是。"

"那你是啥？阿姨？大妈？"

"滚，臭小孩。"

"不滚。我滚了，你不开心就没人陪你了。"

"少来这套，留点功夫去追个妹子谈个恋爱，别总和我这种老阿姨混在一起。"

"那你怎么不去谈恋爱？"

"没合适的。"

"什么叫合适的？"

"哎呀，你这孩子，你不懂，不合适就是不合适。以后也许你会懂吧。"

“要不要再来一盘？”

“不了，想安静一会儿。”

“那就找部片子看看吧。”

“看什么？”

“看什么都好过听苏楚杰胡扯，他就是在机关里待久了，养出一副官僚主义习气，油腻。”

“不要这样说你哥嘛，大人都这样。等你工作了就知道，尤其是在机关工作的男人，多半都这样。”

“你们同事也这样？”

“嗯，差不多吧。我们的男同事一到酒桌，吹牛时比你哥可油腻多了。”

“那在你心中，一个真正的男人，应该是什么样？”

“成熟稳重让人很有安全感的那种吧。”

“《教父》里马龙·白兰度那种吗？”

“那就太老了啊。”

“阿尔·帕西诺？我觉得小教父也挺帅的。”

“帅是帅的，但那种男人是不是就好，我也说不好，毕竟那是电影，生活中没有那种人啊。”

“你完整地看过《教父》？”

“看过，上大学的时候了，现在有点忘了。不过对我来说，这种黑帮电影传达的思维略微有些‘直男癌’啊。都说《教父》是男人的圣经，也许确实有点道理，换个思维方式，它教给男人的应该是要懂得责任，重视家庭。”

“对，我和你想的一样，真没想到女生也能看《教父》。”

“你没想到的事情还多着呢，小朋友。可能你还在玩弹珠的时候，我已经开始看言情小说了，你拿着玩具手枪到处和别人对打的时候，我可能都开始喜欢同桌的男生了。”

“又来了，小满，你能不能别总是在这种时候忽然来一段倚老卖老？”

他们有一搭无一搭地聊着，时不时也瞟几眼论坛开会群里大家七嘴八舌、热火朝天的讨论。气氛越来越热烈，群里的兼职管理员们对苏楚杰画的“大饼”依旧十分买账，纷纷在群里表着忠心，列队表示一定要为努力建成专业类网站领跑者贡献自己的一分力量，仿佛这些跟着苏楚杰的志愿者管理员很快就会当上 CEO，迎娶白富美，登上人生巅峰。

“群里聊的那些是挺没劲的哈。”

“嗯，他自己开心就好。毕竟我哥成家早，有了小孩后压力更大，他这人也不爱玩游戏，有这么个虚拟王国似的地盘可以让他暂时忘了生活中的这些烦恼。男人嘛，谁不想好好做出一番事业。”

“你还挺理解他的。”

“是啊，你别看我哥这人表面看起来特喜欢到处和人沟通显得挺外向的，其实他心思重，野心大，生活中不怎么爱说话，就是个没什么情趣的理工男。”

“那你呢？你在生活中什么样？”

“我就这样吧，生活里和网络上区别也不大。”

“冰窟窿？”

“哈哈，随你怎么想。反正我也不是个喜欢说话的人。”

网络的好处在于，抱着真诚的态度就一定能很好地交流，毕竟生活中他们并没有交集，完全不会因为什么刻意掩饰内心深处的想法。刘小夏和苏莫北慢慢养成了一些说不出的默契，这种默契似乎比平时生活里的那些朋友还多一些。这让刘小夏常常有种错觉，觉得其实他们相隔并不远。在年龄上，也没有想象中那么大的代沟，出乎意料的聊得来。

一来二去，这种类似有意无意的网上聊天多了，偶尔和他也会说些互相开玩笑的话。也许正因为知道见面的机会几乎没有，两个人都更坦诚，甚至那些青春里躁动不安或毛茸茸的心思也并不会觉得尴尬或龌龊。

他们思无邪般一本正经地去讨论人性的弱点，琢磨男人到底会不会因性而爱或者因爱而性，这种并没有什么标准答案的类似于先有鸡还是先有蛋的问题。

实际上，刘小夏心里比他更清楚，一个正值青春期的小男生，在男多女少的封闭环境里是容易变态和压抑的。这个年纪的男生满脑子里想的会是什么？山羊皮乐队有一首歌叫《beautiful ones》，里面有一句歌词是："22，psycho for sex and glue." 刘小夏想苏莫北也不会例外吧！

有个晚上，苏莫北问刘小夏要不要玩真心话大冒险。刘小夏说："好啊，也别扔什么骰子或者剪刀石头布，你到底想问我什么我都认真回答你，怎么样？"

让小夏意外的是，他的直率和坦然。有次，他居然支支吾吾了半天只憋出了一句："为什么在女生的生理期不能那什么呢？是因为会怀孕吗？"

刘小夏差点笑翻过去，又觉得中国的性教育实在悲哀。为此对他进行了一系列的科普，最后还不忘说一定要关爱女性，云云。他并不知道，那些所谓一系列的科普知识都是刘小夏的纸上谈兵，刘小夏却非要仗着比他大几岁而装作经验丰富的样子来证明自己就是比他厉害。

刘小夏说："以后对你的女朋友好点啊。女人是这个世界上敏感又脆弱的动物，很容易被爱伤透了心。"

“那你又是被谁伤透了心？”

“傻孩子，我什么时候说我被伤透了心？”

“那你为什么不去恋爱呢？你为什么不找男朋友呢？你长得也不算难看。”

“怎么又绕到这个上面！我不都说了吗？没有合适的。”

“好吧，今天的聊天记录太过火了，希望你把它删了。”

“哈哈，我就没有保留聊天记录的习惯啊！再说，我也没觉得我说了什么见不得人的东西，你要觉得太难为情就不要再看啦，心里知道就行了。”

“嗯，有首歌挺好听的，有空听一下？”

刘小夏打开苏莫北发她的链接，那个歌手在当时并不出名，声音却很有特点。看到歌词，惊艳了一下，那首歌刻画的是一个艰难缓慢地走出情伤的女人对负心人的决绝。

And who do you think you are?

你以为你是谁？

Running round leaving scars

你凭什么到处践踏真爱

Collecting a Jar of Hearts

收集了别人的真心

Tearing love apart

又将爱撕得粉碎

You’re gonna catch a cold From the ice inside your soul

你将因为你灵魂深处的冰冷而得到报应

I hear you're asking all around If I am anywhere to be found

听说你正在打听我的下落，看能不能在什么地方找到我

But I have grown too strong

但是我已经成熟　已经独立

To ever fall back in your arms

我不会再被你伪善的怀抱欺骗

I've learned to live, half alive

我已经学会了一个人努力地生活

And now you want me one more time

这时候你却想让我回到你的身边

And Who do you think you are?

你真以为你有那么重要吗？

刘小夏有种被人看穿了心思的惶恐与不安。好像苏莫北什么都知道，但他又是怎么知道的呢？是啊，她心里早就想和初恋马晓军说上一句：你以为你是谁？

Chapter 8

小满，很高兴认识你

那阵子，秦芳依旧还像逛菜市场挑大白菜一样，给刘小夏隔三岔五地推荐些男人，但刘小夏却没有之前那么热衷了。

“怎么觉得你像个妈妈桑？”

“那这位爷，您倒是赶紧选一个啊。”

“没兴趣，爷累了。”

“哎哟哟，我说刘小夏你这人怎么那么没常性？才看了几个就累了？”

“生活里又不是必须有爱情，没有男人又死不了！”

“是，没有男人确实死不了，但生活里少了很多乐趣啊。就你这种性格，得找个人收拾收拾你，要不你就越来越嚣张。看你最近这个状态，老实交代，是不是外面有狗了？”

“别说，还真有条狗，那狗都差点跑我家去了。天天跟踪我！”

刘小夏没有和秦芳说起过苏莫北的事，而是跟她说了一个无关痛痒的追求者徐欢。徐欢是刘小夏那该死大学前男友的老乡，也忘了怎么联系上她的，总之他自从知道刘小夏失恋了，毕业后就忽然来到了D城找工作。

徐欢的家境不错，其实也根本不着急找工作，每天就在大街上开着车瞎转悠。他四处打听刘小夏的单位地址，后来又不知道怎么打听到了她家的大致位置，害得她每次回家都要先在周围观察一下有没有徐欢的车。

“不喜欢人家就直接和他说！”

“嗯，我已经和他说过一次了，他就是没有要停下来的意思。”

“所以你要有个正牌的男朋友，他就知难而退了。”

“但是现在没有啊。”

“那还说我是妈妈桑？我真是为你操碎了心，你居然还不领情。”

“听你这么一说，我还真找到灵感了，我跟徐欢说我有喜欢的人了吧。”

“真的有了？说，哪家倒霉的小子被你盯上了？我去说。”

“没啦。”

“那下次再给你介绍男人你还见不见？”

“那再说吧。”

刘小夏被秦芳问得有些心虚，她也惊讶自己怎么会忽然说有喜欢的人这句话。她心里想的是苏莫北吗？她觉得不太可能，苏莫北不过就是个网友，还是个才上大二的小屁孩。他们也就是没事在网上随意聊上几句，连面都没见过。

在还没有微信语音的时候，能听到一个人声音的方法只有打电话。苏莫北有了刘小夏电话号码后一直想找个什么借口拨过去，但想到最近网站也根本没有什么新鲜事，新的项目也因为苏楚杰工作太忙而进度延迟。后来琢磨半天终于想通，为什么打电话一定要有事才打？于是决定选择一个晚上七八点钟的时段拨过去。

“喂？”

“嗯，是我。忙什么呢？”

“下班刚吃完饭，怎么，有什么事吗？”

“没有事就不能打电话了？”

“啊，那倒是。你最近在忙什么呢，小朋友？”

“准备英语考试吧，还有几门专业课的考试之类的。”

“那为啥不去好好复习？”

“也不能总看书吧？该休息的时候就要放松一下。”

“还挺懂劳逸结合的嘛。不错，小朋友加油哈。”

“那个，你仔细听听，我这电话里有没有什么特别的声音？”

“是啊，听着好像挺嘈杂的，你在哪儿呢？”

“在宿舍，他们现在在敲盆。”

“敲盆？为什么要敲盆？”

“笨蛋，天狗食月要敲盆驱赶啊。”

“哈哈，你们这些小孩儿真逗，都是受过高等教育的大学生了，怎么还信天狗这种东西。”

“我当然是不信了，我看了天气预报发现 D 城今天是阴天，应该看不到月食吧？就想打个电话让你听一下月食。”

“听月食？”

“对，敲盆的声音越大，说明月亮的缺口越大；声音慢慢减弱，就是月亮又重新圆了。”

“哇，你好聪明哟。我还从来没听过月食呢。”

“是吧，我就知道你没听过。”苏莫北掩饰着自己的兴奋，他听到刘小夏的声音后心里竟有种说不出的开心。

和他想象中的一样，这个姑娘的声音听着很年轻，软糯温柔，偶尔拖着些懒懒的尾音，那声音让他想起刚出生的小猫。

“小满，很高兴认识你。”

“这孩子，你是咋了嘛。这话咱们不是第一次聊天就说过了？”

“在电话里再说一遍不行吗？”

“行。”

“那就得了。”

“谢谢你。”

“谢我什么？”

“谢你让我听到月食啦。”

“不客气。”

“小满……”

“嗯？什么事？”

“你为什么要叫小满啊？”

“你猜猜看。”

“嗯，让我想想，你是不是出生在小满节气？”

“哇，你真是厉害。”

“啊？居然这么简单？我还以为你想说，你取得是‘水满则溢，小满不满’的意思呢。”

“哇，连这个你也能想到！难不成你是我肚子里的蛔虫？”

“说不定还真是。”两个人一时不知道往下再说什么，旁边的背景音又停住了，瞬间空气尴尬地安静下来。

这一刻的苏莫北有种冲动，他很想说：“小满，你要是和我一样大多好？如果是，也许我会追你。”可话到了嘴边却变成了：“小满，你找个男朋友吧？我们辅导员好像和你差不多大。你觉得行，我把他介绍给你。”

“你好像很关心我的私生活吗？”

“朋友互相关心一下没什么吧？”

“那我也想关心一下你，要不要我也给你介绍个女孩认识？我有个学妹挺不错的……”

“打住，我现在不想谈恋爱。”

“为什么？”

“没为什么，现在谈恋爱有什么意义，大学毕业了会分手的吧。”

“那你也别管我的事了。”

“可是看到你总一个人怪孤单的，有个人照顾你多好。”

“谢了，还真不用。”

“你父母没催你吗？”

“催也没用，缘分这种事又不是催就催出来了。”

逃避现实的做法几句话就把人带回现实，关于爱情，其实是刘小夏不愿意和苏莫北聊的话题，她情愿听一个晚上月食，或者听他的室友轻声弹拨着吉他随便唱些什么歌。

“小满，我认你做姐姐好不好？”

“算了吧，我才不要认什么弟弟。弟弟实在是太麻烦了，我这人没什么责任感也没耐心，你认我做姐姐不会有什么好处的。”

“那好吧，这话我就说这一次，你可以当我没说过。”

刘小夏又一次的沉默了，她也没想到自己怎么会如此快速地回复他这样一个答案。坦白说，她确实觉得苏莫北很特别，和他聊天让她内心很平静也很有安全感，她之所以不想认他做弟弟，有一个很大的原因连她自己都没想到。其实她在潜意识里有点依赖他，甚至觉得自己并不是大的那一方，完全不配做他的姐姐。

“小满，那我以后能经常给你打电话吗？”

“好啊，等你找到女朋友了，就不要这样了。”

“我说了，大学时候谈恋爱一点意义都没有。”

“那总会遇到你喜欢的女孩子呀，到时候有问题来问我，我帮你搞定她！”

Chapter 9

长大总是慢慢地，老了却是一瞬间

在苏莫北快要大学毕业的时候，一个班的同学明显分出了几派：家里有钱有势的、专业课程非常突出可以保研的、特别能吃苦有个工作就愿意去干的，以及像苏莫北这样以上皆非又不知道到底该怎么办的。但很明显的一点是，这一届的他们不再按部就班地非要找一份和自己所学专业完全相符的工作了，这就是 90 后的思维明显同以前的学长们不一样的地方，他们更在意自我的感受，并普遍觉得能做自己喜欢的事才是有意义的。

苏楚杰问苏莫北，毕业以后打算做什么？苏莫北总是很轻描淡写地说，还不知道。这样的态度真是让人心急，可毕竟那是属于他自己的人生选择，谁也没有权利指手画脚。

“按照原来想的，毕业了就先去赚两年钱回来再留学，不好吗？”

“可我好像又不那么想出国留学了。”苏莫北说完这句看似任性的话之后一脸漠然，他不想告诉哥哥，原本他在大学四年里拼命学英语，拼命提高绩点，只为了能等到出国的那天，可在努力的过程里他发现这种蛮劲儿太蠢了，就像一头驴奔向挂在前面的胡萝卜不停打转推磨一样蠢。为什么有的同学根本不用这样努力就可以做到？

况且留学之后就一定过得比现在好吗？国外是不是又真的就比国内好，谁又能说得清。他有些茫然，S 大这所大学用四年的时间和那些不通情理的规则磨平了他之前所有对未来的美好想象，看来那句话说得没错，不是你上了大学，而是你被大学上了。

他至今还记得，在大学开学之初的军训中接到爷爷突然去世的消息，马上请假回家见爷爷的最后一面是他想到的最后一件力所能及的事了。他认为爷爷是从小到大对他最重要的亲人之一，曾经的记忆无法替代，他从未想过失去的竟然这么快，快到无法承受。

然而，学校表示不予准假，除非退学。最终，他还是挣扎着在爷爷和学业面前选了学业。那是他人生中遇到的第一个两难选择，他也是第一次知道原来有一种悲痛是根本无法流出眼泪的难过。

军训的一个月，他麻木地在队列里站军姿，麻木地踢正步，又麻木地参加了汇报表演，直到全部结束才真正回家跪在爷爷的墓前大哭一场，那是他长大以来哭得最久的一次，久到声音嘶哑，口干眼痛。

后来，他把这段经历讲给刘小夏听。刘小夏问他，是不是那一瞬间觉得自己好像也老了好几岁，他点了点头。

“长大都是慢慢地，可是感觉到自己老了却像是一瞬间的事。”

苏莫北觉得刘小夏是懂他的，至少他说的这段经历她懂了。在快毕业的这个时候，他其实很想问问刘小夏，如果让她再重新选一回，大学毕业之后她会怎么做。然而，很快他又觉得自己这么做有些傻。听说，她应该快结婚了吧？

有阵子，他觉得刘小夏好像挺幸福，一副现世安稳岁月静好的模样。这样也好，刘小夏说得对，每个人都有一个属于自己的人生，就像天上的星星本来都有属于自己的运行轨道一样。也不知道她是否还记得当初和他说过的那些话，如果重新再读一次大学，一定要过得更丰富一些，努力去做自己想做的事，爱想爱的人，过想要的生活。

他也要走进属于自己的人生轨道了。抛开当初脑残选择的垃圾专业，他想要离“互联网”这三个字近一点。如果说以前在苏楚杰的网站做版主是练练手，那么，毕业后他将从零开始。这时候的他也没敢想太多，只要能离互联网近一点就好。那么，怎么才能离互联网更近一些呢？想想微软，想想百度，想想那些成功的互联网大公司总部都在哪里？没错，是北京。

于是，在苏莫北还未满二十二岁的那个刚过完年的春天，他买了去北京的火车票，决定先找个工作试试看。很多年轻人刚到北京时眼睛里都是亮晶晶的，而苏莫北到北京的第一天就遇上了史上雾霾最严重的春天，他这才发现再亮的眼睛也无法让人看清眼前的路。和他一起入职的同事很平静地说：“对，这几年的北京一到春天就这样，习惯就好了。”

苏莫北入职的这家公司并不算大，尤其是在遍地都是厉害公司的中关村。他所学的专业和想干的工作本来就没有任何相关性，好在凭着他的一腔热情和手里的一把证书才勉强上了班。

刚入职场时的他心里暗自认为，他与刘小夏和苏楚杰说的上班感受都不同，他更乐观地认为上班应该是一种离梦想更近的拼搏过程。所以他下决心想要在工作中从零开始，努力学习，花尽心思像海绵一样去吸收这传说中他最向往的互联网行业里最有营养的部分。

这个时候，他的大学同学也开始陆续去到本来他也有可能从事的行业上班了，听说他去了北京的互联网公司都很羡慕。

“北京，听着就金光闪闪啊，以后混好了别忘了兄弟。”

“听说北京的工资挺高的吧？”

“这回终于离开和尚庙了，赶紧在单位里找个女朋友。”

好像并没有人问他在北京到底做的是什么工作，他也不想解释，毕竟解释起来很麻烦。在公司，他这个并没有经过科班训练的愣头青确实无法像某些同事那样熟练地写出漂亮的程序，没有绘画特长的他也不会搞平面设计，唯一适合他的职位只有名字听起来还算好听的产品经理。

年轻的一个最大优势是可塑性强，苏莫北凭着当年的聪明劲儿很快也摸出了一点工作上的技巧和门路，上班的新鲜劲还不足一个月就又成了乏善可陈的事，于是很快跌入到做一天和尚撞一天钟的状态里。新人的工资都不多，虽然看起来好像比其他同学的实习工资还高上一点，但在北京的花销却是出奇的惊人。

首先是租房，离开了学校最便宜的宿舍，对于一个刚毕业的学生来说，除了乱糟糟的群租房似乎也没什么更好的选择。再说说每天上班的交通工具，选择公交车就要时刻揪着心祈祷千万别堵车，选择地铁就要把自己挤成人肉罐头。骑自行车不行吗？雾霾太大了，且不说对健康不利，那么低的能见度，一不留神撞到谁再给点赔偿，半个月就白辛苦了。这样看，住在公司附近是最明智的选择了，哪怕是乱糟糟的群租房。

但他还是不后悔来到北京，周末的时候来到国家图书馆兴致勃勃地办了一张卡，觉得这环境也太赞了吧，比大学时候的图书馆不知棒了多少倍。可一年过去了，他发现自己并没用上那个图书卡几回，反倒是陪同事几乎去遍了海淀区的串儿店。原来，工作后单身男人的业余生活比大学时更加无聊，大学时和同学刷夜打游戏时间就可以过得很快，可如今兜里的钱貌似多了一点，日子却并没有好过一点。是不是谈个恋爱就好了？

他加了几个北京单身交友群，发现性别比居然和大学一样，男多女少。同事老莫说：“在北京漂着的屌丝就像蟑螂，实际存在的可远比你看到的多多了。找个妞儿玩玩还行，谈恋爱就太奢侈，毕竟很多女人谈恋爱就是奔着结婚去的，你一个刚来北京的穷小子啥都没有还想谈恋爱，还想结婚？你知道结婚意味着什么吗？就是掏空你父母的家底还得背上一屁股债，你再生个孩子，从此你的人生就定死了，唯一的奋斗目标就是赚钱还债。”

听到老莫的话，他悲哀地想起了哥哥苏楚杰以及那个长得和他小时候几乎一模一样的侄子牛牛。这已经不是从前孩子生出来怎么都能养活的年代了，自从牛牛上了幼儿园以后，嫂子便经常逼着哥哥带牛牛去参加各种特长班，三岁大的孩子能学明白什么呢？但最终哥哥还是妥协，牺牲一些自己的个人爱好来满足儿子不能输在起跑线上的需求。也因为想要多赚一点钱，苏楚杰琢磨过很多能赚一点钱的项目，那个网站，曾经也是这么酝酿出来的。

在北京的第一年，苏莫北总是全公司最晚下班的那一个。他买了kindle，在大家都下班后的办公室安静地看书到深夜。成年人的孤独感很奇怪，反倒是在越热闹的时候越能感受深刻。那些无人的时刻，他开始看大量的哲学心理书籍，企图从那些文字里搞明白自己到底在想什么。探索自己的过程里，他忽然觉得好像什么都懂了，又或者更糊涂了。但那段能安心看书的日子却让后来的他时常感到怀念，毕竟往后的日子里，他能那样心无旁骛什么都不想只踏实看书的时间是越来越少了。就好比刘小夏当年和他说的，大学是最值得珍惜的岁月了，眼下的每一天也更值得珍惜，因为往后的每一天都将会比现在更老。

在公司其他同事的眼里，这个小苏话不多，只喜欢点头微笑，礼貌客气又和同事保持着距离。他后来把那段日子称作是“狭义上的孤独”，他甚至很少和家人朋友联系，只是默默地沉浸在自己的世界里，看书、思考、发呆。

“小苏，发什么呆，周末没事，要不要哥带你出去好好开开荤？”

这天，老莫在办公室外面靠近厕所的走廊随意吐了口烟。苏莫北表面上装得很淡定，心里却矛盾起来。他不想让老莫察觉出自己其实没什么经验，一个独身男人对性的渴望像猫爪子时不时地挠着心尖儿，好奇又担心。他纠结了一下，脑海里蹦出自己被抓的场景，但想到老莫这个老司机一定不会让他这么衰，却又为自己可能表现不佳被小姐嘲笑而紧张起来。纠结了半天，到底还是没有跟老莫去。

那个晚上回到家不久，他忽然想起去刘小夏的空间看看她最近在忙什么。自从两年前他们在学校见过面后，他就再也没看过她的照片了。至今他都不明白当年刘小夏到底是什么意思，不是婉转表达了他们的暧昧不该再继续下去了的意思吗？那又为什么在告别时装作若无其事地轻轻亲了他的脸？这导致后来他每每再想起那个夏天，总觉得那天的空气里似乎多了一丝香味儿，是一种像柚子般的水果清香，然后身体里某个部分像是被挤了一下，又酸又涨。

女人，到底还是太难琢磨了。他重新找到那部老片子，《美国往事》里少年的“面条”对少女黛博拉说：“你为什么要脱衣服给我看？”他把画面定格在那一帧，若有所思。

黛博拉是对“面条”有一点点喜欢的吗？还是她天生就喜欢用这种诱惑的方式让“面条”对她念念不忘呢？

第二天下午，他在工作不算忙的时候偷偷用手机挂着QQ，刘小夏居然上线了，他忍了半天还是说了几句话。

“干吗呢？”

“上来看看。”

“中秋怎么过？”

“和父母一起吃个饭呀。”

“嗯，最近有没有新认识的小男生？”

“没有。”

天啊，我刚才都说了些啥。苏莫北不知道自己这次又是怎么了，好不容易有勇气和刘小夏聊了几句，居然聊的就是这些东西。他本来是听哥哥说她好像已经有了男朋友又快要结婚了，想问她是不是真的，可话到嘴边咽了下去。

“你应该找个男朋友了。”

“那如果我结婚了你会来吗？”

“会吧，只要我能请的下来假就会去的。”

“好，那到时候一定要来哟。”

“所以什么时候结婚呢？”

“不知道啊，也许永远也结不了了吧。”刘小夏语气有些悲伤，这让苏莫北的心情也跟着变得复杂起来。

“你很希望我有个男朋友对不对？”

“当然啊，作为朋友自然觉得你能幸福是最好。”

“嗯。谢谢你。”

“有空来北京玩啊，我请你吃好吃的。”

“吃什么呢？烤鸭吗？”

“都行，你先来了再说。”

“我还想去北京大学呢。”

“好，你来了我带你去。我们公司离北大挺近的。”

“小朋友……”

“嗯？咋啦？”

“你都毕业了，时间过得可真快啊。”

“瞎感慨什么，记得有空来北京了要找我玩。”

“好。”

Chapter 10

对你好，这三个字比什么都重要

已经有些忘了，葛雄是秦芳给刘小夏介绍的第几个男人，反正那年刘小夏刚好二十五岁。现在想来，刘小夏对葛雄的第一印象并不好。见面那天的葛雄穿着一件黑色的呢子大衣，戴着黑框边的眼镜，大衣的下摆皱成了一团，头发也有点凌乱，笑起来眼睛眯成了一条线，好像没睁开一样。

一见面，他就连续说了好几句抱歉他来晚了，刘小夏一看手表，整整比约定的时间晚了将近一个小时。好在她也没把这种见面当作相亲，只是以为秦芳随意介绍的一个朋友而已。

葛雄看起来很普通，普通到甚至有点邋遢，刘小夏也没发现他和之前的那些不靠谱的家伙们到底有什么不同。那一餐饭依旧有秦芳陪同，大家有一搭无一搭说些不痛不痒的话。吃饭的过程里，葛雄始终腼腆羞涩就像个大姑娘，说的每一句话都仿佛思考了很久。

因为葛雄的迟到，午饭结束时已经快到傍晚了。秦芳依旧用半路撤退的伎俩来给他们创造所谓单独相处的机会。葛雄问刘小夏，要不要再去喝点什么？看他那尴尬紧张出汗的样子，刘小夏也变得不自然起来。

“今天也不早了，你不是从外地刚出差回来？好不容易有个休息日，不然就回家吧。”秦芳走后，刘小夏也没想过要和葛雄再单独相处多久，于是就决定还是早点回家。

“好吧，那我送你回去？”

“不用了，我家其实很近的。”

“那……我们留个电话，有空我联系你？”

他们说着就走出了饭店所在的商场，刚想推门出去，却发现不知道什么时候外面已经下雨了。初冬的雨细细密密，不一会儿路上的低洼处也积满了水，风吹过来冷飕飕的。

“你站在这儿别动，这么冷，淋了雨会感冒。我出去买把伞。”

刘小夏还没来得及说什么，葛雄就跑了出去，在街上临时买了把雨伞。

“我先帮你叫了辆车，我给你送到楼下，给你送到家了我再回去。”

“不用这么麻烦吧？既然打车了，就不用送了。”

“不麻烦，除非你是不想让我知道你住在哪儿。”话都说到了这份儿上，也就不好再推辞了。一路上，葛雄尽力和刘小夏找一些话题聊，没有什么话可说的时候就反复重复着那一句。

“我是真的对你印象很好呢。”

刘小夏其实明白他的意思，却不知道该怎么回答，只好继续说些客气礼貌的话。

“谢谢，很高兴认识你啊。”

和葛雄算是相亲吗？事后刘小夏反问自己，却一时找不到答案。唯一不同的是，刘小夏发现葛雄也许和之前秦芳介绍的那些男人还真不太一样，这个葛雄好像特别认真。

“你觉得葛雄怎么样？是不是挺老实的？听说他后来送你回家了，看起来对你特别满意呢。”秦芳很快就打电话问刘小夏的意见。看起来这也是葛雄的意思。

“什么意思？你这次不是以前的套路了啊？直接说是相亲？”

“是不是相亲不重要，反正葛雄对你有那个意思了。你要不要考虑一下？”

“算啦，我过段时间可能要去省城进修一段时间。”

“借口，你也说了是进修一段时间，又不是一辈子不回来了。离你上一段感情好久了吧？你之前也说过，你们单位有个二婚的猥琐大叔总是问你有没有男朋友，你就算把葛雄当个挡箭牌也好。”

“那样不太好吧？我对葛雄好像没那种特别的感觉。”

“我说刘小夏同学，你还是喜欢做白日美梦的无知少女吗？什么是一见钟情？不过就是见色起意；什么是日久生情，其实是权衡利弊。这道理你不是早就懂了？葛雄他就是长得不够帅，没法让你一见钟情罢了。人其实还是不错的吧？起码他看起来像个老实人。你看人家今天吃饭都没好意思多看你。下那么大雨人家跑出去给你买伞还送你回家，还非说顺路。其实他家离你可不近呢！”

“那就再考虑一下？”

“这就对了，要珍惜那些长得普通但心地善良的老实人啊。给你画个重点。对你好！这三个字比什么都重要！”

那天，秦芳说了很多葛雄的优点。比如工作认真上进，孝顺父母，人长得老实又朴实，性格温和不爱发脾气。刘小夏几乎要反问她，那样好的男人为什么你秦芳不留给自己。

在这一年，刘小夏已经告别机关的临时工身份，开始了自己不靠谱的打工生涯。不过短短一年里，刘小夏就换了三四份工作。迷茫吗？答案是肯定的。

刚毕业后的青涩已逐渐褪去，未来的路却仍旧不够清晰。刘小夏先后试过去当培训学校的英文幼教老师、贸易公司的人事招聘专员、总经理助理这种看起来更像女孩子应该有的工作，结果都做得马马虎虎。

当初为什么不去读师范？当初为什么不去读适合女生就业的专业？父母开始质疑当初刘小夏任性的选择。慢慢地，连她自己也在怀疑她还能做什么。电话客服？她好像有接听陌生人电话的障碍，拿起电话就会忽然不知道自己该讲什么。销售？她极有可能一个月都推销不出去一单生意，一个和陌生人都无法用电话交流的人又如何能和客户面对面的交流，并且让别人愿意购买你的产品呢？

刘小夏不知道是不是每个二十五岁左右的人都会忽然去想自己未来的人生会是怎样的安排，又会做哪些规划。总之，那时那刻的她认为属于自己的二十五岁是一团糟的，而且简直是糟透了。

在她迷茫的时候，会不自觉地想起曾经那个在电话里直播月全食给她的苏莫北；那个在平安夜发来奇怪空白图片，后来靠折叠笔记本电脑角度才能看到遮盖图层里写着“小满，圣诞节快乐”的电子贺卡的苏莫北；那个跟刘小夏说能不能抱抱自己的苏莫北……原来，她在内心深处根本就没忘记过那个夏天。

记忆中她和苏莫北的夏天源于一次出差，那次出差地点刚好是她母校所在的城市，心里想着很久没有回过母校了也就顺便去了S大。那天校园的空气里都是刚下过雨后青草被雨水浸湿的味道，清新里带着一丝甜。苏莫北在电话里知道这个消息后显然比她更开心，非要坚持用奖学金请她单独吃一次饭。

当她第一次见到苏莫北的时候，发现这个胖乎乎的小男孩可比她想象中要腼腆多了，他的头发比照片上更短了一些，手是微微攥着的，不怎么敢看她。她看着他的娃娃脸笑了，果然是个孩子。

短暂的相处又让她觉得两个人十分默契，好像他们很早就认识了一样。他会很自然地想要接过她手上提的相对重一点的包，也会问她要不要喝水还没等她回答就买过来递给她，发现她扭不开又一边笑她太笨一边帮她扭开。

路上，她提议不如一起去见见论坛里那些和他们同一个学校的其他网友，版主大人于是就带着她这个曾经的论坛红人一同去见了同在一个大学的网友。令刘小夏有些惊讶的是，苏莫北这个小男生在这种场合的表现居然比她更像个成年人，能够像模像样地点菜、布菜，招呼大家依次落座。不过令她意外的是，饭局上他刻意没有和她坐在一桌，却又情不自禁地为不胜酒力的她挡酒。饭局结束后，他主动说要送她回去，两个人不知不觉在校园里逛起来，她有种错觉，觉得好像自己又回到了大学时代。那样的气氛，加上微醺的状态，她忘记自己为什么会在他说想抱一下时牵起了他的手。

她很坦诚地对他说，希望有个比自己更合适的女孩子能给他一段美好的爱情。她轻轻拍着他的背，对他说他的未来一定会很好很好，好到她可以为他感到骄傲，他现在还在大学里，就应该去抓紧时间做自己最想做的事，去享受和珍惜大学时光，也许很快他就会遇到一个很好很好的女孩子，然后开始一段特别美好的恋爱……然而他还是抱住了她，小心翼翼地，好像在抱着一个什么易碎品。显然那一刻的他很紧张，紧张到全身紧绷。

十九岁的男孩子，一个长得像小熊一样憨厚又朴实的男孩子，有着刚发育过的宽阔的肩膀和不敢直接对视的有些慌乱的眼神。这让她也不由得跟着难为情起来，按理说她不该和他一样青涩，毕竟那时候她已经二十四岁了。

晚上，她拗不过他，还是让他请她单独吃了一顿饭，地点选在了S大附近的小饭馆。她觉得看苏莫北吃饭很有意思，看着看着就有点出神。对苏莫北到底是怎样的感情呢？其实连她自己也说不清楚。她只知道，这样的男孩子在她面前透明得好像桌子上的玻璃杯，出于私心她是有些不舍得认他做弟弟的，难道她心里隐隐觉得喜欢这个孩子了吗？这让她有些不知所措。

后来，她每当遇到不开心的事，每当在相亲中遇到奇葩，总会想起和苏莫北告别时的那个下午，燥热的夏天从不知名的树吹来阵阵清香，她在他索要那个告别的拥抱时，踮起脚在他脸上轻轻地啄的那一下，以及轻轻和他说的那句："再见了啊，小朋友。"

那次见面后，他们便不再那么频繁地打电话。苏莫北的专业课越来越多，业余时间也渐渐少了。刘小夏不知道，苏莫北也在偶尔有些不想睡太早的晚上想过她，想到那个燥热又潮湿的夏天，想起他第一次拥抱的这个又小又软像小猫一样的女孩子，身体的某个部分在膨胀，分不清楚是喜欢还是情欲的苏醒。

Chapter 11

大概心里那头老鹿已经撞死了

认识还不到三个月，葛雄就郑重其事地和刘小夏表白了。好像台词也精心设计过，就是《裸婚时代》里刘易阳对童佳倩说的那段。

“虽说我没车、没钱、没房、没钻戒，但是我有一颗陪你到老的心。等你老了，我依然背着你，我给你当拐杖。等你没牙了，我就嚼碎了再喂给你吃。我一定等你死了以后我再死，要不把你一人留在这世上没人照顾，我做鬼也不放心。”

说完那段台词之后，葛雄就一气呵成地想要完成牵手、拥抱、接吻的三部曲，刘小夏愣在原地很久，发现胸腔里并没有像第一次恋爱那样装着一头四处乱撞的小鹿。那么，那头鹿还活着吗？还是早就已经撞死了？

刘小夏在那天的日记上写：“唔，我又恋爱了吗？”

或许秦芳说得对，当有了“貌似”男朋友的人之后。生活里很多事也变得顺遂了许多，再有类似对你“异常关心”的人来询问你这个问题的时候，你可以微笑地回答一句："嗯，我已经有男朋友了。"接下来，他是做什么的，他多高、哪里人、长什么样子，这些细节问题再也不用刻意去编造了，如此轻松。

刘小夏同葛雄正式确立恋爱关系的第二周，葛雄就被外派到了J市工作。不知道为什么，刘小夏心里居然有种松了一口气的感觉。

和葛雄的相处仿佛从一开始就像是奔着什么目的去的一样。葛雄好像也在急着去证明什么似的。那种刻意的感受让她觉得压力很大。

"我父母想见见你，你下周末有时间能不能来我家？"

"可我们才刚在一起没多久啊。"

"是啊，我也觉得是不是太着急了？但我是真的很喜欢你，也是希望让父母早些认可你。毕竟，我是想和你以结婚的目的交往。"

"如果你是希望让你父母能不再为你的个人问题发愁了，也许我可以帮你一个忙，不过你知道，我们谁都无法马上确认是不是一定要以结婚为目的，对吗？尤其我们认识的时间不长，现在就说这些是不是有点早？"

"对不起，也许我真的是太心急了。"

"没关系，我能理解你的心情。"

刘小夏也隐约听秦芳说过葛雄的上一段感情，当年葛雄本以为两个人可以顺利从大学走到结婚，谁知都快订婚了，女方父母忽然提出些无理要求，三年的感情说完蛋就完蛋了。葛雄失恋后很长一段时间都走不出来，且是身边朋友劝都劝不动的那种。

重感情、讲义气、对那段让人遗憾唏嘘不已的初恋念念不忘，在外人看来，葛雄简直就是一个妥妥的痴情大种子。后来很多次小夏问他为什么会喜欢上她，他的回答都是，也许他们是同为天涯沦落人的惺惺相惜。

这倒说得没错，他们的确在相处时更像朋友。刘小夏几乎从来没有感受到他因为在乎而吃醋，而他好像也从来不觉得刘小夏会为他吃醋。

有次葛雄故意发来一张女孩的照片，问这女孩好看不好看，不明所以的刘小夏自然回答还不错，挺好看的。葛雄又说，这女孩曾经追求过他，家里条件又很不错。那一刻刘小夏本来想要发火的，可马上又觉得无所谓。如果那女孩和他真的有什么，还有她刘小夏什么事呢?

葛雄的 QQ 空间里还有好多过去为前女友写的日记，刘小夏却从来没有一次受好奇心驱使点开那女孩的空间，去看看她到底长什么样。

异地恋总少不了彼此为了见面来回折腾，葛雄回来看刘小夏的次数多一些，而刘小夏去看葛雄却屈指可数。就那么一次，收获倒是不小。

那次因为刘小夏没买到动车票，本来预计三小时的路程变成了六个小时，在出站口见面的时候她看到葛雄开了一辆十分拉风的大红色别克，很显然这不可能是他的车。还没等问出口，葛雄马上急着解释，车是单位同事芳姐的，他只是经常开它方便办公。

从火车站出来时已经晚上七点，夜幕降临，陌生的城市陌生的主播在电台里预报着路况信息，让刘小夏觉得一切好像梦境般不真实。葛雄开着车一路朝着他所在单位的方向驶去，一开就是一个多小时，穿越繁华的街区，最后停到了相对安静的一栋居民楼。

“这就是我的工作单位了，商住一体，先去楼下的粥店吃个晚饭，晚上就别吃得太多了，会胖。吃完以后送你去宾馆，怕你觉得洗漱用品不卫生，特意给你买了新的杯子和牙刷。”

“明天你有什么安排？不会影响你工作吧？听说你平时周末都不休息。”

“既然你来了，怎么也得陪你玩一天。不过，咱们不能冷落了芳姐。这车是人家芳姐的，听说你要来，特意借给我开的。所以，明天咱们得和芳姐打个招呼。”

“其实我就是因为从来没有来过J城，想到你在这里工作，就想顺便来看看你，没想过要麻烦你的。你要是工作忙，就忙你的，我自己随便看看就好。”

“说什么呢？！你是我女朋友啊！你来看我，我高兴还来不及，怎么能让你自己一个人瞎转悠？听我的，明天早上晚点起来，然后等我电话。”

这样的对话，真的比朋友看起来还要客气了。她以为他会留在宾馆多待一会儿，哪怕只是点到为止地亲热一下，然而她真的想多了。葛雄不敢造次，轻轻抱了她一下关上门就走了。

第二天刘小夏起得很早。或许是因为换了新环境睡得不安稳，或许是因为敏感得觉察到什么不对，又不知道到底哪里不对。

J城是个海滨城市，葛雄所在单位的附近有一片还算干净的海滩。刘小夏一个人慢慢走过去，看了会儿风景，快到九点多了，他才打电话过来。

“你在哪儿？我去宾馆找你发现你不在。”

“今天起早了，就自己先出来转了转。”

“快说你在哪儿。”电话里葛雄的语气有些着急又有些生气。

“你单位附近的海边。”

五分钟后，红色别克停在了岸边，葛雄却没有下来。

“还发什么呆，快过来上车。”

刘小夏习惯性地打开副驾驶的车门，发现芳姐坐在那里，瞬间气氛尴尬到不行，一路无话。之后的一天更是要命，每餐饭几乎都有芳姐陪同，这个女同事如影随形也不知道避讳一下，不是亲姐胜似亲妈。

葛雄和芳姐，到底是什么关系？这个念头冒出来让刘小夏又觉得很可笑。毕竟芳姐的孩子都快上高中了，一个快要比他们大上整整一轮的姐姐，又能和葛雄有什么呢？

J 城有个很著名的景点，涨潮时是一片海，退潮时便出来一条路可以通往山上。葛雄和刘小夏在返程的时候碰巧赶上了快要涨潮，穿鞋的话鞋子会湿掉，光脚走石子路又会扎脚。由于走得匆忙，小夏基本上没带什么多余的鞋子和衣服，一时犯了难。

“来吧，我背你。我肉厚，不怕扎脚。记得啊，丫头，以后再难的路也有我背着你走。所以，别怕，有我呢。”

葛雄就那样深一脚浅一脚地背了刘小夏整整一路，漫长得好似过完了半生。后来，这成了刘小夏和葛雄在一起的那四年来最美好又最温馨的回忆，可那样的场景再也没有出现过了，哪怕一次。毕竟 J 城之行的第二天，刘小夏就因为一件小事忍不住爆发了。

那是依旧有芳姐陪同的午饭时间，刘小夏用葛雄的手机玩着只有安卓机可以玩的一款游戏，不到三分钟就收到了一个备注名为“瑶妹妹”的女孩发来的好几条消息。她装作若无其事的样子很快退出游戏程序，马上瞟了几眼葛雄还未删除的聊天记录。

“丫头，我是真的很喜欢你的啊。”葛雄勾搭妹子的套路好像没有什么改变。

“但是也许我们只能做朋友。”对方先是拒绝了他。

“那我们就做最好最好的那种朋友好不好？”

什么叫最好最好的那种朋友？刘小夏再看聊天记录的日期，那时候他们已经算确立关系了吧。这个瑶妹妹又是什么鬼？

“雄哥，节日快乐，今天你是一个人过节吗？”

“丫头，对啊，节日快乐，我当然是一个人了。你呢？”

“雄哥，你在做什么呀？人家有点想你了呢。”

“雄哥，你最近工作是不是特别忙？要注意身体哟。”

“雄哥，你看到消息怎么不回我，人家生气了。”

聊天记录的后半程，这个瑶妹妹明显语气越来越暧昧。

葛雄看刘小夏的脸色越来越难看，一把抢过手机。

“游戏玩得被人虐了？”

“嗯，虐到生气，想马上订票回家。立刻，马上。”

芳姐一头雾水，刚才不还好好的？怎么吵架了？

“没什么，芳姐，我想出去和葛雄单独聊一会儿。你慢慢吃。”

刘小夏推开门，葛雄迅速跟了出来。

“你听我解释，事情不是你想的那样。”

“我还什么都没说呢，你想解释什么，你想怎么解释？”

“你不就问我瑶妹妹是谁吗？她就是个网友，我根本就没见过她。”

“继续啊，继续编。”

“真的，你要相信我，不信你打个电话过去问她，我们有没有见过面。”

“不想听这些解释。你要真想陪我，那就马上走，带我买几罐啤酒，你开车不能喝酒，一会儿你看着我喝就行了。”

“丫头，你别这样。”

“别叫我丫头，恶心。”

“行，你不是要喝酒吗？我买给你！咱到海边去喝行不行？让你一次喝个够！”

他们买了几罐当地产的啤酒，把车停到了一处海边。

“刘小夏，咱今天就把话全说开了吧。你知道这段时间我心里什么感受吗？其实你压根就没看上我对不对？你其实就想掩人耳目和我假装谈个恋爱对不对？你从来就没问过我初恋的事，你也压根不关心我的过去。”

“哦，所以你就在背后搞这种备胎？”

“你父母也看不上我，他们觉得我没钱没车还没房，根本给不了你幸福对不对？所以你和我在一起到底是为了什么？”葛雄也不顾自己是不是一会儿还能开车，打开啤酒先干为敬，好像没酒壮胆就无法把心里话说出来似的。

“你质问我？你自己在这儿搞暧昧养备胎，还来质问我对你是不是诚心诚意？有意思吗？”

“不，刘小夏。你知道我心里难受吗？初恋当时和我分手就因为我没钱。你以前一听我说起初恋就说都过去了不想知道，但我今天偏要让你知道。”

葛雄在那天喋喋不休地说了好多他和初恋的故事，一边说一边哭。那是刘小夏第一次看到一个一米八多高的男人在她面前流泪，好像犯错的那一方是她。

“刘小夏，从现在开始，我们重新真正地开始恋爱好不好？真正接受彼此的过去，真正踏实地一同面对未来的人生。”

不知道什么时候起风了，海边的野花随风摇曳，乌云飘过来，要下雨了。两个人喝了几罐啤酒，也没法开车，最后只好觍着脸等着早已气到爆炸的芳姐把他们接回宾馆和单位。事后，葛雄总是埋怨那天的任性害得芳姐啰唆了几个月。

信任就像一张纸，不小心皱了，即使尽力抚平也无法回到最初的样子。可惜那时的刘小夏并不能明白这句话的意义。

“以后再也不许叫丫头了，我也再不会看你的手机。一切就当从来都没有发生过好了。”

她还是原谅了他，这种原谅的过程就像是一个野心勃勃的傻瓜去体惜一个笨手笨脚的勇士，去释怀一个难以启齿的秘密。谁让她在和葛雄的相处里不知不觉地自卑了呢？居然觉得自己不再年轻了，哪怕她才也只有二十五岁。或许，在一些遥远的曾经，她在爱情里当过惨烈的输家，看过男人忽然的冷漠与无常，见识过女人无畏的跋扈与嚣张。她害怕失去，害怕被抛弃，害怕没人爱，所以情愿当一个自欺欺人将头埋进沙里的鸵鸟。

后来的日子，在夕阳很美的黄昏或者下雪的冬夜，她总是尽量想起他们也算温馨过的片段，那些让她不再恨他的片段，因为只有这样，她才不会再歇斯底里地去问为什么。她总觉得，至少曾经在一段美好的岁月里，有些温暖是葛雄给的。

程潇说，每一个高喊着永远不嫁的女人其实都怀揣着一颗嘎巴一声就立刻闪婚的决心，别以为旁人都过得比你好，其实那只是他们的微信朋友圈发得勤快些而已。刘小夏是个敏感的人，敏感到自以为可以觉察到别人的眼光。而敏感的人最大的缺点就在于总觉得别人在时刻盯着你的生活，甚至不怀好意地等待着看你的笑话。她没有和秦芳说起关于葛雄“精神出轨”的事，也没有告诉身边任何一个朋友。

她知道，如果真的说了，她和葛雄那“表面恩爱”的假象就会被彻底拆穿，就像有些网红卸了妆的脸一样，是个恐怖片。

他们彼此磨合的过程痛苦又漫长，之后回忆起来却像是被时间偷走了一样的空白，完全想不起那些过程具体又是什么。

感情一点点被磨平是什么感觉？大概就是内心的钝痛慢慢减少到麻木的过程。他们因为总是陷入彼此寻求平衡的陷阱中，不停争吵，一直吵到疲惫，吵到彼此质疑，也就根本不再记得太多美好的事了。

大多数人都是这样，总是更容易记住不愉快的事。这或许是人的劣性，就像你对别人的好就像一颗糖，吃完了很快就没了。而你对别人的坏呢？却像是一道疤，一旦留下来就是永久而致命的。

他们每吵完一次架，都是一次元气大伤，争吵一次再和好就像是往墙上钉了一个钉子，即便过后钉子被拔下来，钉子眼儿却永远地留在了墙上。

葛雄对刘小夏的工作并不满意，尽管他自己的工作还不如她，他在用不断打压的方式来寻找平衡，毕竟他心里知道，他其实是配不上她的，无论是学历还是家庭，他们并不合适。

“我一个高中同学，她的产假都比一般人长，多休息几天无所谓，还能照开工资。你们单位不行吧？”

“每个公司不一样，有的人刚生完孩子没几天就上班了呢，说不定那是因为她的工作很重要不可替代。”

“对了，你公积金怎么才这么点儿？”

“确实不多，不过我觉得也没啥，我们在公司附近买个小一点的房子好了，以后有钱了再换个大点的。”

“但我可不这么想，我觉得以后咱们买房就得买郊区的，一步到位。结婚后你还想换大房子？那还真是做梦！我来跟你算一笔账哈，假如你和我明年结婚，不久后就得考虑要孩子，算上怀孕和孩子上幼儿园前至少有两三年时间你的工作就没法正常进行。没有工作就基本没有什么经济来源，全靠我一个人怎么给你换大房子？”

“不正常上班，也可以做点别的吧？你怎么这么悲观，我又不是凭长相吃饭的，怎么生了孩子就没法工作了？凭才华吃饭的人到什么时候都不能穷。”

“这个世界谁看你有没有才华，只看你有没有钱。你的工作不能给你带来财富就是白搭！”

每到这个时候，刘小夏就开始讨厌身边朋友总催她和葛雄到底什么时候结婚的话题。是不是二十五岁以后的人生就该随波逐流，是不是就没了可以再真正去爱一个人的机会。是因为他们两个相遇的时间太晚了？或者，其实是太早？至少没有完全把自己的事业发展好。刘小夏一直在自责，从未意识到葛雄才是更应该负起责任的人，而且她的将就只能让葛雄更加看不起她。

“不然，我们出去赚点钱再回来结婚吧？”刘小夏忽然对葛雄这样说，葛雄第一个反应是激动。

“你就这么瞧不起我这个穷人？”

“不是那个意思，我是觉得，在 D 城我的工资确实不太高，倘若换个城市是不是就能多赚点？”

“你想去哪儿？”

“我想去北京……”

“哈哈哈，开什么玩笑呢刘小夏？北京也是你这样的人去的吗？你去北京能干吗？现在就算是扫大街也都是有编制的人干的，你这种连饭都做不好的人去给人家当保姆都不合格，还是趁早死了那份心吧。再说，你都多大了？还做这种不切实际的梦，醒醒吧。”

“可是我看人家都……”

“行啦，我看你的心理年龄和实际年龄严重不符。对了，别忘了明天去把我那房子的电费给交了。我白天上班太忙没时间，反正你也没什么事，中午路过就给交了吧，再不交我那儿就快断电了。”

Chapter 12

你说，人为什么要结婚呢

“最近工作怎么样？一切都还挺好的？”

自从知道刘小夏谈恋爱之后，苏莫北就像消失了一样，除了刘小夏的生日和过年有几句问候，平日里基本没有他的消息，他们的上一通电话还是在苏莫北实习的时候，那通电话整整掉了五次，可苏莫北特别执着，执着到刘小夏都感觉莫名其妙。后来才知道，那次实习途中他经过了她所在的城市，他其实只是想和她说一句生日快乐，可因为信号太差，她根本没听见。

“都挺好的。”本来在嘴边的话，刘小夏又咽了下去。她不敢说自己其实心里感觉糟透了。

“他对你怎么样？”

“也就那样。”

“什么时候结婚？”

“也许等我说服了自己的那天就会和他结婚吧。”

“什么意思？”

“也许我不爱他，他同样也不爱我。”

“可你要为自己未来的人生负责啊。”

“你说人为什么要结婚呢？”

“为了责任，为了给父母和周围的人一个交代，也为了证明自己真正地长大了。”

“是啊，我们的小苏同学也长大了呢。”

“和他分手吧。”

“然后呢？”

“Seek another one（再找一个）。”

“Nope（没有）。”

“不可能没有。”

刘小夏没有再聊下去。她想想刚才自己不知不觉和苏莫北说的这些话，隐隐有点害怕。是从什么时候开始，自己有了那样可怕的想法？她其实很清楚自己并不那么爱葛雄，就像葛雄也不那么爱她一样。

葛雄第一次正式和刘小夏提出结婚的是在一个很普通的晚饭结束后，没有惊喜，没有蜡烛，更没有戒指，只有一句话：“要不我们结婚吧？”

刘小夏很平静地看着他，面无表情。

“那么，房子要买在哪里？我父母的说服工作你有几成把握？结婚后要和你父母住在一起吗？”

“刘小夏你什么意思？我提结婚你不是应该很高兴吗？”

“我没说我不高兴。”

“可你一点都不兴奋。”

“我还要怎么兴奋你才满意？”

“刘小夏，你压根就没打算跟我结婚是不是？人家要结婚的女孩每天都在憧憬婚纱要穿什么样的，婚纱照要拍谁家的，蜜月旅行要去哪里。可是你呢？你就从来没有和我憧憬过这些！”

“我不想和你吵架。”

“我只是在和你陈述事实，你逃避什么？”

“我没有逃避，只是我说的不是事实吗？你想结婚，你拿什么结婚！你以为我不想去憧憬美美的婚纱和漂亮的婚纱照吗？你以为我不想去蜜月旅行吗？你自己清楚，我们手里有多少钱。结婚，本身就是一件浪费钱的事情。”

“人家那些裸婚的，也没房没车，照样过得挺幸福。”

“所以你的意思其实就是，我变相地在和你要车要房了，是吗？葛雄，你知道吗？我不愿意说那些，是因为不想伤害你的自尊心。你知不知道你这人好面子到什么程度？你根本就没有意识过！”

“当初我就跟你说过，我没车没房也没什么钱，只有一颗爱你的心。”

“对，当初你说过你什么都没有，是我眼瞎了。我怎么就头脑一热被你忽悠了呢？”

“别这么说哈，你现在后悔都还来得及。谁忽悠谁了？你今天把话说清楚。”

葛雄在吵架时的语速会变得特别快，因此也就特别容易抢占先机。一个男人在吵架时能据理力争，像个律师一样跟你求证出谁对谁错，在女人看来这并不是个优点。偏偏在这一点上葛雄就特别擅长。他巴不得身边有一众评审团来为他助阵呐喊，而自己在占了上风时骄傲得就好比斗赢了的公鸡。

“我输了行吗？我不想再跟你讨论结婚的事了。头疼。”

每次争吵刘小夏都是最先退出战斗的那一个，因为刘小夏知道自己是个懒人。她懒得吵架，懒得去找一份比目前的薪水高又可以实现人生价值的工作，甚至都懒得在网上购物时去计算到底怎么样才能做到最省钱、最划算。

她和葛雄也只是“习惯了”而已，习惯了平淡到像白开水一样的交往，甚至习惯了他们之间没什么身体交流的相处模式。

有些事，毕竟是难以启齿的，她无法和任何闺蜜好友去描述她们眼中对她百依百顺的葛雄其实在“那方面”好像有点问题，他们在一起不是很和谐，尤其她知道自己的身体也一直不由自主地排斥他。按理说葛雄电脑里“那种”片子的储存量相当可观，二十多岁的年纪精力旺盛到无处宣泄。可在这个问题上，葛雄对待刘小夏，向来是简单、直接又粗暴的，象征意义的准备工作都马马虎虎，他似乎也对她的身材不太满意。

“你才二十多岁，怎么肚子上的肉比胸上的还多？”

“你腿太粗了，也不知道减减肥，你看看大街上那些穿短裙的女人。”

葛雄总是想尽一切办法找到借口，来证明是刘小夏没有魅力且不够吸引他，这样才能掩饰他其实“不太行”。

他们并不是所谓的“禁欲主义”，非要结婚后才能做点什么，可偏偏好几年过去了，却没什么突破。葛雄在一次失败后懊恼又违心地说：“亲爱的，我怎么忍心这么重要的时刻发生在如家这种廉价的地方？”刘小夏起先是感动的，后来麻木了。

感情里没有性真的可以吗？大学时的她确实曾经纯情得一塌糊涂，连张嘴接个吻都觉得很色情。可后来她慢慢明白，当初她和马晓军的分手也许恰恰是因为少了实质的性。男人如果不是为了性，和女人又到底有什么可聊的？

葛雄对她的“尊重”让她又多少有些侥幸，毕竟她从始至终都没有感受到哪怕一丝初恋时的悸动。她知道他埋怨她的“不配合”，然而又要怎样配合呢？她有时觉得很悲哀，她恨自己不是一个可以将身体与感情完全分开的人。她是真的不敢想象，如果有一天他们真的结婚了，到了那样所谓可以明媒正娶的晚上，她要怎样违心地去配合本来就“不太行”的葛雄，完成应该完成的义务。

这次所谓的“求婚”搞得两人不欢而散。刘小夏时常想，如果当初一咬牙狠心就结婚了，还会像现在这样吗？然而，生活里永远没有那么多想当然。葛雄后来还是和刘小夏道了歉，他说：“不然我尽力再多赚点钱去？有了钱是不是就会好些了？实在不行我去抢银行吧？”

态度虽然表明了，但事实上葛雄的事业发展并不顺利，之前说好的升职加薪都随着老板的破产变成了泡影。更可怕的是，在工作的这几年葛雄也并没有多少积蓄，或许是因为天性乐观，男人也都不太会理财，单身汉生活的潇洒就是一人吃饱全家不饿，和刘小夏谈恋爱后这个现象也没多大改观。在这段恋爱里，刘小夏坚持 AA 制，基本也没收过他太贵重的礼物。

当葛雄第一次跟刘小夏说要借钱的时候，刘小夏心里咯噔了一下，莫不是朋友们猜得没错？葛雄其实不过只是看中了她是个本地人，父母都在本地有稳定工作，将来退休也有固定收入。

“你想借多少？”

“尽量吧，我知道你也不容易，工资也就那么点儿，早就说你那个破工作一点也不稳定。”

“现在是你问我借钱，还这么理直气壮？”

“我这只是暂时的，你也要有长远打算啊。你想过没有？以后等三十五岁了，普通的私企都不要你了，你要还不是个小中层领导可怎么混？”

“所以你到底是问我借钱，还是专门来嫌弃我工作不够好的？”

“算了，当我没问你，咱们最近也别经常见面了，出来约会一次也不少钱。”

“我没请你吃过饭吗？你别因为工作不顺利就搁我这儿撒气。”

“那，你能不能问问你同学，给我介绍个工作？”

Chapter 13

商人得有一颗能杀爹的狠心

苏莫北到北京工作后的第二个春天，有了一次去D城出差的机会。换作平时，他肯定是能不去就不去，都知道出差又累又麻烦。可这次不一样了，刘小夏在D城，他这次能见到她吗？三年没见了她现在有什么变化？坐上火车他就开始想象，如果有机会能见到刘小夏一定要告诉她，他现在工作了，不再是个小孩子了。

“我来D城开个会。有空一起吃个饭？”他还没到D城就忍不住发了一条消息。

“好，什么时候到，在哪儿，我请你。”没想到刘小夏居然回得这么快。

“小苏？跟你女朋友聊天聊什么呢，这么开心？”他不自觉浮起的一丝笑容，让身边的同事都觉得今天的他有点不一样。

“我哪有什么女朋友，就是个朋友。”苏莫北一边回答，脸却红了。

那些想象终究只停留在了想象里，理想是丰满的，现实是骨感的，苏莫北没想到博览会的主办方很小气，居然根本没有安排住宿。开完会，他就和主管坐上最快的一班火车离开 D 城了。

苏莫北不知道，那天刘小夏特意推掉了晚上的所有安排，只为了等他的电话，请他吃一顿饭。他只好装作满不在乎地和刘小夏说，这次饭是吃不成了哈，这会儿人已经回去了，下次吧。心里想的却是，还会有下次吗？应该不会了。

工作后的苏莫北有点开始相信命中注定，他把这次的没能见面当作是上天的安排。或许，他们就是不该见面的。本来也是，他怎么就这么冒失地约了一个准备结婚的女人呢？

几天前，他看到刘小夏在朋友圈晒出的一张房间照片，崭新的装修，一切都像是为了结婚准备好的一样。点个赞？不，他内心是拒绝的。他从未看到过一张刘小夏和她所谓的“未婚夫”的合照，也根本无从猜测她是不是真的马上就要结婚了。可如果不是要结婚了，平白无故又晒什么“新房”照片呢？这个念头困扰了他一阵，让他莫名有些心烦。

来北京快一年了，他的生活似乎一直原地踏步，完全没什么起色。可刘小夏居然都要结婚了？不对，这又跟他有什么关系？她就是他的一个网友啊，她到了该结婚的年龄顺其自然的结婚不是很正常吗？他自己还说，要参加她婚礼来着，所以到底有什么可心烦的？可越是这样想下去就越乱，他完全搞不明白自己到底在烦什么。

如果说，之前他还不敢承认自己其实有那么一点点喜欢她，现在他却觉得承认了又怎么样？他们根本不可能。

如老莫说的那样，女人找一个男人恋爱的最终目的是为了结婚，而男人找一个女人则有很多别的可能，比如寂寞无聊，比如荷尔蒙爆炸就是需要一个女人。刘小夏显然不是他需要的那种女人。

回北京后的第二天便是周末，他忽然给老莫买了一包烟，问他：

“上次你说的开开荤，是去哪儿？”

老莫这次倒是收敛很多，拍了拍他的肩膀。

“孩子啊，你还小，有些地方去不得。”

“我早就成年了，为什么你去得，我去不得？”

“行啊，长本事了小子。来，先把这烟抽了，哥再跟你聊聊这开荤的事儿。”

苏莫北接过烟猛吸一口，咳嗽起来。他真搞不明白烟这东西到底有什么魅力可以让人忘记烦恼，尼古丁跟咖啡因一样只会让人越来越清醒，越来越精神，倒不如酒精来的痛快，醉了之后什么都不知道，还能姑且麻醉一会儿。

“你呀，就是个乖乖仔，别学着大人找乐子了，啥时候不是处了再来找我玩吧。”老莫一脸坏笑地去撒尿了，嘴里还吹着口哨，让苏莫北听完有些郁闷。他心里也知道，第一次如果发生在那种地方，万一被抓住了搞不好会一辈子都有阴影，男人这方面的心理阴影一旦发生想治可难了。

买春这种事，有些男人是不在乎的，毕竟用钱买来的性不用有任何的心理负担，纯粹的生理刺激，既没有情感纠缠也没有交往麻烦。苏莫北自认为还算是一个相对传统的男人，至少在他大学毕业之前一直认为性是应该和心爱的人发生的。

在和老莫说完这件事之后，晚上他就做了一个噩梦。他梦见和老莫去了一个类似城中村的地方，巷子很深很窄。突然，一个大妈拉住他，那个表情就像老莫坏笑着问他要不要玩时的一样，他心想自己等会儿乱找说不定也找不到地方，干脆直接跟着大妈去看看她带的姑娘好了。谁知道跟着大妈七弯八拐地上了楼，走到了门口才发现，原来是大妈要亲自上阵的架势啊。完全反应过来后他就跑了，留下大妈一个人在后面骂骂咧咧。

还是找个人恋爱吧，为了让自己感觉不那么空虚寂寞冷，为了让老莫别再用那种眼神看他，也为了刘小夏不再叫他小朋友。

可又到底去哪里找到恋爱对象呢？他不知道。自从刘小夏恋爱后，就很少去苏楚杰的网站了，没有刘小夏的论坛好像有那么一些冷清，这直接导致他这个版主也跟着没精打采起来。站长苏楚杰越来越忙，知道苏莫北工作后也没什么时间打理，干脆就又叫了其他人来接管他的位置。

苏莫北有时觉得哥哥苏楚杰是个天才，同时也是个疯子。当初，曾有人用几十万来收购他的网站，他宁是死也不卖。如今才没几年，微信公众号杀出来一条血路，移动端用户越来越多，慢慢就把传统网站逼上了一条绝路，这时候就是想卖，也没有人来收了。他不知道，其实苏楚杰念旧，这个网站就像个孩子，由他眼睁睁、一口口地养大，就那么要他卖掉怎么忍心？所以，注定他苏楚杰成不了一个商人。

“商人得有一颗能杀爹的心哪，你比我果断，你比我更适合做生意。”苏楚杰觉得在北京的一年，这小子进步神速，不论从见识上还是处事上都成长得特别快。

苏楚杰说得没错，苏莫北从商的愿望，是从小种下的。而随着慢慢长大，他发现比起当科学家、数学家、天文学家这种连边儿都捞不着的理想，远不如赚钱来得实在。可只是简单赚点钱又没什么意思，真正优秀的创业者应该是可以改变人的思维模式，甚至改变生活方式的。

一辈子总给别人打工真没什么意思，在迟到一分钟就拿不到全勤奖的严苛制度下，苏莫北心里清楚，他迟早是要辞职的。

其实，他早酝酿着开一个公司，在起名字的时候还曾问过刘小夏，怕她猜到是给自己的公司定名字，便只是轻描淡写地问她几个备选名字里哪个好听，没想到她居然也选了自己喜欢的那个！这样也算是有她参与了吧。

当他决定辞职，真的为开一家公司而注册填表时，想都没想就写下了他们都喜欢的那个名字。他觉得如果真有一天他的公司做大了，很多人都知道了，刘小夏也会知道的吧？也许那时这个名字留下来也变成了一个惊喜。

苏莫北的父母听说他辞职了，第一个反应是劝他回去。既然在北京工作干得不顺心，为什么还要苦苦撑着呢？同学也不是很理解他为什么忽然就辞职了，明明工资已经涨到了同龄人开始羡慕的档次，如果再努努力，说不定就混出点样子来了。但苏莫北就是一个决定了一件事便不想再改变的人。

他是在一个深秋下了这个决心的，他觉得是时候该做出点改变了。而眼下唯一的改变就是换一种方式生活，不再朝九晚五，不再去重复着一眼望不到头的工作。

这个决定不早不晚，刚好赶上“大众创业，万众创新”的尾巴，尽管他眼见过那种凭着几个新奇的点子和一个吹到天花乱坠的 BP 就能拿到千万融资的案例，但他知道自己绝不会是那种幸运儿。在人才济济的北京，他已慢慢习惯自己的普通，哪怕当年他是所有一起长大的孩子们中最聪明的那个。创业都是九死一生，那种艰苦是无法用三言两语说清楚的，可喜欢又有什么办法呢？搬离了北五环的群租房，他又重新开始找房子。

北京还真是个神奇的地方，能拿来出租的房子可以破得超乎想象。这时，他又想起前同事老莫的话来，那些网上看着说得过去的房子，实地一考察，推门进去迎面扑来的好像是北京开奥运会以前的灰尘，整个房子从户型到陈设无不凸显了一种革命主义复古风范，在这种房子里你打开电视机都觉得特别违和，唯有端着茶壶听收音机才符合那里的气氛。

五环内是不指望了，反正也不上班了，干脆住得再远点。勉强还能开通地铁的地方是他最后的坚持，好歹还是在北京，哪怕是有些荒凉的城中村。他咬了咬牙，一下子签了三年合同……

Chapter 14

这世上可能只有改变本身不会变

“咱们还是分手吧。”这句话，通常由女人提出来基本还有后续，但真正执行者却必须是男人。这一次，葛雄给刘小夏的答案是超过一分钟以上的沉默。

两个人其实也都知道，到了一定年纪，恋爱谈得越久，结婚的可能性是越小的。在说出分手的那一刻，刘小夏本来还期待葛雄至少能说出哪怕一句挽留或不舍的话，然而并没有。

“对不起，也许是我耽误了你，耽误了你这么久，我也很抱歉。”

“都分手了，说这些还有意义吗？”

“没意义，但至少说出来心里好受些。”

四年的时间，这一次是两个人终于同时撑不下去了。刘小夏的二十几岁就这样被葛雄拽到了一个不再年轻的年纪。青春果然像卫生纸，扯着扯着就没了。身边的朋友在这几年总觉得刘小夏和葛雄就算随时宣布婚讯也不稀奇，可实际上，他们无论如何也想不到二人居然连面都没见，一个电话就分开了。

以前，葛雄总说分手这种事如果在电话里说那就是极其不负责任的做法，现在看来他自己抽了自己一个耳光。

这个分手电话很短，短到都燃不尽一支烟。可挂上了电话后刘小夏才发现，原来拿着电话的手已经冻到麻木，她下意识地对着自己的手重重地哈上一口气，呵，还真是冷。

夜幕降临。傍晚，街边的行道树上挂着的彩灯准时亮了起来，一对正在闹矛盾的情侣从身边走过。

女的一边挣脱着，一边对男的说："你别管我。"男的却一把将女的两只手放进口袋，满是疼惜地说："傻瓜，多冷啊。"

这个场景让刘小夏想起曾经的葛雄也这样将她的手握紧，揣进自己的口袋，对她说过同样的话，那画面恍如隔世。应该还是爱过的吧？至少一瞬间是有过的。

但她至今忘不了，葛雄那天说他的命根子染上了莫名其妙的炎症时，她的那种冷静。"去医院看过了吗？别去诊所，万一耽误了后果挺严重的。"她在说这句话时，没有哭，声音也没有颤抖。只是一股悲凉从心底升腾起来：难道他在外面就"很行"，唯独在我这里"不行"吗？

新年早已过去了几天，到处洋溢着即将过年的喜庆气氛。可刘小夏却是如此发自内心地讨厌春节，尤其是对于一个马上要三十岁还没有结婚的女人来说，不，是对这个马上要三十岁又刚刚分手了的大龄未婚女人来说。

当大年三十的钟声敲响，电视里主持人拜年的吉祥话被鞭炮声覆盖到完全听不清。烟花在小区的上空一个接着一个地炸开，刘小夏第一次有了一种莫名又巨大的虚无感。这样的时刻，总会让人无故生出些感慨，却对着那些千篇一律的群发短信失去回复的兴趣。

也许这个时代，一条拜年短信不如一个微信红包来得实在，刘小夏将微信联系人从 A 拉到 Z，单独打开了几个对话窗口又烦躁地关上了。

这一刻，她忽然好想和几个曾经觉得重要的朋友说上一句“新年快乐”，就是那样真诚地、简单地、用心地去说一句“新年快乐”。

午夜一点，大部分人因为第二天还要拜年，都准备要睡了。刘小夏自己也觉得不会有谁在这个时候还能立刻回复她。所以她压根没有抱什么希望。可苏莫北却在这个时候忽然拨了电话过来，这让她又惊又喜。

确切地说，当时的刘小夏至少快两年都没有和苏莫北联系过了。她甚至不记得后来她有没有存过他毕业后的手机号码。也或许是和葛雄那四年恋爱谈得让人变得迟钝，迟钝到记忆都模糊了。

唯一没有让刘小夏忘记的是，苏莫北的特别。特别到只要一想到他，就会很自然地随意说出心里话，说出那些平时不太敢和其他人说的秘密。

接通电话的那一刻，她心里是温暖的，那种温暖朴素而简单，就像冬天里并不耀眼的阳光一样。

“小朋友，我老了啊。”

“没有，别瞎说。你不老，只是不再那么年轻了而已。”

“这几年好多变化啊，我们都是。”

“是吧，这世上可能只有改变本身不会变。但其实我和以前也一样。”

“但我不一样了吧。”

“不一样又有什么不好？人都是要长大的。”

“是啊，人总是要长大的。”

这个电话过后，刘小夏和苏莫北好像回到曾经的一种暧昧不清的状态里，他们聊到的那些过去，其实两个人都未曾忘记。可同时刘小夏又觉得羞愧，这些年她似乎并不太关心苏莫北的生活状态，可相反地，苏莫北却能清楚地说出刘小夏最近忙的事和最关心的话题。这种关心让刘小夏有种错觉，会让她不禁想起多年前那些在睡不着的午夜里两个人随心所欲聊天的日子，会不禁想要穿越回到那些美好而青涩的时光里。

真想再活一次！真想再回到年轻的时候一次，回到二十四岁吧！刘小夏听见心里的声音这样告诉自己。

是啊，如果知道和葛雄是如今的结局，倒不如在多年前就选择勇敢大胆地喜欢苏莫北一次，哪怕明知道没有结果。

“不要再熬夜了啊，你也不小了。”苏莫北小心翼翼地想要绕开刘小夏的年龄，却又还是说出了这句话。这略带霸道的语气里隐瞒着一丝心疼，他是明知道刘小夏最近一直晚睡的，只不过不太好意思提起而已。

也是从这次提醒开始，刘小夏隔三岔五地被苏莫北抓到晚上熬夜，索性开始自动报备似的打卡。两个人心照不宣地如《非诚勿扰2》中分手后秦奋与梁笑笑般默契，就像张涵予在旁白里念到的那几个字：

“起、落、安、妥。”

简单到只有几个字。

也是和葛雄正式电话分手后的第三个月，刘小夏才意识到自己这次是真正的单身了。被苏莫北问起即将到来的小长假怎么安排，刘小夏第一反应却是不用再被葛雄逼着去见他的七大姑八大姨了。

想起多年前苏莫北刚到北京的时候总是对刘小夏说，以后来北京出差记得找他玩，可答应了他几次，刘小夏竟一次都没有成行。她总是在关键时刻就突然冒出了各种理由，甚至有一次都买了票马上准备去了，又忘记因为什么事耽搁了。更不必说和葛雄的那些空头支票，其中有一个地点就是北京。她后来才知道，那种被燃起希望又忽然落空是怎样一种滋味。

所以，当苏莫北再次和刘小夏提起怎么安排小长假的时候，刘小夏想到的是什么时候来兑现曾经对苏莫北签下的那些空头支票。刘小夏甚至一直觉得，苏莫北曾自认为在她心中只不过是个可有可无的存在。每当她说一句对不起，他都要回她一句："没事，我习惯了。"

"这次有机会出差，我一定去看看你，这次一定。"

"那就来了再说。"

看到那一句"来了再说"，刘小夏有点难过。

也许她错过了苏莫北最初到北京时那段最辛苦的日子，也错过了他真正从一个孩子变成大人的那个最痛苦的阶段。

后来刘小夏才知道，小长假里有一天是苏莫北的生日。

"生日快乐。"

"谢谢，是昨天。"

"……"

"那也谢谢。"

"怎么过的？"

"就出去吃了顿饭。"

苏莫北语气淡淡的、若无其事的，又好像欲言又止。

"两个月后见。"

"来干吗？出差？"

"不，考试，顺便路过去看看你。"

"好。"

这一年的苏莫北二十五岁，刘小夏三十岁。那年夏天之后，他们竟然四五年都没有再见过面了。也正因为如此，在刘小夏的印象中，苏莫北也还是五年前的样子。可其实苏莫北刚到北京后的某一天是发过一张照片的。那是一张半身的自拍，后面是出租屋杂乱的背景，看着好像刻意减了一些体重。可之所以刘小夏对那张照片印象不深，是因为她接到那张照片没两天，手机就因为一次意外摔坏了，照片也就没有保存下来。也或者，当初刘小夏压根没有想到要去刻意保存。

苏莫北的话不再像五年前那么多了，还记得在某一次和刘小夏的电话里他还在辩解自己已不再是个孩子。他莫名其妙就说自己是个大人了，是个男人了，刘小夏笑他，小孩子就是小孩子，真正长大的小孩子才不会那样幼稚地强调自己是个大人，他便不再说话，也许真正的男人就是不多话。

这一次，刘小夏决定真的去北京看一看他。没有什么理由，单纯就想看一看他过得怎么样，又或者说，他让刘小夏想起青春里那些美好的时光，而这时候的刘小夏也想通过看看过去的朋友来找回曾经的自己。

Chapter 15

北京，让小朋友长大了

“我住哪里好？”

“北五环。”

他们的对话简单到不能再简单，可这次重逢却让两个人都多了些期待和激动。刘小夏住到了离苏莫北不太远的小旅馆。当她拖着小行李箱走在北京陌生的十字路口时，看到鳞次栉比的高楼和那些匆匆路过的人群，心里忽然有点好奇，苏莫北这几年又到底经历的是怎样的人生呢？

而也就在那一刻之前，刘小夏其实对“北漂”这个词是没什么感觉的。那么多人心心念念的北京，到底有什么好？可看着那些在地铁里拼命奔跑着、拥挤着的人群，又有种莫名的力量牵引着她，那是一种努力活着的力量，一种杂草般坚韧的力量，让人感到踏实。

“很多年不见了，你还会认得我吗？”

“到时候就知道了啊。”

在见面的前一秒她还在猜自己是否能第一眼就认出他，然而，直到他敲开房门的那一瞬间，她还是惊呆了。眼前这个穿着黑色 T 恤的年轻男人，竟然是苏莫北？！

他瘦了很多，却也长高了一些，留着当下最流行的两边剃平的发型，也许是裤子设计剪裁的原因，紧窄的裤管把他的腿衬托得格外清瘦。

这种打扮，老实说曾是刘小夏最讨厌的一种。她一直觉得这该是理发店里那些“tony 老师”最喜欢的打扮，太非主流了。

他笑着伸过来想拥抱她的手，因为她的无措只能张开又放下。她搬了把椅子让他坐下，手心紧张到微微出汗。

看来，这个一直被刘小夏称作小朋友的人，真的长大了，而这种长大伴随着陌生，让她既惊讶又难过。果然如他所说，没有什么是不会改变的，除了改变本身。

“五年没见了，你不是有什么话想对我说？”苏莫北倒是很放松，他没有选择桌前的椅子，而是随意在床边找了个自己舒服的姿势坐下来，然后很认真地看着刘小夏，准备听她讲这些年的故事。

“我该从哪里讲？我又要讲些什么？”

“什么都可以，就像以前一样，想到哪里就说到哪里好了。”

“对了，你不是一直胃不太好吗？给你带了店里的粥。”

刘小夏看了苏莫北一眼，发现他眼里一直带着笑意，这种笑意让她无法尴尬地回他同样的一个微笑，只好刻意找些其他可以打破尴尬的话题聊下去。

“店里生意忙？什么时间能闲一点？”

“嗯，一直忙，其实只要想忙，就会一直忙下去。创业不比上班，上班的时候是只有在公司才会想着工作那点事，可现在自己做，就是一天除了睡觉、吃饭、上厕所，无时无刻不在想着店铺的事。”

刚说完，手机旺旺响了起来，苏莫北简单回复了两句就把手机扔到了一边。

“又是一个闲到无聊的客户，问了半天也不下单。”

“那你好好跟人家聊嘛。”

“有什么可聊的？前段时间，遇到一个有意思的买家，上来就问我吃这个吃多了会不会变成猪。一看就是吃饱了撑的，没话找话。”

“那你怎么回她的？”

“我说，不管你买什么吃，只要是吃多了，都有可能变成猪。还有一个客户，直接问我吃胖了找不到男朋友怎么办，能不能负责。”

“那你怎么说？”

“我说你真吃胖了，找不到男朋友了，我负责！”

“哈哈，照这么看，你可娶不过来了。”

“怎么可能，我的产品就是能减脂的，怎么会胖？”

“说真的，买你产品的客户都是爱美的小姑娘吧？就没有一个你觉得不错的？”

“那可真没有。”

“切，你是不好意思说吧。”

“哎，还别说。好像你也买过我的产品，要这么说，那就有了。”

“你小子，说正经的呢，怎么又开起我的玩笑来了。”

苏莫北嘿嘿一笑，躲到一旁不敢再正对着刘小夏。两个人一下子沉默了起来。其实，刘小夏还有好多问题想问苏莫北，她想问，为什么他毕业后选择来了北京？来了北京后，他又为什么放着好端端的高薪工作不干，自己折腾起一个淘宝店铺来？做了淘宝店铺后，他又为什么经常很任性地随意清空上架的产品？一切都像是游戏一样，如同他说话的语气，如此轻描淡写。

可她知道，面对这些问题也许他不会给她所谓的答案。之前他们在电话里，她就曾经劝过他如果累了就该回家，他说："连你都这样说，那我在北京坚持的意义和信心更不足了。"想来，他有他的苦衷，只是他不想说罢了。

是啊，看到他瘦了那么多，一定是吃过很多苦的。这样的北京，真的值得吗？看着他的脸，刘小夏把那些疑问的话全都咽下了。年轻的时候哪有那么多为什么，想来就来了，一来就是几年，什么时候走还不知道，过好眼下就好。她想，就算问他，也不过就是这个答案。

"刚来北京的时候吃过苦吧？"

"谁刚来北京不都是那样？那会儿还在中关村，和一大堆人挤在群租房，日子苦是苦了点，不过很有意思，也就那么过来了。唉，说那些干什么，反正都过去了。"

苏莫北似乎想起一些什么，被问起的时候只一两句就把她打发了。反倒是让刘小夏去说那些算不得过去的过去，还提到了曾经被她骂到狗血淋头的大学初恋马晓军。

"他应该早就不记得我了吧。谁知道呢？男人，其实都是更爱自己一些。谁能还和从前一样呢？"

"你就没什么变化啊，其实我也还和从前一样。"他忽然在这时候把她的手捉过来，想要握住，就像五年前她牵起他手的那个夏天一样自然。不同的是，气氛就这样不知不觉暧昧了。她有点慌，可又觉得不该想那么多。

不过她错了，这一刻她才想起其实不应该就这么毫不设防地让他进到房间里的。她开始后悔起来，怎么就订了这间房呢？还不是为了节省房费！这旅馆小到已经让人看着感觉寒酸了，但一个人住也确实足够了。在此之前，她是根本没想过会有人来房间看她的。

这个房间真的是太窄了，窄到除了一把椅子就是一张床。她把他的手放下，背过头坐在床对面的椅子上。他也只好坐在床边看着背过头去的她，像个孩子似的，他在她后背上写起了字。

“不要闹了，你在写什么呀？”

“你猜。”

“你还真是个没长大的孩子啊。”

“嗯。”

刘小夏大脑空白了，她完全感受不到他在她后背到底在写什么，好像第一个字是“我”，后面呢？她不知道了，她觉得自己好像真的要失控了，心开始不由自主地狂跳起来，唔，真糟糕。

咔嚓一声，陈旧的椅子断了，她往后一倾，就那样猝不及防地把自己砸向了对面的距离只有几厘米的床，也砸向了苏莫北的怀里……

为什么要这样？明明话题是不暧昧的，明明刘小夏也只是把他当作一个老朋友而已。

可当他的头凑过来，离她越来越近的时候，她才后知后觉地反应过来，眼前这个既熟悉又陌生的苏莫北，就像他说的那样，真的是个男人了。他真的再也不是那个羞涩着不敢看她的眼睛，连偶尔碰到手都会脸红的小男孩了，他胆子大到可以霸道地妄图用舌头撬开她的嘴。

奇怪的是，这个吻又显得格外笨拙，他似乎只知道一味盲目地入侵，却完全不得法。同样，处于慌乱状态的刘小夏也并没有本能地回应他，她满脑子想的是：天啊，他要干吗？怎么就变成这样了？刚才好像没有吃口香糖，嘴里会有什么其他味道吗？不对，这小子是不是吃过蒜？

她惊讶自己怎么在短短的那几秒里一下子就想了那么多，而且还那么荒唐。总之，他们的这个吻并不美好，稀里糊涂的，却又找不到什么理由拒绝。或许就是气氛到了，她竟然还问出了令两个人都更加尴尬的话。

“你为什么要亲我？”终究，她想不明白这个吻的意义。她甚至有些恨自己为什么总要这样认真，一定要为一段关系下一个定义。

“没有意义。也许只是本能吧，一个男人的本能。”他说完，反倒开始过来亲她的脖子了。

“对不起，我们不可以那样啊。”刘小夏轻轻推推他，叹了一口气，而他好像并不想停下，却又不敢有更过分的举动，只好将亲吻又从脖子移到了脸颊。

“你知道的，我比你大那么多。”

“嗯。那就抱抱好吗？就抱抱。”

刘小夏心情复杂地搂紧了他，发了狠似的。或许这个时候，这样的拥抱比任何语言都有说服力，让两个人在那一刻马上读懂对方的想法。

可这样又算什么呢？是两个同样孤独的灵魂抱团取暖吗？还是一时的寂寞，更或者什么都不是，谁也说不清为什么。

“如果能什么都不想就好了。有时候真的觉得好累，有时候完全不想看手机，我有阵子连做梦都好像听见淘宝旺旺在不停地叫……”他喃喃地自言自语。其实他还想说：你为什么才来看我呢？你知道我曾经在梦里想象过多少次，我们可以这样拥抱着什么都不想吗？

她抱紧了他，他比她抱得更紧。她好像快哭了，把头深深埋在他的怀里。那个拥抱很久，久到甚至令人忘记了时间。不知道什么时候，他反倒是枕在她的手臂上打了个盹。

之后的晚饭，以及晚饭后的散步都显得有些尴尬，好像他们彼此都觉得真的做错什么了。

在苏莫北离开后的那个晚上，刘小夏想了很久，或许这一面不该见的吧，或许不该不设防地让他进到房间，或许不该让他吻到自己，又或许那个说不清楚的拥抱也是错误的。反复想了这样几个问题，便稀里糊涂地睡过去，再醒来天已经大亮。

“我买了下午的票，今天就回去。”

“那我来送送你。”

从小旅馆到地铁站要走上十几分钟的路，他问她要不要吃了饭再走？她想都没想就说不吃了，好像是恨不得马上就离开这里，离开北京。

刘小夏在要上车前才发现自己没带零钱，就这样被苏莫北叫住了。他轻轻的一声“刘小夏”，让她有些恍惚。

不是小满，不是小夏姐，而是刘小夏。那是他第一次这样叫她，也许直到这一刻刘小夏才意识到他们之间没有了年龄的限制，是平等的。

火车开动前，他还是简单地发了几个字。

“回去要好好吃饭啊，好好的。对自己好一点。”

“知道了，你也是。”

然而，持续了三个多月的互道晚安的惯例，在刘小夏回去后的那个晚上停止了。好像是有谁说过一个习惯的建立只需要二十一天，那么戒掉一个习惯呢？又需要多久？

苏莫北在微信里频繁出现的那些软萌到暧昧的表情包，又是从撩哪个姑娘的时候开始用的呢？那些虚无缥缈又不真实的安慰与鼓励，又是从什么时候被打破的呢？

刘小夏对自己说，你还是醒醒吧。没有人会在原地一直等着你，苏莫北不是你记忆中的小男孩了，他长大了，他真的是个男人了，不再是那个胖乎乎、腼腆又羞涩地望着你被你当作玩具熊一样可以随意拥抱的小孩子了。

她刚从北京回家的几天里，他悄无声息地去她的QQ空间看过好多次照片，其实那些照片并没有什么特别，有的早就过去了很久，连刘小夏自己都没有再看过。再看访问时间，有的是半夜一点，有的是凌晨三点，看起来他也很困扰，但刘小夏却自欺欺人地觉得那并不是一种想念。或者，这种想念夹杂了些情欲的成分。终究，他们没法像以前一样无话不谈了吧？

在反复看了几遍之后，他觉得自己好像病态了，索性把她的号就此删了，也许只有这样才能不去想她。他也不知道他到底为什么要那么做，就像他没想明白为什么要吻她，甚至还有更过分的冲动。只是因为他太久没碰过一个女人了吗？还是因为爱？他想不明白这个问题，索性把头埋进沙里做一只鸵鸟。

Chapter 16

生活必须要往前走

当刘小夏第一次来到中关村，已经是很久之后的事了。当年名噪一时的互联网创业、路演、咖啡一条街，萧条破败到没有人再记得它曾经的繁华。

中关村，和北京任何一个人潮汹涌的 CBD 不同，它有着冰冷的金属感。这里诞生过奇迹，也见证过无数小公司在互联网企业泡沫化后的死亡。刘小夏不知道当年的苏莫北在来到中关村开始他社会大学的第一课时，究竟拥有的又是怎样的感受。

微软很牛，新浪也很牛，新东方大楼很壮观，令人偶尔可以幻想着，有天忽然有钱了就可以当上 CEO，做做走上人生巅峰、迎娶白富美之类的美梦。可现实永远如那里的建筑一样冰冷，更多的时候是迷茫，迷茫着到底还要奋斗多久才能告别群租房。

刘小夏最开始熟知“中关村”这三个字，是课本教材里描述的“中国硅谷”，可如果你变身游客来到几年前的中关村，看到的应该是遍地的电子商城。匆匆的人群，高高耸立的商厦，或许只因为你在密密麻麻的招牌中多看了一眼，就会有一个热情好客的销售满怀激情地望向你，说：“想买电脑吗？进来看看吧。”而被电子商务冲击的今天，连当年那样的景象也看不到了。

离中关村不远的地方一字排开的名牌高校多到数不清，自己到底几斤几两心里有数，刚上班的时候大学毕业生谁不是诚惶诚恐地珍惜这来之不易的机会？毕竟，“没有经验”这四个大字就是一个巨大的bug，让你抬不起头。

在中关村的公司或是饭馆，不管你去哪儿都要排队。那些让很多大学毕业生羡慕着的公司并没有外人想象中的那样，拥有多么舒服的环境，人多工位挤，吃饭要挤，坐车更要挤。加班是正常的，通宵也是正常的，大家都在迷茫中透支着本以为还可以挥霍几年的青春。

苏莫北大学毕业后的第一份工作和互联网有关，喜欢一件事，怎么去追求都不过分，他没有和刘小夏分享过关于他的北京梦，刘小夏却在中关村大街的匆匆人群里懂了他曾经的执着。更或者，也懂了他的不多话，懂了他更加理性又平静的说话方式。

过去很美好，哪怕现在想起来也是。她自我安慰道，记忆的美好永远停留在他十九岁、她二十四岁的夏天就够了。

只要长大后的他能和她继续成为朋友，已是一件值得高兴的事了，干吗还要乞求更多别的什么呢？何况，她觉得自己也没资格乞求。

人不能总活在过去，生活必须往前走。

那次从北京回来后不久，刘小夏接到了姚叶的电话。

姚叶，D城当地一个并不算太有名气的电台主播，年龄一直是个未解之谜。她皮肤并不是很好，长年累月都要靠着厚厚的粉底盖住那些痘印和雀斑。刘小夏在高中时候就听过她一档音乐节目，并曾和高中闺蜜一直幻想着有天能见到本人。谁知，机缘巧合下刘小夏还真就认识了姚叶。

刘小夏第一次见到姚叶时并没发现自己在生活中会喜欢这样的人，甚至觉得和姚叶气场不合。谁知后来接二连三还被姚叶邀请一起合作一些兼职项目，一来二去刘小夏也就接受了她个性上的飞扬跋扈。每次刘小夏看到姚叶的职业性假笑总会觉得浑身不自在，但和谁过不去也不能和钱过不去，对不对？这样想，刘小夏是冲着钱也要对她尊敬几分。

这次，姚叶电话里说有个公司缺个总经理助理，兼职的那种就可以，问刘小夏要不要试试？

刘小夏想了半天，不自信地问了一句："你觉得我行吗？"姚叶犹豫了几秒，说："我把地址发你，下周日你自己过去面试吧。"

那是个婚姻介绍所，名字很接地气，叫"有你真好"，公司办公地点很幽静，也许是因为郊区租金便宜，公司足足有两层楼。一楼是个咖啡馆，二楼才是办公室。老板是个四十多岁的中年男人，穿着很休闲的T恤衫，领口上还别着一副墨镜，在问了刘小夏的大概情况后就爽快地当场拍了板。

这个结果其实让姚叶和刘小夏两个人都很意外。在姚叶心中，刘小夏资质平庸，尤其情商也不高。又听说这家公司的老板邢总看人很准，要求很多，一般人也很难入他的法眼，谁知邢总竟然没说两句话就通知她可以随时来上班了。

"别因为是要看着我的面子才答应的哟？你自己决定。"

姚叶每次抛出这句话，其实就是暗示着刘小夏不去都不行。之前几次她这样说，多半都是逼着刘小夏骑虎难下，不但没有工钱还经常不了了之。

这次也许不一样呢？毕竟是邢总的公司，和姚叶没有什么太多关系。刘小夏抱着试试看的想法还是答应去这个公司看看，一方面她确实需要一份工作了，另一方面她也有个幻想，希望可以近水楼台先得月，在里面顺便找个对象。

正式报到的那天，邢总并没有出面，反倒是公司法人蒋天来热情地欢迎了她。蒋天来本是个退役军官，和投资人邢总私交很好，两个人在一次喝酒聊天时心血来潮就借着酒劲聊出了要给大龄男女找对象这一伟大的项目，并觉得这简直一本万利。然而，两个人都是门外汉，缺的是专业的“宣发”人才。他们这个年龄段的人思维仍旧停止在广告就是要投放到电视台、电台这样的渠道上，于是托人找到了电台，一个熟人推荐了姚叶，开始了合作。

姚叶满怀信心地拍拍胸脯：“这事儿包在我身上了，给我二十万，两个月内就让你们收回成本。到时候我就在电台给你们播几个广告，再策划几个活动，五百个会员手到擒来，你俩就坐在办公室里数钱就好。”

两个四十多岁的男人经历过部队的淬炼，经历过公司从零到一的发展，却万万没有想到在给眼前这个表面看起来人畜无害的女人交付了订金一个多月后，还没看到什么效果。公司空转就是平白无故地烧钱，两个男人终于坐不住了。而刘小夏的到来，让蒋天来又重拾了点信心。

“小刘，我听姚叶说你是个优秀的‘宣发’人才，咱们公司就是缺少人才。希望你能好好地发挥你的能力，把咱们公司的名声打出去。邢总说了，以后我们不但要做本地最大的婚恋交友平台，还要辐射到整个北方地区，甚至全国。你作为我们初创团队的一员，只要你好好干，坚持下去，我们肯定不会亏待你的。后期，我们会考虑给你原始股份和分红，等我们不想管理公司了就交给你管理。你的年龄也刚刚合适，本身就是年龄稍大又未婚的姑娘，应该最懂这些人的心思。”

刘小夏被蒋天来这么一说，一下子也有了动力，赶紧表忠心：“蒋总，我一定尽自己全力好好努力工作。”

二楼的办公室有很多间，姚叶之前对刘小夏许诺，只要来了这家公司，就单独给她配一个独立办公室，让她安心踏实地好好工作。然而，每次去的时候都是周末，没有一个人跟刘小夏交代要在哪里办公。接连开了两周的会，每次开会后再整理文稿已经很晚，只好带回家完成，这让刘小夏有点失望，毕竟没有办公室的人更像一个临时工，一点归属感都没有。

刘小夏去蒋天来那里领工作任务的时候，她仔细打量了一遍他的办公室。蒋天来的办公室装修风格十分中规中矩，好似复制粘贴了一个部队机关，从墙上的字画，到沙发、墙纸、地板，只差桌上的一面小国旗。精致的茶具和传说中很昂贵的茶叶，只有比较尊贵的客人来时才会拿出来，平时都统统锁在旁边的玻璃柜子里，蒋天来自己是不会舍得喝的，每次在下午犯困的时候，他只会给自己泡几杯普通的茶水来打发随时会袭来的困意。

显而易见，蒋天来并没有完全走出他的部队作息和模式化管理。这一点从他没完没了的冗长会议就看得出来。每次开会，他总要带上他的会议记录本，一记就是好几页。

这个退役军官看起来总是忙碌的，但其实大家又不知道他到底在忙些什么。或许这也是他二十多年在部队机关养成的一套职场生存法则：就算不忙，创造机会也要忙。

相比较之下的邢总办公室就看起来阔气一些，浮夸的真皮沙发和座椅，宽大的办公桌上放着传说中市面上配置最高的电脑。但那个电脑并不是用来处理公务的，而是被邢总拿来玩游戏的。邢总办公室正对面还有个棋牌室，他时常会叫几个朋友过来一起打牌，一打就是一下午。

办公室的走廊尽头，有个酒廊。刘小夏只在刚加入团队时的那次欢迎晚宴上进去过。这样描述，或许这家公司更像是一个休闲会所。咖啡、茶、酒，伴着阵阵麻将声和烟雾缭绕的空气，让人也无法真正安心工作。

Chapter 17

又穷又丑还没有人爱的可怜老女人

之前原以为姚叶不过是个推荐人，却没想到她竟是他们团队的核心成员。这天，姚叶一身休闲打扮把她的小本田停到了公司楼下，锁好车，一上楼就看到了刚从公交车下来还未来得及擦汗的刘小夏，见到面就开始数落她。

“刘小夏，你也没化个妆，你看看你今天的气色一点都不好，涂个口红吧。”说完，她从自己的香奈儿包包里掏出了一个镜子，扔给刘小夏。

“自己照照镜子，都从大学毕业多少年了，还搞得和大学生似的。你以为别人说你长得像学生是在夸你年轻吗？错！那是在说你土！在学校的时候还有补考，给你弥补错误的机会，出了校门你要是还单纯得跟白纸一样，那就不值得同情了，没有人再原谅你的不专业。”

刘小夏看着镜子里没化妆的自己，再看看姚叶那盛气凌人的架势，瞬间气势就矮了一截，像个受气的小媳妇。莫非，这些年来她在职场里一直可有可无，归根结底就是因为缺少一个让人变得气场强大的口红吗？

一上班，姚叶就主持了一个关于下一个阶段微信公众号后台建立菜单分组的会议。参加会议的两个老总听得哈欠连连。只有刘小夏一个人在默默地拼命记笔记，就怕冷不丁被姚叶抓住一个点来问她。姚叶旁边的位置多出来了一个自称是她助理的女孩，戴着眼镜，一副乖乖女的模样。

会议暂停的期间，她还打了一个电话质问为什么新一期写她的微博上发布的照片没有把她的腿P得再细一点，那语气很恐怖，刘小夏暗自在心里同情她的排版实习生三秒钟。

“刘小夏，你一点营销意识都没有，这一点我必须要批评你。你看看你的计划方案里到底都写了些什么？这里是公司，每分每秒都在想着如何赚钱，你到底有没有考虑过如何给公司尽快带来收益？”

“姚叶姐，我确实缺乏营销意识，我尽量努力。”

“努力，努力，我不想再听这种类似的话了。明天你就把新一轮的方案想出来，然后落地去执行。”

“请问，目前就我一个人跟进和参与执行这个项目吗？”

“不然呢？你让两位老总去落地，还是要我去？我很忙的，好吗？我台里还有那么多事要处理呢。”

“可是，我也没什么这方面的经验，其他的策划执行全都我一个人来操作确实有点困难。”

“那就先把方案交上来吧！你知道你为什么毕业这么长时间了还只是个小文员吗？因为你永远不知道比领导交给你的任务再多做那么一点点。”

姚叶在当地电台曾经主持过一档职场节目，一向快人快语的她在数落别人时就跟机关枪一样突突个没完。开完会已经过了晚上八点，公司在很偏僻的郊区，公交车早已停运。

姚叶很善解人意地说不如顺路把刘小夏送回去。一路上，车流如织，红灯将车流的灯光印染成一片海洋。

“在这公司适应得怎么样？”

“我觉得我可能不太适应这里的环境和节奏。”

“怎么？领导对你不好？我对你不好？”

“也不是，我就是感觉自己能力有限，怕是做不好这份工作。”

“你是不是觉得邢总这个人太不正经？开会都不按时来，而且吊儿郎当的，根本没把这事当个事业来做。”

“没有，我觉得邢总和蒋总人都很好，对我也很热情，他们都是很不错的人。就是觉得我自己能力有限，真的做不好这么大的项目。而且我之前也没有经验，尤其是策划活动的经验很有限。姚叶姐……”

“哎哎哎，我早就说了你不要在他们面前张口闭口‘姚叶姐’。我可说我是 90 后，还不到三十岁呢……你这样把我叫老了！”

刘小夏仔细琢磨了一下，姚叶在她上高中的时候就已经开始主持节目，算起来至少比她大七八岁。看着她那粉嫩的 T 恤和车里的 hello kitty 坐垫，不由得浑身起了一层鸡皮疙瘩。

“反正，来到这公司，你不能轻易就说自己不干了。这样以后人家会觉得你没能力，又很菜。假如从这家公司走出去之后，你的路就变窄了，城市又这样小，你觉得你未来职场会顺利吗？自己好好想想吧！”

后来的几次会议，姚叶对待刘小夏依旧是这种风格，蒋天来也依旧拿着笔记本拼命记，邢总仍旧从棋牌室里打着哈欠走出来，睡眼惺忪地参加会议。那个自称是姚叶助理的姑娘却不再来了。

几周后，刘小夏的那丝想要在这家公司告别单身的幻想也破灭了。

原来，这不过就是个空壳公司，根本没有什么本地最大的资源库，更没有他们说的那么多单身男女的会员资料。原来，她想象中所谓很好的机会只是一个看起来美丽又易碎的肥皂泡，很轻易就被戳破了。

比这个更让刘小夏头疼的，其实是那五百个会员。上班的这两天刘小夏才慢慢明白了姚叶答应邢总的那五百个会员，其实是姚叶打算让刘小夏通过设计活动来实现的，而她姚叶什么都不用干，只需要管理督促她就行了。

这天，姚叶依旧像个知心姐姐般说要把刘小夏送回家。

谁知车刚开出去不到一公里，姚叶就用一副鄙夷的语气问刘小夏："你也工作好多年了，怎么连个车都买不起？"

"工资一直不算高，反正工作单位离家很近也没想过买车。"

"有车和没车是不一样的，你过了一定年纪就知道，挤在公交车里和开着车到底有什么区别。"

刘小夏并不想和姚叶解释曾经遇到过车祸的心理阴影，只想快点到家，或者干脆找个借口就此下车。然而姚叶并不打算给她这个机会。

她继续碎碎念下去，以显示出她的优越感。

"大学毕业没两年，我就买车了，后来又在这所小城买了房子。所有的这一切都是姐一路打拼出来的，再看看你。你现在没有自己的车，存款估计也没多少，还没有男朋友，想想吧。你未来的人生是会有多悲惨？我老了以后，就算还没有结婚，也是个有钱的老女人。而你呢？只能是一个又穷又丑还没有人爱的可怜老女人。"

那天在车里，刘小夏已不记得被姚叶这样用羞辱的语气折磨了多久。姚叶学着综艺节目里那种语气问刘小夏："那你的梦想是什么？"刘小夏想了一会儿，说："其实我想去北京。"

"你去北京能做什么？北京也是你能去的？哈哈，从来没遇见你这么可笑的女孩。不对，你这么老了已经不配做女孩了。”

是啊，你去北京能做什么？也许会有另外一个姚叶在另一种场合用另一种方式来羞辱你。刘小夏黯然地想，越想心里越堵得慌。

“对了，刘小夏。我和邢总说，下个月的五百会员任务就必须要完成了。我觉得这个难度也不是很大，所以交给你挑战一下吧。如果实在不行，你就买点人拉来充数。”

看来，还是躲不过去了。又是一次固定的集体会议，在召开会议两小时前，刘小夏谎称自己有事，没有和姚叶一起按照规定时间去公司上班，而是自己提前坐了一个多小时的公交车，直接走进了邢总的棋牌室，和他聊起了姚叶的野心和她的故事。其实想想，这么做有那么一点不厚道，可为了自保她只能实话实说。

刘小夏先从认识姚叶的事说起，谈到了姚叶谎报了年龄，顺便也提到了没有五百会员强迫让她做活动随便拉人来充数的事。邢总在听她描述的过程里一直很平静，一切好像都在他的掌握之中似的。

邢总点头微笑看着刘小夏，给她倒了一杯茶还示意她接着说下去。刘小夏有些茫然，她为什么要出卖姚叶呢？她本来并不想这么做。可下个月邢总就要验收那五百个会员，谁能凭空把那五百个人变出来呢？用钱来收买？她这个月的工资还没拿到手呢。

“邢总，很感谢这段时间您对我的照顾。我想我无法胜任这份工作了。”

“小刘，你说的事我知道了，但我觉得你可以再考虑考虑。公司惜才，有什么困难你直接和我说就好，我们都可以努力帮你解决的。”

“我真的是无法和姚叶一组开展工作了，她给我的工作难度太大，真的无法胜任。”

“好吧，让我再想想。”

不久后，姚叶提交了一个方案，方案预想通过电台招募十对男女，让这二十个人在D城最高级的酒店趁着暮色快降临的时刻吐露衷肠，然后以最快速度牵手一位异性离开，奔向电影院或者酒店。

这个想法看着浪漫，实际可操作难度系数还真不小，当大家再看到报名费是一人三百元时更是有点惊讶，因为活动安排里分明写着不含晚餐。在D城，三百块钱也不是小数，许多人的工资还停留在两千多块钱的标准，显然他们要招募的对象不是普通人。

合着大家好不容易赶到这华丽的五星级酒店，花了三百块钱只能喝点茶水，吃块还没有半个巴掌大的点心。倘若这能找到优质的男女朋友也就算了，问题是接触了几次报名会员后刘小夏才明白了一个道理，被剩下来的男女，要么是真的条件太优秀，自己又太挑剔，谁都入不了法眼，要不本身就是个困难户。谁长得好看又有钱，还需要用这种方式找对象呢？

姚叶的方案细化而具体，谈到分工时刘小夏又一次傻了眼。除了主持活动现场，其余的工作执行人都是刘小夏。

签到指路是她，会场引领是她，让参与者关注公众号扫码的是她，活动结束后打回访电话留下信息联络人的还是她……

“这个方案我觉得不太可行。”蒋天来第一个投了反对票，邢总抽着烟没说话，转向他的军师陈律师。

“我想问问这二十个优质男女通过什么渠道能招募来？多长时间能全部招募完毕？什么时间开始宣传？”

姚叶有些不高兴，反问陈律师是做什么的。陈律师尴尬地笑笑，说：“路过邢总的公司，听说大家在开会，我就来学习一下。”

“我们的优质男女招募信息会在电台里滚动播放，如果实在招募不满我也会安排电台的同事去捧场，预计三天内就招募完毕，明天就开始宣传。怎么样，这个答案你满意吗？”

陈律师职业病一般的回答：“那好，我的问题问完了。”

邢总又转向刘小夏：“小刘，你觉得姚叶这个方案可行吗？”

“我也对这二十个优质男女的招募有些担心，另外，我觉得宣传周期太短了，而且现在开始宣传显然达不到同时宣传公众号和加强公司对外形象的目的。”

姚叶瞪了刘小夏一眼，见她一脸无辜，真是让人气到爆炸。果不其然，没出三分钟，姚叶就开着她的小本田走了。

Chapter 18

睡一觉，就能什么都解决了吗

“喂，刘小夏，你到底是哪一伙的？当着领导面砸我的场，我看你是活得不耐烦了。”姚叶在电话里劈头盖脸对刘小夏就是一顿骂，尽管极力压制着怒火，可她那声音的分贝还是差点震坏刘小夏耳膜。

刘小夏不想解释什么，小绵羊的角色她扮演够了。尤其是当她知道了，姚叶早已收了邢总那二十万订金，还极力把工作任务全部都推到她头上之后，就更是不想再忍下去。撕破脸吧，没什么大不了。

“对，我是活得不耐烦了。我不伺候你了。我不想干了。”

刘小夏的心里多想这样光明正大地顶回她。然而，她却一句都没说出口。挂断电话，她哭了。

北方的秋天，夜晚的风吹过，有些凉了。刘小夏忽然想起，那天姚叶在车里羞辱她的那些话。

她的将来，是否真的会成为一个又穷又丑又没有人爱的老女人？是否真的会像《被嫌弃的松子的一生》里那样，用最悲哀的方式离开这个世界？

邢总没有接受姚叶的建议，姚叶不傻，她知道是谁在背后捅了这一刀。以前，她觉得刘小夏这种逆来顺受的姑娘是根本不会这么做的，没想到她竟然大意了。

姚叶宣布退出这个项目之后的第三天，邢总就找来了新团队的负责人。听说新来的负责人林菲是个销售天才，没有她签不下的单子。

三十三岁的林菲，在江湖上有个外号叫林三斤。顾名思义，这是个喝三斤白酒都不会喝醉的女人。林菲虽然学历不高，可入社会的时间比较早，十几年摸爬滚打下来吃了不少苦头，蹉跎中练就了一身兵来将挡水来土掩的武艺。

电视里演的那些只要把酒喝了合同自然就签了的事，林菲不知道经历了多少回，加上她又颇有些姿色，一个没有孩子的离婚女人总是容易让人想入非非。

林菲刚一接手工作就问刘小夏为什么和姚叶配合得不好，这让刘小夏尴尬到不知该怎么回答，接下来的工作自然开展得不顺利。

接着，林菲又装作若无其事的样子，让刘小夏一步步地交出所有之前注册过的公共账号，公司之前的会议记录也都由她带来的小助手吴月一一接管。一时，刘小夏觉得自己被边缘化了，成天闷闷不乐。

照样是一个无法按时下班的晚上，林菲和吴月刚从某个酒局下来陪完几个领导。邢总也不知为何在那天晚上异常兴奋，说大家好久都没团建啦，不如今晚在公司喝一顿，庆祝大家又组建了新团队。刘小夏向来对这样的活动意兴阑珊，就想找个借口开溜，谁知被蒋天来拦下。

“来都来了。”

是啊，中国号称有“四大宽容”让你无法拒绝，分别是：“大过年的”“来都来了”“人都死了”和“都不容易”。

刘小夏面无表情地听着邢总说起姚叶时的愤怒，瞬间觉得自己所处的位置十分尴尬。

“小刘，我一开始真没想到姚叶居然是这样的人，但是很高兴她能把你介绍来公司啊。这都是缘分啊。来，喝一杯。”

“谢谢邢总，我真不太会喝。”

“哎，小刘你这就是不给我面子了啊。多少喝一口。”

刘小夏象征意义地喝了一口，蒋天来又皱了皱眉。

“小刘，你这是干吗？养鱼呢？”

刘小夏苦笑了一下，只好把杯子里的酒干了，心想今天晚上破了这个戒，肯定是逃不过去了。两个老总说起劝酒词来，句句都让人无法拒绝。再看看林菲，喝酒就跟喝白开水一样轻松，倒是身边的吴月有些招架不住了。这个才二十一岁的小姑娘，还偏要逞能，只一会儿的工夫就满脸通红开始说起醉话了。

“邢总，你看我怎么样？我十六岁不到就出来打工了。我爸妈在我很小的时候就离婚了，他们不要我了。你说我可怜不可怜？”吴月的一半身子几乎要栽倒进邢总的怀里，一边用她的手死死拽住邢总的衣角。

“吴月，你是不是醉了？让你菲姐给你叫个车，早点回去休息吧。”邢总一脸尴尬，毕竟他和二婚的媳妇也才新婚没多久，孩子的满月酒这才刚办完不到一个月，这一幕要是传出去实在难听。

“邢总，你可怜可怜我吧。我就想赚钱，邢总你看我能赚到钱吗？”吴月还是紧抓住邢总的衣角不放，伸出去的一只脚突然迈空了，一个趔趄摔倒在了地上。

“赶紧起来，让别人看见怎么办？”

“邢总，你说我做点啥能赚钱？你就说，你让我干啥都行。”吴月说完开始扯自己衣服的扣子，扯到一半，咕咚一声倒在地上昏了过去，脸色煞白。吓得大家又是掐人中，又是泼凉水，折腾了好久她才算清醒过来。

折腾完毕，刘小夏这才感觉浑身无力，她也有点醉了。蒋天来看她也快喝醉了，便就此散了酒局，打电话叫了辆车说一起走，正好顺路把她送回家。

路上，蒋天来说起了要给刘小夏介绍对象的事。

“小刘，我知道你一个女孩子在职场打拼也不容易。一个人不能只有事业没有家庭生活。你也不小了，家里人一定也开始催你结婚的事了吧？邢总有个朋友岳总，人不错。虽然离过一次婚，年龄也就比你大个十岁，但是家庭条件挺好的。你要是和他真的成了，就不需要像现在这么辛苦了。”

“我……我现在不太想考虑个人问题了。”

“哎呀，瞎说什么呢。你虽然确实过了最适合结婚的年龄，但怎么说以后总要结婚的嘛。其实，岳总前段时间来公司看到你了，对你印象特别好，说小姑娘看着也就二十多岁。你自己怎么先自暴自弃了呢？”

“我……”

“怎么？其实你有男朋友了？有男朋友也没关系，你再好好考虑一下，岳总这样的男人可不是什么时候都遇得上的啊。别看他四十岁了，他可是一直保持着运动习惯，身体还是很不错的呢。”蒋天来说完这句，还特意用暧昧的眼神看了刘小夏一下。

“反正，别总是拒绝别人，你总是把自己的心关着，谁又能进得来呢？我把你的微信推给他了，你通过验证一下。”

刘小夏点亮手机屏幕，通过验证的时候看了一眼头像，一个戴着墨镜的中年男人坐在一张太师椅上似笑非笑。

“他和邢总不同，玩心没那么重，爱好也比邢总优雅些，没事他喜欢听听音乐打打高尔夫什么的，还是很有生活情趣的。”

才刚通过没两分钟，岳少峰就发来了一段话。

“嗨，小美女，什么时间赏脸吃顿饭？日本料理还是自助餐？我请客……”句子的结尾还特意加了表情包，居然不是中老年的那款为友谊干杯。

“蒋总，我好像喝多了有点想吐，不然我先下车吧。反正也快到我家了，一会儿我走回去就行。”

下了车，被风吹得酒精好像全都涌上来了似的，刘小夏觉得醉得比刚才更厉害了，好想找人说说话。

对，就是好想找人说说话啊。借着酒劲，她把微信发给了苏莫北。

“在吗？我想找人说说话。”

“我在。”

他拨来了电话，她很惊讶，但还是很快接了。

“你怎么了？”

“我喝多了。”

“为什么喝多了？”

“我不开心啊。”

“为什么不开心？”

“领导给我介绍了一个四十多岁很有钱的老男人。”

“所以呢？”

“不开心啊。”

“咱们视频啊？”

“什么？”

“我看看你到底喝醉了是什么样。”

“不要。”

“那就赶快回去好好睡一觉，什么都别想。”

苏莫北忽然提出视频的要求让刘小夏的酒醒了一半，她在问自己到底想干什么。这个酒后的电话打得十分突然。那是刘小夏第一次在苏莫北面前如此失态，她又习惯性地给自己找借口，就这样一次，下不为例就好了。

是的，连她自己都完全不明白，到底为什么要和苏莫北那样说，告诉他自己又被介绍了一个有钱的老男人。难道她妄想着他能来拯救她吗？不，其实谁也拯救不了谁。刘小夏听得出来，苏莫北的电话是从家里跑下楼打的，仔细听还能听到他轻微喘着粗气。

他说，一切都会过去的，只要睡一觉，第二天醒来就什么都会忘了。好好睡一觉吧，就像《乱世佳人》里郝思嘉说的那样，明天又是新的一天啊。

Chapter 19

几乎要成为一个废人

也是在刘小夏喝醉的那天晚上之后，苏莫北再也没有和她提起有空一起去旅行的事了。记得当初，他提到说要和自己一起出去旅行，还一度让她感觉有些奇怪。

有天早上，苏莫北莫名其妙就问刘小夏是否去过秦皇岛。她以为他想要一份攻略，也就顺便回答了他。

“怎么，你要去玩吗？我也是五六年前去的了，有些忘了，不过感觉那地方还不错。有需要的话，可以发个简单的攻略给你。”

“你去过的地方还真不少。”显然，他有点失望似的。

刘小夏的神经倒也粗，并没有意识到他其实是想和她一起去。

“最近就是想出去走走了，爬爬山，看看海，调整休息一下。”

“好啊，什么时候一起去？给报销火车票不？”

“随时，你订好票，我就准备出发。”

按理说，苏莫北向来在刘小夏这里是没有一句多余的废话的，他一直给她留下的印象是说一不二，每句话都必须当真。可这一次，这样干脆而简洁的对话反倒让刘小夏犹豫了。

其实，刘小夏的手上还有好多事，工作上的不顺心使她也无暇对这些话再去做什么分析。她承认自己挺㞞的。家里的压力也很大，如果被父母知道了，她莫名其妙和一个小男生出去旅行，他们又会怎么想？

又或者，其实她搞不清楚对苏莫北是怎样一种复杂的感情。一起旅行这件事也就一直搁置着，搁置到夏天，就那样一点点地结束了。

后来，再打电话给他，他只说不去了，不想去了。对，没有为什么。

是吧，刘小夏又一次让他失望了。她好像总是让他失望，这感觉让她心里的某个地方又隐隐地痛起来。

最近，岳少锋倒是联系过她几次。每次，刘小夏的语气都是不咸不淡的。岳少峰也知趣，不再强迫刘小夏见面了。

他问刘小夏："如果我年轻几岁，你会同意吗？"

这句话问得很有意思，倘若他年轻几岁又会找她吗？

刘小夏回他："岳总您可真会开玩笑。认识您很高兴，只是我觉得我父母大概不会同意。这样又何必浪费您的时间？何况好姑娘那么多，凭着岳总您的条件，本可以找一个更好的。"

把父母不会同意搬出来说事，曾是刘小夏认为最不齿的借口，而如今她却用它来搪塞岳少锋，想想自己还真是越来越可笑。

她实在不理解，岳总怎么会看上她这个长相一般、工作平平、家庭普通的老姑娘。莫非，她长得像他当年错过的初恋？

她问岳少锋，岳少锋倒也很爽快又直接地回答了她。

"你和别的姑娘不一样，有一种拼劲。现在的女孩都不太喜欢工作，却希望男朋友为她花钱，养着她。"

"那就是你对女人有偏见，谁说现在的姑娘都不爱工作？"

刘小夏承认她有时候也经常想，要是不上班天天在家里待着就好了，可真的失业了，想到没有班可上就很慌，觉得自己好像被社会抛弃了。

"其实，你若不想和我结婚也可以，咱们可以保持一种相对特别一些的关系……"

"岳总，我不是那样的人，请您尊重一下我。"

"哈哈，按理说你们这一代应该不是太保守吧？难道你一直独身，就没有点那方面的需求？再说，一个女人再努力最后却没有人爱，那个下场还是很凄惨的。"

"我不这样想，女人并不是男人的附庸。"

"所以你和她们都不一样啊，你有追求，有思想。"

岳少锋越是这样说，刘小夏就越心虚。其实，她和岳少锋口中说的那些姑娘又有什么不同呢？谁不喜欢钱多事少离家近的工作，谁不喜欢自由没有拘束又有钱花？只是，一个长得不好看又没有特殊显赫的家庭背景的老姑娘，又凭什么幻想着天天坐吃山空，等着天上掉馅饼呢？

刘小夏曾经也有一段时间待业在家，也是从那个时候开始发现自己会被父母嫌弃。之前看过一部电影叫《不求上进的玉子》，刘小夏甚至觉得自己和她一样。一边装作若无其事、没心没肺的样子，一边偷偷地投简历，然后石沉大海。那个时候的刘小夏，讨厌别人打听她在什么单位工作，又到底什么时候打算去找工作，内心对自己的状况感到焦躁不安，却无人倾诉。父母甚至觉得让她读书是一种错误，怎么会书读得越多工作越难找呢？

她在网上一些公众号里看到，朴树也有这样窘迫的时候，据说他在待业的时候，他的母亲还曾经问他要不要去餐厅当服务员。刘小夏的父母也差不多，他们甚至会直接问她要不要去楼下的菜市场试试。菜市场的收银员要求并不高，初中学历就可以，只要会算简单的账，别把钱找错就行。

那个时候的刘小夏是真的对收银员这样的工作都有些害怕，万一真的找错钱了怎么办呢？没想到，人家菜市场的主管说他们只要初中学历，高中文凭都有点多余。

她觉得自己几乎成为一个废人了。高等教育带给她的是什么呢？没有好的职业规划，全都是走一步看一步的错误决定。

为了鼓励自己，她后来就经常看一些当年混得不好，后来一鸣惊人忽然成功的名人例子。朴树和李安都曾待业很久，孟非还做过印刷厂的工人，刘强东在创业的时候曾经一夜白头，甚至连马云都说自己曾经被当作是骗子。然而，这些例子并不能激励这个几乎成了废柴的自己。

在他们家乡，通常都觉得子女如果在政府机关或大型国企里才算是正经工作，否则即便你赚得再多也是个“没有单位的人”。起初，她一直没搞明白“单位”和“公司”到底有什么不同。直到后来，在考公务员的论坛里一个小伙伴解释清楚了这俩的区别。

前者是有归属感的大企业，能称得上是“单位”的，多半都有一定的背景可以让你只要不犯大错就可以顺利混到退休，后者则代表着不确定性。具体表现就是你赚得再多也可能有天说被辞退就被辞退，公司总是会毫无征兆地倒闭，毫无征兆地让你说变成无业游民就变成无业游民。

为了成为一个“有单位”的人，她也曾试着想过考公务员，这是一个不求上进只会读书的人最笨也是最没有希望的一条路。她买来厚厚的行测与申论试题，一遍遍做着传说中可以测试智商的古怪题目，再幻想着下一次就有完全为她所学的专业量身特设的岗位横空出世，恰巧竞争对手也都没有她厉害，最后顺利考上公务员从此高枕无忧成为一名优秀的人民公仆。然而，屡战屡败的结果让她对自己的智商充满怀疑。本以为还算擅长考试的她，如今考个公务员都没有机会！只好安慰自己，国家可能暂时还不太需要她。

她觉得那时候的父母对她真的算是失望到底了。

从小到大，她一直很顺利。按部就班地学习，从未偏离轨道，重点初中、重点高中，以及还算不错的大学。谁知走入社会才发现，一个只会学习和读书的人居然并没有什么优势可言。伤仲永的故事，父母讲了很多遍。然而，他们依旧无法接受当年的神童，如今变得如此庸常。

他们和姚叶想的一样，一个没有正经工作、没什么钱、没有姿色又没有爱情的女人，未来是很凄惨的。

“这样的人生，活着到底还有什么意思？”

这个念头最严重的时候，刘小夏曾想过自杀。

家附近有一段货运火车的铁轨，火车每天只在固定的时间从那里经过。她几次听到即将开来的火车都想要躺下，然而，想到之后有可能的血肉模糊，就㞞了。

家附近有一栋三十八层的烂尾楼，那工地看管不严，想要溜进去爬到楼顶跳下去也不是一件难事，但一想到摔下去脸会烂掉太难看，她又㞞了。

溺水呢？尸体将被泡成巨人观，就会像唐锦书发的那些照片一样，给收尸的人增加麻烦。

打开煤气？服用安眠药？万一被救过来，留下惨痛的后遗症比现在的废柴还要废柴，想想都异常痛苦。说一千道一万，刘小夏㞞到连死的勇气都没有。这世界也许还是有美好的东西值得她去留恋，她必须接受自己的平庸，继续活下去。

每天早上，刘小夏都会很早就醒来，换句话说也可能是因为失眠到睡不着。一个废柴的一天从看各种视频开始，她最需要的是彻底开心痛快地笑一次，又或者干脆真正放声地大哭一次，而最可怕的就是麻木。

那段时间，德云社的相声集、欢乐喜剧人、王自健的脱口秀，所有一切可能被打上搞笑标签的视频，刘小夏通通刷了一遍，然而还是笑不出来。哭呢？好像也哭不出来。

她又尝试着看韩剧，男女主角虐心虐到疯狂崩溃，哪怕剧中死了好多人，她还是哭不出来。直到她重新看了《被嫌弃的松子的一生》，看到第三遍时忽然情绪崩溃哭了两个小时，哭到眼睛酸痛才停下来。

生而为人，我很抱歉。

她并不喜欢这句话，她需要把自己的麻木唤醒，所以当接到姚叶打给她的那个电话之后，她觉得她大概可以至少不再当一个废柴。可事实证明，她又走错路了，这是一个连社保都无法给上的私企，而哪怕是这么烂的公司，她现在的位置也已经岌岌可危了。

Chapter 20

不要为了结婚而结婚

刘小夏在公司做的最后一个活动，是一个有很多知名单位联合赞助的青年联谊会。姚叶还是答应利用电台资源最后帮邢总他们一次，但作为这次活动的赞助商，公司必须还要多交几万来取得冠名权。

邢总和姚叶闹得不欢而散，蒋天来夹在当中左右为难。刘小夏本来和姚叶说好不干了，却又禁不住邢总和蒋天来的反复劝说，勉强参加了那次活动。

联谊活动举办地点在城郊，接近十一月的 D 城因为那场意外的寒流瞬间降温了十几摄氏度。北方的深秋，一次寒流就可以瞬间把人从凉爽的秋天拉进冰冷的寒冬。刘小夏他们几个工作人员被随行安排到了不同的大巴车上开始清点人数，在遇见姚叶时刘小夏刻意躲避了她的目光，冷漠地装作不认识。姚叶心想，这个丫头，不但出卖了她，还装作若无其事地继续为邢总他们卖命，真是个没良心的白眼狼。

姚叶其实并没打算去给邢总的公司争取什么冠名权，活动从开始到结束连一次广告也没做，蒋天来急得团团转，更不要说因为天气突变的原因让原本设想的室外活动都变成了一纸空谈。

好在深秋的D城天空蓝得像画一样，刘小夏也就把这次活动纯粹当作一次放松。她这次被分配的工作任务很轻松，无非就是维护一下现场秩序，发发信息登记表格，拍拍现场活动照片。

这次联谊活动的男女嘉宾构成有两部分，大部分是团委指派下发给各大著名国企的任务，要求单身的男女同志务必要参加，小部分是社会上那些着急热心的父母跑到电台给子女报了名。刘小夏在宣传这次活动的时候还特意提到了城郊那著名的彩叶节，把优美的景色吹得天花乱坠，其实她自己根本没去过，也无从谈起到底那是怎样浪漫如韩剧一样的场景。

本来说好有午餐的，毕竟每个人的报名费是一百元，怎么说也不会糟糕到连个盒饭都没有的地步。然而，直到他们来到目的地才发现，电台居然真的没有安排盒饭。另一个联合主办单位赞助商是一家房地产公司，大家的活动休息场所就被临时安排在了售楼中心的体验休息室。售楼处的工作人员为来参加活动的一百对男女提供了“精美”的小点心，每个人大概也就只能分到一两块。对于这些很早就起床赶来参加活动的男女嘉宾来说，简直就像是给东北虎投喂鸡架，连塞牙缝都不够。

外面是呼啸的寒风，大家又在只有一两个厕所的售楼处里排成了长龙。

每一个被坑来的男女嘉宾都在一边排队一边吐槽，有的吐槽单位的强制行为跟加班有什么区别；有的吐槽自己的父母真是实力坑娃，为了找个对象非要逼他跑到这鸟不拉屎的农村，不但没吃没喝，连上个厕所都要排队半个小时。都说饱暖才思淫欲，这连最基本的吃喝拉撒都满足不了，谁还有心情去看身边的人到底是公是母？

刘小夏没有和那群饿疯了一样的人去抢小点心，那些比指甲盖大不了多少的小点心只会越吃越饿。举着相机，她来回拍了几张照片装装样子，也就算完成了任务。那边厢，林菲正带着她的“红娘”团队穿着统一由公司定制的服装站在队伍中间赔着笑脸。相比之下的她就像个杂牌军，唯一能证明她是工作人员身份的只有一张被处理得很粗糙的工作牌。

趁着大家在午休，她决定一个人在附近转转。售楼中心外的一片空地上不知是不是有人刻意撒上了格桑花的种子，随风飘摇的野花儿连成了一片海似的。这一刻，世界仿佛静下来了，没有压力也没有烦恼，她就想这样静静地待一会儿。

“嗨，你好呀。”一个穿着卡其色灯芯绒西装的男生走过来，打破了平静。刘小夏下意识地往后看，发现周围除了她没有别人了，这才确定那男生是在跟自己说话。

“嗯，你好。有什么需要帮忙的吗？”刘小夏看到西装男手上的牌子就知道对方是这次参加活动的嘉宾，下意识地回了这样一句话。

“你的手牌呢？你是几号？”男生显然把刘小夏也当成了参加活动的潜在相亲对象，看到刘小夏举着相机又没有和那群人一块抢点心就很好奇。

“我没有手牌，我不是嘉宾，就是个工作人员。”说完，刘小夏在兜里翻了两下发现工作牌不知道什么时候掉了。她不想再解释什么，对男生笑笑。

“哦？那你结婚了吗？或者，你有男朋友吗？”

“这个，没有吧。不过我没报名参加这个活动，所以你应该去多了解了解那些有手牌的姑娘。哦，对了，对这次活动有什么意见和建议也可以和我说，回头我看看跟领导反映一下，下次争取做好点。”

"这样啊……哎，其实这种活动都一样，没什么意思。可每次却还是抱着幻想，以为能遇到一个不一样的人。"那男生自言自语地嘟囔了一句。

"你不过去参加下一个活动吗？这次活动里的小游戏挺多，奖品也还挺丰富的。"刘小夏看着午休时间快结束了，就想顺着原路往回走，西装男于是一边跟她走着，一边装作漫不经心地问："你觉得冷吗？你们工作人员应该也没吃午饭吧？今天变天了，风还真挺大的。我刚才看到那边有卖柠檬茶、橘子水什么的，你要不要来一杯？"

"不用了，真不用。"

"怎么？你们工作人员有规定，不能接受活动嘉宾的水？"西装男说完，就一路小跑去了路对面。也不知什么时候，售楼处门口多了一辆卖热饮的手推车。简陋的罐装保温桶上很随意地被写上了几个大字，简单把饮料种类区分开来，最下方还标着价钱：橙汁二十五元、奶茶二十元、咖啡三十元……这种三无产品居然卖得比市内咖啡店的价格还贵，不过就是随意放点糖精勾兑出来的。可还别说，生意却出奇的好，大部分都卖给了这些来参加联谊的男女，这些人倒确实是最佳的消费人群，毕竟他们从早上到现在没吃上一口热饭，又被寒风吹得冻到想哭，别说是勾兑的橙汁，哪怕就是烧开的热水卖到十块钱一杯，也会有人想买。

刘小夏接过西装男的橙汁，想要给他钱，西装男摇头。

"加个微信？"

"可以啊。"

"那我可当真了。"

说完，西装男从兜里又掏出来几块饼干塞给刘小夏："拿着，别嫌弃。就刚刚在那边活动区拿的。"

刘小夏好久没遇见过对她这样殷勤的男人，本来应该是开心的，但开心没有几秒就回到了现实。她的直觉告诉她，这一切太突然也太夸张了。来这里不都是为了找对象的吗？只是大家都带着目的，往往希望越大，失望越大。

活动结束，她觉得很累，发了一条朋友圈：“工作人员的一天终于结束了啊……”

果然，西装男很快点了赞，又在下面评论：“所以，不是工作人员了就可以和我好好聊聊天了吧？”

刘小夏的直觉没有错，西装男的态度很简单很直接。他问刘小夏是不是本地人，又问了家住在哪里这类大致的情况后，便开门见山地说自己其实就是想找个人马上结婚，他巴不得两个人认识两个月就结婚。西装男已经在这座小城买了房子，也算有一份相对稳定的工作，唯一觉得自卑的是来自农村，学历也一般。

“那你也不能为了结婚而结婚啊。希望你以后能遇到一个你真正喜欢的人。”

“嗯，希望你也是。”

这便是刘小夏和西装男在微信里的最后对话。他们的关系就这样很快止步在朋友圈一个点赞的交情里了。男人一旦现实起来，冷却的瞬间会让你觉得当初对你所有的殷勤都是假的。

刘小夏太清楚这个道理，也就没有把他放在心上。她眼前想的都是如何脱离目前糟糕的环境，她想离开了。她也发现越长大越孤单这句话是真的。

心情不好的时候，想约个朋友吃饭都成了一件困难的事。在她这个年纪，基本上身边的朋友也都有了自己的生活。女人的友情，一旦有了男友或婚姻就会冷却一半，倘若再有了孩子，那生活的全部重心就都转移给了孩子。

联谊活动结束后，她拿到一笔钱，算作是这阵子额外的报酬。刘小夏打电话给未婚的几个朋友，不出所料的，她们有的在出差，有的在旅游，有的在忙着失恋，好像都没有什么心思出来聚会，哪怕是她主动说要请客。

“不好意思，亲爱的。下次啊，下次我请你……”又一个电话这样答复她。原来，真的可以有一种时刻是想花钱却花不出去的。

她发消息给苏莫北：“拿到钱了却不知道该怎么花，怎么办？”

苏莫北依旧很酷地回复：“那就不花。”

是啊，那就不花。刘小夏每次遇到这样的问题发给苏莫北，其实就是想要一个心安的答案，或者她心里也早就有一个答案，可她还是想问他，就像是翻开了答案之书，不管对错，至少有一个回应就好。

“我辞职了，我要去北京……”

她发出去又撤回，而这一条微信其实被苏莫北看到了。

Chapter 21

原来，婚姻也只是另一段路程的起点

霜降，刘小夏记得这个节气。她下定决心要去北京待一段时间，就选在这一天离开。走之前她还和父母吵了一架，出门时只拎了一个小箱子，胡乱地塞了几件秋天穿的衣服，赌气似的。然而她知道，这一刻她等很久了，她宁愿用赌气的形式来完成这一次出走。

买票的那一刻她是冲动的，甚至去火车站的路上她也是冲动的，直到火车一点点驶离家乡，湛蓝的天空慢慢变得灰白，她在这个时候才意识到，她是真的暂时逃离那个家了。她恨自己的原生家庭吗？她不知道。

豆瓣上曾有个小组叫“父母皆祸害”，里面都是些被父母迫害过从小到大不快乐的成年人。她从未想过成为其中的一员，因为她一直觉得父母只是单纯地认为她不该活得这样悲催，替她感到惋惜而已，他们恨铁不成钢，以至于从来不会表达对她的感情，就像她也从来不会向他们表达感情一样。或许正因为这样，她没有任何一段感情成功过，成了一个彻头彻尾的失败者。想到这里，她释然了。或许这样也好，不再奢望感情，不再奢望去爱别人，或者被别人爱。

刘小夏这一次负气出走，也只是单纯去北京看看，却完全没有一个详细的规划。在火车上仔细想了想，她想起了一个人——她以前在大学时参加社团认识的朋友，聂芹芹。

聂芹芹大学毕业后就去了北京，和她大学时候谈的男朋友一起。毕业两年后，他们就结了婚。后来，聂芹芹忽然提出不想上班，就辞职开始独自创业，在北京打拼几年买了房也买了车，一时间成为这两届校友里相对最成功的人之一。

大学时的聂芹芹是被刘小夏那一副不食人间烟火的气质迷上了，尤其是她的盲目乐观与自信。刘小夏总是倔强的不认输，就算在这世间遭受了千百种打击，她还愿意单纯地相信那只是暂时运气不好而已。

“你来北京先住我这儿，别的什么都先不要想。要是闲得实在无聊，就来我这儿帮帮忙，毕竟是我自己的公司，你可以随意一点。”火车上，刘小夏看到这条来自五年没见的大学校友的信息，差点感动到哭出来。

其实在大学毕业后，刘小夏就只在聂芹芹结婚的时候随过一次份子。之后便很少联系，直到最近聂芹芹总来找她聊起大学的事情，她们这才又重新联系起来。刘小夏不知道，聂芹芹之所以在这段时间拼命地和她聊起大学时候的事，是因为她离婚了……

共患难的夫妻常有，但共享福的夫妻却不多。如今，聂芹芹的儿子已经两岁，前夫夏强在儿子刚出生不到半岁时就出了轨。对方是一个还没毕业的大学生，这个小三骄横跋扈地找到原配，居然还打了原配一个耳光，理直气壮地说原配不要脸。这种剧情翻转到简直毁三观，一时间聂芹芹根本无法接受这个事实。

聂芹芹把孩子丢给了婆婆，自己一个人表面上假装若无其事地撑着公司，每天却像行尸走肉一般地往返公司和家里，内心麻木又凄苦。这个时候，她忽然想起她也有过辉煌的时刻，大学时候，她曾经也是个自信又年轻的女生，也曾在学生会呼风唤雨，有好友，有助手，有伙伴，每当想起当年的自己，心里又会重新鼓起无穷的勇气。人，为什么要长大，又为什么要接受这么多残忍的现实呢？

刘小夏下了火车就赶往了聂芹芹发给她的地址，从火车站到聂芹芹家坐地铁也要将近两个小时。那栋房子现在看起来也还不算旧，还是当初聂芹芹和前夫一块买的，买的时候也不过一万多一平方米，如今莫名其妙就涨了几倍。讽刺的是，贷款都还没还完，房子也还没有太大变化，她却离婚了。

初到北京的刘小夏并没有像个观光的游客一样满北京转悠，她得知了聂芹芹的近况后惊讶得说不出话来，只能努力安慰聂芹芹。可当她想要开口说什么安慰的话时，才发现在自己将近三十年的人生字典里，完全没有关于劝慰离婚女人的词条。

“你先去我公司上班适应一下环境，其他的事情以后再说。我不能保证你一定会赚到多少钱，但至少在我这里吃住之类的事你不用操心。”刘小夏充满感激地点点头，她塞给聂芹芹三千块钱。她们互相推搡了几回，最后用了通用的那句——“给孩子的”，钱才被勉强收下。

聂芹芹的公司租在惠新里的某个居民住宅区，离她和前夫之前合买的房子不算远。刘小夏到公司的时候，几个很可能成为她同事的人都很冷漠，也许是早就知道刘小夏是她们聂总的同学，对于这个空降下来的负责人心中都憋着一股怨气。聂芹芹的心思已经不放在公司的运作上了，所以下面的员工也都做一天和尚撞一天钟。这本来是一个卖佛教用品的实体店，后来赶上互联网这班车，也开始在网上售卖，再后来又干脆经营起了给人算命的业务。

刘小夏对这些一窍不通，她努力想要学习适应这一行，才发现自己根本不感兴趣。刚去公司没什么事做，她就在书架上拿几本书来翻翻，打发一下时间，顺便熟悉一下公司环境。

在公司，刘小夏要叫聂芹芹为聂总，出了公司，她其实就是聂芹芹的助理兼保姆。聂芹芹的儿子小石头性格顽劣，每次吃饭都要把饭碗扣在脸上，饭粒撒得满地都是，有时候激动了还会打人。刘小夏第一次知道，原来两岁的孩子力气也可以这么大。

通过聂芹芹的事刘小夏也逐渐开始明白，原来不是王子和公主在一起后就能幸福地生活下去了，婚姻只是另一段路程的起点。这就像高中生总以为考上大学后就一劳永逸了一样，其实往后的日子里处处都是考试。

聂芹芹羡慕刘小夏的无牵无挂，总说如果时光可以倒流，她绝对选择不结婚。离婚后的聂芹芹患上了严重的失眠症，日常作息也不太规律，每天要不是刘小夏张罗着一日三餐，她根本就想不起来按时吃饭。

这样的日子过了一周，刘小夏有些迷茫。来北京的意义就是这样吗？她想用自己的方式感受一下北京。于是，提出想要自己出去住两天，聂芹芹当然不同意。

“是不是你也嫌弃我这个离婚还带着个拖油瓶的女人？是不是觉得我每晚拉着你不睡觉特别烦？你看，我现在这种情况，要不是你来了估计连自杀的心都有了。你要是再走了，不是把我往火坑里推？”

“说什么呢，我是觉得这段时间也给你添了不少麻烦。你看我也不会带孩子，饭做的又一般。看着你这样，我其实心里很着急又不知道该怎么帮你。我也得想想往后的日子该怎么办，不能总在这里给你添麻烦吧？你的公司我就更帮不上什么忙，我本想来北京散散心，并不知道未来会在北京待多久，也想一个人静一静。”刘小夏终于说到了重点，她叹了一口气。在老家，像她这个年纪的姑娘还没有结婚是要被邻居私底下议论的。

就在刘小夏不知道该怎么想办法一个人搬出去的时候，聂芹芹的母亲来了北京，房间就这么大，她终于可以没有负罪感地离开聂芹芹家了。

Chapter 22

困在人生的回龙观

想要继续留在北京，就要想办法找住的地方。为了节约成本，刘小夏想到了青年旅馆和求职公寓，可毕竟已经不是大学刚毕业时候的年纪了。她这才发现，年龄和积累财富的能力不成正比有多尴尬。就好比，年轻时候你仗着一脸的胶原蛋白和怎么吃夜宵都不胖的身材，哪怕披个麻袋都漂亮，可当你到了三十岁就不能再穿淘宝上九块九包邮的T恤了。

这一波刚来北京的新鲜毕业生已经差不多是95后，家庭条件都很不错，很少有人再住那种求职公寓了。那么，另一个方案就是青年旅馆了。刘小夏在网上找了好久才勉强找到一家看着还算干净的青年旅馆，至少图片上看着还像那么回事。但事实上，当她真的去了才发现，这里更像是个临时落脚的地方，它甚至比大学简陋的宿舍还要差很多。

很多长期的租客将杂物和行李箱堆得没处下脚，加上大家都是陌生人，远不如以前的宿舍室友那样友好，她经常觉得睡不踏实，好像下一秒箱子就会被人翻开，尽管她本身也没带什么值钱的东西。

凌晨三点，对床的家伙又打起了呼噜。那呼噜一惊一乍的，前一秒还跟炸了的雷似的，后一秒又忽然没了动静，让人常常担心那人会不会是一不留神在梦中就睡死过去了。刘小夏在这种夜里几次辗转反侧，从床上跳下来穿好衣服想出门透透气，忽然想到这里毕竟是旅馆，不是自己家，并不能轻易出入。

在还没有开始供暖的北京初冬，旅馆里的一扇窗户好像密封不太好，风从那条缝隙里透进来，冷得让人绝望。

天刚亮，在不足三平方米的卫生间里，刘小夏思考着，这难道就是她今后一大段时间要面临的生活吗？还来不及思考更多，已经有人等在外面排队了。

虽然不住在聂芹芹的家里了，她依旧还要去“上班”，如果那算是上班的话。在龙泽的地铁站，从天桥上就能看到地铁站口密密麻麻排队的人群，那种等待好像要一个世纪那么漫长。偶尔，有一两个人嘴上说着“不好意思，能不能让我排到你前面”，好像甩开那么一两个人就能马上上车似的。分明过了十几分钟，却感觉队伍纹丝未动，让人怀疑前方是否发生了什么惊天动地的大事。

地铁隔三岔五会出现个什么线路故障，还在庆幸自己刚才被后面的人推着挤进了车厢，就又要因为全员下车的召唤，被迫把刚才经历过的再经历一遍。这种沮丧从还未上班的那一刻就开始了。

下班更可怕。阴冷的冬天，根本透不过雾霾的阳光完全照射不到身上，每个上班的人如同行尸走肉般地被动挤在沙丁鱼罐头般的地铁里。这样的北京，真的是曾经心心念念向往过的想象中的北京吗？

一个月过去了，刘小夏只去过两个地方——聂芹芹家以及她的公司。后来她实在撑不住，去了更远的燕郊。原因是聂芹芹的公司由于经营不善倒闭了。精神状态不太好的聂芹芹能把公司搞破产其实一点也不稀奇，在北京，须臾之间就会有几百家小企业破产，又会在转瞬间冒出无数家小公司。

刘小夏来北京一个月的时间，苏莫北问过她两次住在哪里，她都没有一次正面回答过，她怕她撑不住要去找他。她也不知道为什么会刻意躲着他，那种别扭的扭捏感让两个人彼此都有点尴尬。

当又一次被问起在哪里住时，刘小夏终于忍不住说出自己住过青旅又居无定所的事实。过了大概十几分钟，苏莫北发来了满满一整屏的话，看起来很激动。

“无论是不是给朋友帮忙，其实都是借口。如果你想来北京，就踏实找一份工作，再租个房子。就算偏一点，坐一个小时地铁也差不多到了。房租也没你想象的那么贵，也就一千多块钱。如果你没想好具体要干什么，那还不如立刻收拾好东西回去，越快越好。在这里耗着，完全没有意义。”

刘小夏反复看了几遍，不知道要怎么回复他。她好想辩解，她并不是在北京耗着，她只是暂时迷茫了不知道要去哪里而已。

身上的钱有限，她必须在短时间内做一个决定，到底是要像苏莫北说的那样，狠心在北京租个房子，还是马上就此立刻离开北京。

就在这个时候，大学同学顾鹏飞听说刘小夏去了北京暂时没有落脚的住处后，提了个建议：“我有个哥们儿在回龙观那边搞了个短租房，房租按日付，看你是熟人给你打个折？”

当时的刘小夏临时住在一个只容得下一张床的小旅馆，那是一个隔断间，因此没有任何供暖设备，床的后面就接了一个简陋的卫生间，也就一平方米。房间因为太冷只能用那种简易的电暖气，每次使用都要尽量离床铺远一些，不然说不定就会随时起火。那几天刘小夏都小心翼翼地在自己快睡着时把电暖气关上，但过不了多久就会被冻醒再打开，周而复始。

她甚至潜意识里感觉，早晚有天她会因为这电暖气着火出事把自己烧死在这屋里。所以，当她听说能离开这种危险的环境了，当然毫不犹豫地离开了那里。

一个已经三十岁的女人放弃原来的城市去到另一个陌生环境吃苦，这听起来就有点荒唐。在她搬离那个小隔间旅馆之前，房东还问她为什么要这么快退房，而且说什么也不退押金，几次强调说他们的规定就是打折房间概不退换，像她这种情况就是完全不可能退的。刘小夏思考了一阵，在安全和金钱面前她还是选择了安全。她没有想过的是，这世上还有更多的人在这个看起来根本不复杂的题目面前还是艰难地选择了后者。她永远也想象不到，这世上还有那么多人为了生计艰难地活着。

顾鹏飞说的那个短租房在回龙观东大街，这个地名让刘小夏感觉很熟悉。北京地铁 13 号线两个最大的拐弯造就了两个神奇的社区——天通苑和回龙观，两个片区加起来人口达到 80 万，超过了西城区的人口总和。其中，回龙观地区就有 51.7 万人聚集在 35 平方公里的土地上，每平方公里 1.5 万人，是新加坡人口密度的两倍。大部分的北漂都住在被称为是“亚洲最大社区”的天通苑以及“睡城”回龙观。一个很有名的网红合唱团在《感觉身体被掏空》里就提到了这群人：“起来征战北五环，我家住在回龙观。”

回龙观白天人烟稀少，到了夜幕降临的时候，才能看到拖着疲惫身体的人们陆续从拥挤不堪的地铁里回来。也有一些刚来北京的人第一站就是这里，所以经常可以看到那些脸上写着憧憬和期待的年轻人拖着行李箱。

和电视剧《北京爱情故事》夸张的艺术表现形式不同的是，没有哪个北漂会真的傻乎乎地站在天桥上大喊什么“北京，我们来了”之类的话。每个人来北京的时候也许内心都有过一些憧憬或目标，但大部分人都默默地奋斗着。有的人来了一个月就走了，有的人一年后走了，而剩下的那些人会迷茫着不知道自己到底还会在北京这座房价越来越高的城市奋斗多久，拼搏多久。是差不多攒够首付就回到老家买个房子呢？还是一直忍下去直到逆袭的那一天，让孩子从此成为一个新北京人，把儿化音说得很溜。

回龙观很大，配套设施在这几年也建得很全。大型的商场、地下的大超市、万意百货和美廉美，这些地标性的建筑让刘小夏感受到了另一个北京。她听说有一个回龙观社区网，版主是一个放弃天通苑，选择在回龙观买房的土著居民。东亚上北的北门有家桃园书馆，老板是一个研究锅炉的博士。那里安静得让人安心，有一种家的安定感。果然，大城市里到处都是有趣的灵魂，大家在地铁里挣扎着无处安放的肉身，却在互联网里变换出另一个模样，搭建起一个世外桃源。

刘小夏在回龙观时经常一个人游荡，她从未有过在这样长的时间里，完全心安理得地当一个无业游民。有次，她坐着 13 号线超越了以往最远的西二旗，再往东去一点，很久都看不到一栋像样的建筑，那种城中村在冬天显得更加荒凉。这让她第一次知道，原来首都的村镇也可以如此破败，好像繁华的中关村和这里是两个城市。

晚上的地铁口倒是热闹非凡，它为那些上班族提供了最简单粗暴快捷的服务。附近的餐饮业异常发达，消费低到接地气。从地铁站出来，不用走多远就能看到整齐的一排排以龙字开头的小区，从外观上几乎看不出什么分别，如果记不住门牌号很容易走错。在靠近地铁口的地方，有一处公共厕所让人印象深刻。一户人家就住在那里，甚至在晚上会诡异地飘出饭香味儿。

在回龙观这个巨大的村落，刘小夏经常会在傍晚走在街上，看着那些从地铁站走出来的人群，想象着他们为什么来了北京，又为什么来到回龙观，是否和她一样，住在这个一进楼道就能闻到一股霉味儿、只有半扇窗户的地方。

“这里好像离苏莫北很近。嗯，他现在在做什么呢？”刘小夏打开微信想要发点什么，又立刻关上了，“还是不要让他知道我住在这里吧，只要我知道离他很近就好。”

这个冬天，刘小夏被困在了她人生的回龙观。她并不知道到底该去西直门还是东直门。她在书里看过一句话：如果方向错了，停下来就是前进。所以，她情愿自欺欺人地觉得一切也许根本就是一场梦。

Chapter 23

北京到底值得不值得

自我逃避的日子没有过多久，一个消息就打破了刘小夏自欺欺人的念头。所有的隔断房都不能住了！仿佛是一夜之间，几个小区的门上就陆续都被贴上了这个通知："限你两日内立刻搬离。"

这次城中村的大火，让人真正意识到，原来真的有人在金钱和生命中选择了金钱。那场火的起因并不复杂，可能是有人在给电瓶车充电时忘了按时拔下插头。廉价的房租对应的自然是简陋的居住环境，常年没有收拾过的杂物堆放在拥挤的楼梯间，给大火中逃生的人也带来了难度。在那场火之后，城市自然开始清理这类安全隐患，在这个室外温度已经低于零摄氏度的冬天，尽管离过年还有一个多月，很多人还是买了车票直接选择离开北京，而且再也不会回来。

那段时间，朋友圈转发的好多文章让刘小夏看了都很沮丧。她租住的房子会不会突然哪天也不能住了？她才刚来北京，是不是就得这样灰溜溜地走了？她看到平时几乎很少发朋友圈的苏莫北也在频繁地转一些表达内心迷茫的文章，不由得心里跟着沉下来。或许，苏莫北也动过离开北京的念头。

她猜得没错，苏莫北也曾在这个时刻第一次感到了迷茫。在他刚来北京的时候，并没有想过北京能给他带来什么。在大城市能长长见识，增加阅历，是每一个年轻人最初的简单想法。

很多人不理解，他辞掉一份还算不错的工作后居然选择去做一个淘宝店主，到底图什么。他从不愿意解释，也未曾和谁分享他内心最初的那个商业帝国的梦想。男人的梦想通常有几种，要么戎马一生开疆拓土，要么成为商贾富甲一方。财富或权利，名望或女人。

苏莫北曾是一个桀骜不驯的少年，从不屑于和其他人走一样的路。工作几年后开始冷静，他知道一个男人身上肩负的东西永远比女人要多，如果成为一个商人就注定要冷静，要果断，要坚持。苏楚杰说得没错，成为老板必须得有杀爹的心。每一个决定都要认真思考，而一旦做出选择便不能后悔，不能改变。

开始经营店铺的苏莫北很少再花时间在那些无聊的事物上了。他积累口碑，努力打磨产品，研究产品调性，分析客户群体，好不容易花了将近一年的时间维护粉丝的活跃度，把一个店铺从零到一地建了起来。

第一个打击却很快就来了，由于他的生意是手工制作的食品，绕不开登记食品许可证这些麻烦，一不小心就被举报了，网店被封，只好从头再来。那时候他想过回老家吗？兴许有过，但这个念头也不过是一闪而过。年轻为什么要怕重来？已经有过从零到一，过程烂熟于心，重建只不过是时间问题。

当他再次经历了一个从零到一的过程后，本以为一切将会按部就班地过下去。谁知道这场大火带来的蝴蝶效应也很快影响到了他。

由于很多快递公司的仓库都不太规范，大火后被停业整顿的快递瞬间垮了一半。没过多久，快递干脆停发，这让他的这个完全依赖于快递的公司也几近瘫痪。这个冬天让他感觉到了前所未有的迷茫。真的要回老家吗？结婚生子，按部就班，过着他们祖祖辈辈过的那种生活。他不甘心，毕竟是在大城市淬炼过的灵魂，怎么能甘心？

那段时间他会偶尔想起刘小夏这个莫名其妙以三十岁高龄来北漂的傻姑娘，他从没问过她为什么来，又为什么不告诉他住在哪儿。他本来想去看看她的，却又不明白自己对她到底是怎样的感情。

他其实很想知道，她有没有找到地方安稳地住下？现在到底在做什么？找到工作了吗？这些问题让他欲言又止，因为刘小夏似乎对他曾经的问法很反感。他又想起了夏天和刘小夏的那个莫名其妙的吻，莫名其妙产生的情绪让他很烦躁，他看到她的朋友圈转起了那些关于大火的文章，心里有了劝她立马回去的念头。

他想对她说，北京太苦了，一个女孩子还是不要吃这份苦了吧。这样的北京不值得你来。他还想说，你为什么要来北京给我幻想呢？这些念头全都埋在了心里，他只是默默地关注着她的消息，就这么默默地。

北京到底值不值得，他自己也无法说清。老家人结婚都很早，他也早就被催婚了几次。淘宝店主这个身份，在老家并不算拿得出手的职业，他从未和谁多做解释。大家都知道他在北京，还有一个公司，或许赚着大钱。但没人知道，这个公司里只有他一个人，从客服小二到跑腿送货，体力活加脑力活全都是他一个人做，他秉承着一个人活得像一支队伍这种精神，再辛苦也坚持着。他的日常很简单又很忙碌，是那种当一天和尚撞一天钟的得过且过，他知道自己离三十而立还有几年，目前手上还算有点青春的资本可以挥霍。但挥霍过后呢？

在没有成为淘宝店主之前，他曾问自己北京到底给他带来了什么，他来北京到底值得不值得。他做过一段时间网瘾少年，除了吃饭就是玩游戏，不眠不休，妄图从虚拟的世界里找到那种称霸一方的快感，然而那种感觉转瞬即逝，就如结束一次自慰，只有无尽的空虚。

那个时候的他，不想后果，不想明天，反正明天还远着。

现在呢？已经在北京生活三年的苏莫北，早已不太相信当年在中关村随时有可能翻盘改变命运的神话了。他只知道在中关村的日子是他人生中再也不想回顾的一段过去，混乱而拥挤的群租房大通铺，根本来不及吃早饭就要起来征战北五环的崩溃，以及经常在十点后还亮着灯的办公大楼。

那时，他所在公司的技术部曾经创造过为了一个产品上线七天都没有回家，同事们吃住都在公司的神话。那段时间大家自然也没有洗澡，办公室空气里都弥漫着一种酸臭，久久不散。

很多人都不得不承认，在北京没有生活，只剩下工作。一线城市容不下的不仅是肉身，有时因为节奏太快根本来不及思考，甚至也容不下灵魂。他已经有好久都没有静下心来看一部喜欢的电影，也很久没有认真地思考过了。

北京真的是一个不值得久留的地方，苏莫北想，他应该也快离开了吧？可为什么就在他想要离开的时候，刘小夏却来了？这矛盾的心理一直持续到刘小夏发来消息，说想要见一面。

Chapter 24

发生就发生了，为什么一定要有意义

在跟苏莫北说想见一面时，刘小夏是真的打算回去了。毕竟她的身上已经没有多余的钱，何况这个时候不太好租房。她想，自己和北京应该是没什么缘分了。能在深秋来到北京，匆匆地感受过一次也就足够。本来她想的是不要留下什么遗憾才好，谁知遗憾是无处不在的。回想她这一个多月，没有去打卡景点，甚至没有去逛过一次街。后悔吗？但她最后悔的应该是没有见到过苏莫北。

她问苏莫北周四或周五，哪天有时间。他很快回她："周五好了，来我这边吧。"她想都没想就回了一个好。这种见面，会是最后一次吗？她不知道。而他也在犹豫着，至少在见到她之前，他也不知道。

初冬的北京真冷啊，这比刘小夏想象中的冷多了，也或许只是心冷，在回龙观住的这段日子里，她觉得自己像个缩头乌龟。也许被苏莫北说中了，她就是在北京耽误时间，没什么意义，所以她该回去，回到属于她的轨道中去了。

她把自己来北京的举动当作是一次成年后的叛逆，总之，她应有的轨道不是这样。回老家，找个人结婚生子，终老一生，忘了这段在北京刻意漂泊的日子，收起心来安稳地过她的余生。但至少告别需要一个仪式感，她总是这样，需要用一个仪式来纪念什么。

刘小夏买了一份礼物要送给苏莫北，本来还想写几句话给他的，谁知落到笔尖如此困难。她想起曾经在苏莫北上大学的时候，她还给他寄过明信片，上面写着不忘初心。她时刻希望他不忘初心，可自己呢？

那天中午她从国贸出发，先到国贸附近的CBD里找一个熟人，正事聊完很快就撤了。毕竟差几分钟就要到饭点了，这个时候就应该知趣地离开。她这么快就速战速决，其实也是不想让人知道她在北京经历了一个最落魄的冬天。

地铁在开到一半时，苏莫北发了短信问她在几号线上。来北京后，刘小夏习惯了这种询问方式，就好比在北京从来没有人说上下左右，而只说东西南北一样。

她快到苏莫北住的地铁站附近时，仔细打量了那周围。这是一条地铁线路的末端，像极了家乡开发区的某一个车站，荒凉到不如一个热闹的村镇。她不知该怎样用语言来表达此刻的心情，她心里觉得或许苏莫北也不该在北京这样吃苦的。

“快到了跟我说，发消息打电话都行。”苏莫北好像一路掐着表计算好了似的，在等着刘小夏的回复。

刘小夏缓慢地离开地铁站，午后的冬日阳光懒懒的，好像并不起什么温暖的作用，但如果没有这阳光，大概又会冷上几分。

在地铁站等苏莫北的那几分钟，刘小夏看着周围荒凉而又破败的景象有些莫名的伤感。从前，这个地铁站对刘小夏来说只是一个简单的地名，不夹杂任何感情色彩。如今，它和苏莫北住过的地方产生了联系，让她再看到这个地名时多了一些莫名其妙的情绪。

“吃饭了吗？”

“吃过了。”

“吃的什么？”

“就在那边，朋友请我吃的，就随便吃了点菜。”

“胡说，你哪有时间吃饭。吃了也再吃点。”

苏莫北骑着他的电动车出现在刘小夏面前的时候，她的心情是复杂的。可她想掩饰这种情绪，只好故作轻松地说一句：“让你吃胖一点，你果然很听话啊，还是胖点好。”冬天的他穿着黑色的棉外套，好像显得胖了一些。

她站在那里不知道该不该上他的车，却没有思考太久就被苏莫北带上了车。那个姿势是尴尬的，她应该要跨坐在他的后面然后搂住他的腰。为什么要骑车？刘小夏本来想问苏莫北这句话的，可她又并不知道车站离他想要去的地方有多远，需要多久。她从来到他家附近的那一刻，就默认了苏莫北的一切安排。

他把她的手很自然地牵起来，握了一下。“嗯，还不算冷，看起来路上没有被冻坏。”这熟练的动作让刘小夏有种错觉，他们好像一直都没有经历过任何尴尬，熟悉得就像是相处多年的男女朋友。

“天冷，你可以把手放我衣服兜里。”苏莫北骑上了车，转了个弯进入了一个小区。那条路坑洼不平，让刘小夏不得不抓紧他。

“我们这是要去哪儿？”

“吃饭。”苏莫北很简单地回答，刘小夏便不再问。

车子也就骑了五分钟，就到了目的地。零星的两三个饭店看着萧条又冷清，这个冬天好像令所有人的生意都停滞了。

“吃饺子？”

“嗯。”

除了他们之外这个饺子馆几乎没有顾客。坐在空旷的店里，刘小夏想起多年前和苏莫北在大学附近饭店点菜时的情景。

他们要了两盘饺子，苏莫北吃得很快，见刘小夏没怎么吃就催起来。

“怎么不吃？吃完再说。”好像刘小夏是个孩子，他则是个教育孩子的父亲。她盯着他看了很久，晃了神。她在想，为什么她总是在他面前忘记年龄，因为他实在太不像这个年纪的人了。

“不好吃？凑合吃点吧。”

“不是，我刚说了，我是真的吃过才来的。”

苏莫北没有再问，看到刘小夏对盘子里剩下的几个饺子没有再去吃的打算了，于是夹过来一一吃掉。他们似乎还聊了些什么，总之都是些没营养的话题。忽然，苏莫北问刘小夏：“这两个月你都住哪儿了？在干啥？”

刘小夏还沉浸在刚才一路晃神的状态里。她愣了半天，才接下话来。

整整两个月，他们几乎没什么联系。

“那段时间我准备了公务员考试，尽管我觉得希望不大，但还是想告诉你我又考公务员了，而且报了北京。”

刘小夏想起那一阵子苏莫北一直很安静，虽然她知道那都是假象。快递停运，他的生意受到影响，怎么可能一点都没有反应？只是她知道，苏莫北并不需要她的帮助和安慰而已。

就像那次刘小夏发了一些对苏莫北店铺公众号运营的思路与宣传的理念，他简单地发过来几个字表达谢意，不过却执意不用。其实只是因为他不想欠刘小夏什么，或者说并不想让她投入付出什么。她有种生生被推开的感觉，却无能为力。

生意不好，不会抽烟喝酒的苏莫北只能去打游戏。她想起上次听说他刚辞职时沉迷于游戏的事就更担心了，可又能怎么安慰呢？只能用装作漫不经心的态度说："少熬夜吧，网瘾少年。"

苏莫北平时睡得也越来越晚。刘小夏偷偷关注着他的社交账号，发现他经常凌晨三点多还在网上游荡。

要劝他回家吗？她知道如果她说出这样的话，他一定会更难过。

"一会儿去哪儿？"

"去了就知道了。"

她没想到真的去了他的家。

那是一栋还算正规的居民楼，至少从外观上看还是很新的，没有违建也没有隔断。她在他推开门的一刹那发现满屋子都堆了好多纸箱子，乱成一团。本来，一个淘宝店主的家里多半也都是这样。这时候她才仔细地去看了他的那张脸，似乎没有上次见到时那样整齐干净，胡子没太仔细刮，显得有些憔悴。

他问要不要喝蜂蜜水，她忙说不用，然后他就随手打开了电视。那是个并不算小的客厅，可因为堆满了杂物显得格外拥挤不堪。

房间显然是没有怎么收拾过的，男人的房间也大都如此，然而刘小夏却觉得那不应该是苏莫北的生活方式。

曾经的苏莫北至少是热爱生活的，如今却要在堆满杂物的房间里勉强腾出来一些地方来生活，一定经历过一些绝望。

苏莫北又伸出手来拉住刘小夏，她看到他手上磨出的一层老茧，忽然很想哭。

"怎么弄的呢？什么时候长出来的呢？"

“我也不知道，反正就长出来了。”苏莫北依旧装作满不在乎的样子说。

“何必要这样呢？你本来也算是个公司小白领，本来也可以不吃这些苦，却偏要来北京做一个自由的创业者，到底为了什么呢？”

苏莫北只是沉默，他不想回答她这个问题。就算回答了，又怎么样呢？

Chapter 25

如果非要告别，我希望它充满仪式感

虽然开着电视，可是四周却显得异常安静，安静到可以听到两个人的呼吸声。她前所未有的紧张，好像从走进他家门的那一刻就开始了。

其实，她早已经预感着他们之间会发生什么了。然而，在这一刻之前，两个人其实还都没做好准备；在这一刻到来之际，她却觉得如果真的怎么样，那就接受吧。好像有种悲壮的伤感，淡淡地延展开。

“和喜欢的人在一起，总好过把自己交给那个妄图用钱来收买自己的老男人。”她不知道怎么的，脑海里浮现的却是这句话。

他把她拉进怀里，她没有躲开，也不想躲开。

“我们谁也陪不了谁，不是吗？”

“是啊，谁也陪不了谁的。”

他听到这句话后反倒没有放开，而是抱得更紧。两个人几乎是像喝醉了一样，胡闹下去。她知道，他是个男人，对，他提醒过她的。她应该也不是从前那个她了吧？然而，让他意外的是，一个有过婚约差点就要结婚的女人居然在他面前还是紧张得像个未经人事的小女孩。

他觉得自己的心好像要跳出来了，这张他曾经在深夜幻想过无数次的脸如今就在他的眼前，不，是被他压在了身下。他忽然不知道该怎么办了，只得假装自己是个流氓，装作玩世不恭地去亲她的耳朵，可偏偏身体却在发抖。怎么会这样？他自己都吓了一跳。

她看着他的眼睛，问了一句文艺作品里曾出现过的最俗气的话：

“你对我到底是什么感情？”

他倒还是酷酷的样子，说：“我对你是性，没有爱。”

“好啊，既然是性，就干脆只给你性好不好？”

“不要给的，不要。”

即使这样，他还是想着去脱她的衣服。脱到最后一件，还是停下来了。

“你别和我说你到现在还是个姑娘？”

“我……”她不知道要怎样解释，她更不想提和葛雄的那些过往。

“两年前的时候，我做过了，和一个朋友。”他忽然说出这么一句。

“女朋友吗？算是初恋吗？”

苏莫北哑然，眼神黯淡了下来。

刘小夏努力去回忆，两年前发生了什么，大概是她说过：“人生就那样了吧，我不想要天上的星星了，只想要尘世的幸福。”所以，他会觉得她是要踏实地放下所有去结婚吧。

“这么多年，你对我所做的一切都是因为性吗？”

“是啊，就是吧。”

苏莫北回答的过程几乎没有任何犹豫，应该是想了很久了，只是为了让刘小夏没有任何幻想下去的理由，不再给她希望。

“那我们这样又为了什么？”

“我什么都给不了你啊，只能这样陪陪你。对，就是陪陪你，给你一时的开心。”

“如果我是像你想的那样，你就会和我发生什么吗？”

“那也不会吧，那样我们应该就再也做不了朋友了。你这个年纪，肯定是要很快结婚的，何必给自己添堵，让你未来的老公更爱你不好吗？”

“所以你就是不想负责任的那种人？”

“对，我就是个不能负责的人，就是怕麻烦，真的很怕麻烦的。所以这样就挺好，就这样吧。”

她想吻他，他却躲开了。

“不要，我不喜欢接吻，也不喜欢吻任何人。”

“其实，我没说我不愿意。”

“傻瓜，干吗要这样？你真的不用这样。好像要献给我一个什么礼物一样，至于吗？都什么年代了。”

“我不是你想的那样。”

“别解释了，我和你不一样，这种事哪里是给的？如果是纯肉体关系，就没法只有一次了，有了一次就会有无数次。”他继续装着很痞的样子，想尽办法不去看她已经开始流泪的眼。

“所以你就是在拒绝我，对吗？”

“你真的是傻瓜吗？”

可她分明可以听到他的心跳声，声音强烈到像是要跳出来的那种。是的，他不敢吻她，怕真的失控。

此刻，他们的姿势是尴尬的，在欲望面前终究是理智占了上风。他趴在她身上不断轻微起伏着，却终究没有更进一步。

他听到她的喘息声，温热的身体跟着颤抖起来，闭上眼睛，他感觉到她仰起头，翻过身。接着，两行冰凉的眼泪流到了他的脖颈里，也流进了他的心里。

“所有的一切都结束吧，以后我们应该不会再有什么联系了，或者说一方有了男女朋友就应该要彻底断了联系。”

“所以你打算什么时候结婚？”

“三年内吧。”

这是一个好答案，显然苏莫北需要的是一个正常的生活。

而刘小夏呢，又会如何？她知道，她大概不会如他所愿很快和谁去结婚，然后让那个所谓的未来良人珍惜她什么了。

待意乱情迷平息，苏莫北翻起刘小夏手机里的App。他还在妄图去研究她的内心世界和每天陪伴她的那些习惯。

而刘小夏以为他是把自己当成了一个可以用来研究的女性用户，这样想真是让人沮丧，她很快抢回手机。

“我们为什么现在没法无话不谈了？”

“因为我们不是男女朋友。”

她其实想跟他说，你还不知道有时候两个人比一个人还要寂寞，即使两个人是男女朋友也并不一定就能把什么心事都跟对方说的。可她终究什么也没说。

他看了眼手机，不过这么一会儿，居然错过了无数个未接电话。他开始回复刚才没有听到的电话，然后按部就班地接着忙起生意来。

“嗯，我该走了。”

“好，去送你。”

她发现这个时候的地铁站，夕阳格外的美，美得惊心动魄。后来，她发现她就是从这个时刻爱上北京的夕阳的。

“再见啦。”

“还能再见吗？”

两个人没有再说话，定定地站在原地很久。其实大多数人的离别，都不知道到底会不会有下一次的见面。而他们的离别，更像是心照不宣的诀别。

他们站在原地，认真地说一次再见。就像《少年派的奇幻漂流》里说的一样，其实每个人都需要一个好好的告别。而这次他们给了彼此一个好的告别，应该就没有更多的遗憾了。

“走吧。别想那么多了，没有用。”

刘小夏回头看了苏莫北两次，他还站在原地。终究先走的人还是他，她在车站差点坐反了，失魂落魄。原来，他在她心里住了那么久。原来，即便到了三十岁，依旧会为了爱情感受到那种绝望的刺痛。

接下来的晚上，刘小夏平静地去赴了一个约。对方是她在老家时被介绍的相亲对象王思明，之前就匆匆见过一面。论长相、家世，确实是她刘小夏目前最合适的人选。他们约在一个气氛很轻松的餐厅，因为是周五晚上，自然要排号等位。

王思明一直很耐心，比她早到，温和地对她笑笑，缓解了她迟到的尴尬。从询问菜单到点菜，他做得细致入微，没有任何可挑剔的地方，其间夹菜倒水，还因为甜品太凉让她过会儿再吃。

“对不起，我可能因为一些事情绪不算太好，希望多包涵。”

“没事儿，不然喝点酒？”

“那怎么行？才第一次见面吃饭就喝醉，不太像话。”

“哎，也不能这么说，他乡遇故知，算不算是缘分？”

“好啊，冲着他乡遇故知这句话就应该干一杯茶。”

刘小夏不知道见王思明算不算是赌气。但如果那一晚没有他，她恐怕情绪崩溃到连饭都不会吃。

两个人随着聊天的深入，逐渐发现他们家庭背景类似，年龄相仿，就连星座都好像是最般配的。在王思明面前，刘小夏觉得自己就是个在学校里读书读傻了的书呆子。她也料定，自己不是他的菜。

刚经历过一段绝望的感情，她根本没什么心思化妆打扮，这种破罐子破摔似的见面，本身就没有想要相亲成功的意思。

王思明和刘小夏讲了很多他在事业上的计划和对未来的憧憬。刘小夏的思绪一直是飘着的，但也能附和着把话聊下去。那顿饭两个人其实吃得不多，却也花了几百。王思明很绅士地把刘小夏送到住的地方，自己叫了车，车费就一百多。

这让人心里还真有些过意不去，她不喜欢欠别人什么。

“我要怎么感谢你呢？”

“你这不是见外了？今天晚上感谢你听我说了这么多。我花钱买了听众，也觉得值得了吧，所以别有心理负担。”

王思明很聪明，他知道刘小夏有心事但故意没说破。以前几次约她，她都找各种借口回绝，而这一次他很意外刘小夏如此爽快。他其实都懂的，但硬是没有多问什么。有些事，就应该看破也不说破。他习惯了，觉得就这样做个朋友也好。刘小夏不是他第一个这样见面的女孩，相信也不会是最后一个。

刘小夏回到住的地方后，看到了苏莫北发来的消息。

“谢谢你的礼物。”还是简单的句子。

那应该就是他们所有对话的最后了吧。关上房门，她大哭了一场。看来，她还是没有撑住，曾经她想象过所有可能会和苏莫北结束的情景，唯独没有想到这么一句只有性没有爱让她如此难过。

也或许只有这句话才能让她去试着接受现实，然后轻轻地放下。他太懂她了，才知道怎么能轻易扎到她内心最脆弱的地方去。

她想起回家时在车上听到《半生缘》的插曲，想起那句台词：“世钧，我们回不去了。”这一刻她终于懂了那是怎样一种情感。对于三十岁以后的人来说，十年八年不过是指缝间的事，而对于年轻人而言，三年五年就可以是一生一世。

她想每个人到老都总会有两三件事情是可以拿出来讲的，如果跟他真的结了婚，生几个孩子，那一定不会是个故事了。

十九岁的刘小夏最喜欢的故事就是《半生缘》。

张爱玲是仁慈的，她就那么看似漫不经心地安排了一场意外，让世钧和曼桢没有在一起，倘若当初没有这样一件事，以世钧这样怯懦的个性是否又真能坚持抵抗家里的压力，娶了作为舞女妹妹的曼桢呢？曼桢是否又真的忍心看到世钧为了自己和父母决裂呢？总归，人们都会分离，不是以这样的形式，就是以那样的形式。也许要到了一定年纪之后才懂，什么叫“世钧，我们回不去了”。

刘小夏写了第一封长信给苏莫北，纠结着要不要发到他的邮箱，不过也就那么几分钟，她还是后悔地点了撤回。他看到又有什么用呢？或许，她做的每一件看似漫不经心的事对苏莫北来说，都算是对他平静的生活构成了打扰与破坏。

就像去年夏天他们的那个吻，破坏了两个人本来暧昧不清却又美好的状态。哪怕现在回想起来那过去依旧美好，但他们终究都要回到现实里，无法逃避，只得面对。

如苏莫北所说，刘小夏忽然来北京，怎么可能和他在北京一点关系都没有？他不想再看到她继续在北京无谓地挣扎。想想在老家，就算她混得再差劲，至少也有固定的住所，纵然经济环境不景气，也算有份饿不死的工作，有她的父母，有属于她自己的朋友圈子。那么，不如就给她一个最简单粗暴的理由，说他们之间不过就是男人与女人的纯粹的性吸引，只有这样才会让她彻底死心，让她相信他就是一个薄情寡义想要游戏人生的渣男。

但她不知道的是，在无数个辗转难眠的夜晚，他也会偷偷控制不住地想念。他是到了一个连他自己都无法接受的状态，才想要删掉她的联系方式。多少个夜晚，他控制着不接电话，哪怕收到了她的短信也控制着不回什么，只是默默看着。他甚至还在她没来北京的时候就偷偷地看她所在城市的天气预报。

这天晚上，她在失眠的状态下又看了一遍当年他推荐的电影——《本杰明巴顿奇事》。电影里的很多台词都很好，尤其是这一句："我们命中注定要失去所爱之人，不然我们怎么知道，他们在我们的生命中有多重要？"

或许，苏莫北早就想过。那部电影里的关系是让人羡慕的，至少本杰明和黛西在两个人中年时经历的最美十年是值得的。忘记年龄是很容易，但生活却很难。作为普通人，我们无法生活在电影里，一时的快乐终究是要散场的。

再见了，回龙观。再见了，北京。

刘小夏就这样在心里完成了这个有仪式感的告别。她走的那天，北京的天空出奇的蓝。一路上她望着车窗外，那一大片被大雪覆盖的农田在安静下来的冬天里是那么美。还会回来吗？其实直到这一刻她仍然不知道，只是陷入在一段没有意义的空白里。

人生是需要遗憾的，获得遗憾的过程很有意义。这段日子，她见过北京没有雾霾的天空，见过凌晨三点的街道，见过最惊心动魄的朝霞与夕阳。在最艰难的时候，刘小夏靠着回忆里苏莫北给过她的曾经的甜，撑过了那些苦涩的日子。可在每一个失眠的夜里，这点甜又变成了导致蛀牙的禁忌，伴随着酸痛与不安，贪心与折磨。她从包里抽出一张纸巾，写下这句话：

“这不是你一个人的北京，也是我的。”

Chapter 26

这不是你一个人的北京，也是我的

回到老家后，刘小夏开始更光明正大地当一个无业游民。一个人在无所事事时，多少都会有些倾诉欲，想讲个故事给别人听，或者听别人的故事。她开始有种疯狂的念头，想把这段日子的糟心事讲给别人听，可谁又会听呢？

她忽然想起，苏莫北也许在那次看到了自己手机里的那些诸如陌陌、探探这类“见不得人”的软件，从而对她产生了些不好的联想。但她也没有想要解释什么，她怕她的解释反而令他觉得是欲盖弥彰。

没错，手机里的陌陌、探探、一周 CP、如故，这些听起来就带着暧昧的软件，她居然都有。她只是想知道，这些无聊的人到底会有多无聊。事实证明，没有多少人有那个心情和她聊天超过三屏。这些男人无一例外地藏不住他们的耐心，只想痛快地说一句：约吗？这才是为了性的快感和满足生理需求所做的事。

之所以还没有卸载那些软件，只是因为懒，或者说是一种习惯。现在的刘小夏已经开始自我放弃，相亲市场也是有鄙视链的，过了三十岁的她连相亲机会也骤然减少了。

又一个春节，迈过去就又大了一岁。一个没有工作又没有感情的老女人，这好像真的成了摆在眼前的事实。她几次晚上做梦都会被惊醒，梦里的她头发全白，身体孱弱，躺在床上连个倒水的人都没有。父母不会跟着她一辈子，她必须要做出一个决定，要么全力以赴拼一次，不再无所事事，要么马上想办法赶紧把自己嫁出去。这两个任务好像是背上业绩的 KPI，让她坐立难安。

每天投三十份简历，每天在网上认识两个男人，刘小夏开始像学生时代完成作业任务那样做这些事，她也不知道会有什么样的收获，只假装自己过得很充实。

这天，她随意在网上发的帖子得到了一个 ID 名叫孤狼的人的回应。那人说："回什么老家，重新回北京吧，工作机会和男人都一样多。最主要的是，你不能总在家里待着，这样会磨平你的斗志，浑浑噩噩，一生就那么耽误下去了。"

网络的奇特之处在于，你根本不知道电脑屏幕背后坐着的到底是人还是狗，所以刘小夏对这人回复的留言很不以为然。然而，接下来的时间里他们居然有来有往地聊了起来。她慢慢知道孤狼比她大了快十岁，是一个老北漂，在北京已经有房有车，看到她的帖子后忍不住想要好为人师地指点一下年轻人迷茫的人生。然而，再回北京能干什么是刘小夏第一个思考的问题。

在这个等待工作机会的过程里，石沉大海的简历已经让她开始习惯，越来越多无聊的男人让她明白真爱果然像鬼，虽然大家都在说是存在的，可真正见到它的人几乎没有。

不然就重新再看看北京的工作？刘小夏还是把搜索范围扩大到了

北京，或者说她想知道是不是北京就能对她大龄未婚的事实更容易接受一些。每天三十份简历的比例，很快就被调整成了百分之八十在北京，百分之二十在D城。这样投了半个月，战果很明显，很多人来问她能否立即去北京面试。这对她来说还是有点意外，她本以为自己不会再回去的。

她不敢去回想去年那个投奔聂芹芹的自己，也不敢去想苏莫北。没错，后者可能更让她感到难堪。这一年的春节，苏莫北没有给她发一句祝福的话，还是她主动装作若无其事地说了一句过年好，很久后他才回了一条。她恨自己为什么要如此优柔寡断，可又不得不承认当他回她消息时，她依旧如从前那般心里一紧。是，她怎么可能这么快就忘记他？

待业的日子，她偶尔会写点什么发到朋友圈，她写："沉香如屑，有时会想到不如一把火烧掉所有，等待燃尽，连火星都不剩，浓烈且绝望，直到完全没有任何一丝悸动。偶然有风吹过，却又会野草燎原。"好多人点赞，唯独少了苏莫北的。她知道他看到了，她表达得也很清楚。她想要的也许就是一瞬，烧光了就结束也好过什么都没有发生就莫名其妙戛然而止了。他们之间到底算什么呢？

三月了，苏莫北曾经送她的格桑花种子发了芽，她马上拍了下来发到朋友圈。她说："别觉得现在压抑和黑暗，种子在发芽前也是这样想的。"苏莫北很快点了赞，他知道她在说什么。他也知道这样不好，也许这么做还是在给她希望。他以为一切可以风过无痕装作什么事也没发生过，可他们都忽略了一个事实，有些事发生过就不可能完全忘记，只是暂时想不起来了而已。

刘小夏人生的转折点发生在一个特别平常的午后。如同一本书中写的那样："当时站在三岔路口，眼见风云千樯，你做出选择的那一日，在日记上，相当沉闷和平凡，当时还以为是生命中普通的一天。"

这一天，她照常毫无指望地发送完三十份简历，百无聊赖地躺在床上。和以往不同的是，当天她连续接到了三四封回复邮件。

这时的刘小夏早已经习惯收到这样的开头：“感谢您对我们的支持，请耐心等待，希望你有机会加入我们。”或者：“非常荣幸收到您的简历，经过我们的评估，认为您与该职位不太合适，祝您找到理想心仪的工作。”

删掉了几封类似这样的邮件后，一个署名王原野的人问她：“你现在人在哪里？我老家也在D城，不然有空见面聊聊？”

尽管现在的求职已经大部分都在网上实现，可单凭一份简历和几个参与的项目作品并不能让人信服。刘小夏很奇怪作为CEO的王原野为什么会如此信任她，并且愿意回到D城亲自来见一见她。

聊胜于无，刘小夏决定见见这个王原野。

三月的D城乍暖还寒，刘小夏和王原野约在D城一个还算繁华的商圈共进一顿晚餐。在此之前，刘小夏还琢磨是不是要再准备一份简历，或者是否需要打扮得更职业一点。她想了半天却又觉得自己想太多了，或许多认识一个人也好，她的直觉告诉她，至少王原野应该是一个还算好相处的领导，如果真的能成为他手下的一员不见得是坏事。

王原野是一个斯文的中年男人，见刘小夏的时候他穿得很随便，幸好刘小夏穿的也不太正式，两个人看着就更像是两个朋友在一起吃饭。刘小夏在看到王原野第一眼的时候，很明显地感受到这个男人身上一股老记者的气质。至于记者是一种什么气质，她还真就描述不清楚，只是知道王原野的目光里有一种倔强和坚持。

“我们是一个让女性成为更好的自己的这么一个公司，合作的CEO都是很牛的大佬。我比较看好的是你有过自媒体从零到一搭建平台的经验，应该会熟练地操作后台管理这类的吧？所以现在就问你一句话，去北京在你这个年纪风险很大了，你愿意来吗？”

刘小夏没想到王原野如此直接而干脆，并也间接表示了对她工作能力的认可与欣赏。王原野说得对，他们公司如果招来一个不合适的人可能顶多就是再重新找一个，而她一旦迈开来北京的步子可能就开弓没有回头箭了。

但王原野这个北方汉子踏实坦诚，让她又觉得很难得，她没想到他居然和她在这一面之缘里就交了底。

“我本来是从传统纸媒出来的，做过财经记者，也担任过知名杂志的编辑，前段日子辞职，发现了这个项目，就被拉来做合伙人。我还是很看好这个项目和这个公司的，而且如果未来融资顺利我的身价也可能被估值过亿。在这儿不瞒你，其实我自己也有个公司，就算这个项目最后没有被业界看好，你以后如果愿意也可以来我自己的公司。”

这些坦白的说辞让刘小夏几乎有点感动了，她从未想过自己这个废柴过了三十岁居然还能有被人“挖”的经历。她假装淡定，浅尝辄止地吃了几口菜，心里却在下着决心：杀回北京就杀回北京！生活还能更糟糕一点吗？

后来的刘小夏想起当时的决定有点后怕，万一王原野是个骗子呢？可就算是骗子，她这一步也不得不迈了。一个三十岁未婚还没工作的老姑娘在家啃老，怎么都说不过去。她已经有好几次在小区楼下看到邻居跟她打招呼时带着那种有些同情的眼神，连打扫卫生的阿姨都问她怎么还在休假没去上班，语气好像是已经知道了什么似的，却依旧装作若无其事的那种关心。更不用说，父母在背后里已经听到了很多别人的议论，她好歹也是正规大学毕业的“高才生”，到头来不但没什么正经工作还没嫁出去，旁人自是一阵唏嘘和同情。

Chapter 27

挤地铁，是一项综合性体育运动

王原野只给了刘小夏三天时间，因为公司不想再为这个职位等她更久。刘小夏不知道，其实私底下王原野为了她特意和创始人谢菲菲求情，希望多给她一点时间。

火车上，刘小夏和孤狼聊天。孤狼说，来了北京，到处都是男人，个个都比那个小王八蛋强。孤狼口中的“小王八蛋”，就是苏莫北。

这时候的苏莫北比刘小夏更早回到北京，开始崭新的一年。春节刚过，他想要让自己有个新的局面。过了这个年，他也已经二十六岁，按老家的算法就是二十七岁。一个男人在这个年纪总是要逼迫自己成长起来，过不了多久就要面对传统概念里的三十而立。

他老家的同学陆续发来了喜帖，结婚早一点的孩子都可以打酱油了。虽然他觉得这个年纪可能自己都还是个孩子，他无法想象当一个新的生命因为他而降临到这个世界上会怎么样，单是每两个小时就会哭闹的婴儿设定就足以让人抓狂。幸好，他不是女人，不用喂奶。

他蓦然想起，几年前刘小夏在网上和他说起女人生孩子的那些爱与痛，有点好笑。她刘小夏是个未婚的大姑娘，怎么就研究得这么透彻，这么细致呢？他想象过有一天她真正做母亲到底会是什么样，想着想着又觉得很无聊。这又和他有什么关系呢？

当一个人想到要否定一段感情，就会拿出很多论点来证明自己是正确的。苏莫北几乎相信了自己的说法，他对刘小夏的感情根本就是一次荷尔蒙的刺激。刘小夏又发了朋友圈，很明显，她这次和上次来北京不同，如此光明正大又一脸天真。这个女人是怎么做到一把年纪依旧保持愚蠢又保持天真的？她不年轻了，还能吃得了这份苦吗？还要去住青旅吗？还是不知道又和哪个朋友挤在六环外的某个小房间里？他不明白刘小夏这次又来北京到底是赌气还是真的想清楚了，只是觉得她这次应该又会很快回到D城，毕竟北京也不是谁都能折腾得起的。

刘小夏来北京上班的前一天订的是七十九元一天的民宿短租旅馆，这次她确实不想再体验青旅了。王原野的新佳人文化传媒公司办公地点在国贸，为了节约成本，她也只能住在位于六环的土桥。那是八通线地铁的终点站，和苏莫北住的位置遥遥相望，光是坐地铁都要坐到头昏眼花四肢无力。这样也好，刘小夏不会想到要去见苏莫北，也不会想到找任何理由去找苏莫北。

刘小夏重新杀回北京的第一天，就遇到了春天特有的沙尘暴。漫天黄沙让她在去民宿的路上吃了一嘴土。她本来就觉得在没有发第一个月工资之前，肯定是要有吃土的心理准备的，没想到才来第一天就这么快吃上土了。

北京果然真的很欢迎她，第一天就用请她“吃土”的方式来告诉她接下来可能要面临的事实。她想了想觉得这还挺有意义，至少在未来她仍会清楚地回忆起这一天，回忆起漫天黄沙的北京和只拎了一个小箱子投奔到通州土桥的她被喂了一嘴沙子的苦涩。

刘小夏安慰自己，当年摩拜单车的创始人胡玮炜也是这样拎了个小箱子就来了北京，虽然肯定不是在这样一个能让人吃土的天气。而和胡玮炜相比，她刘小夏更惨的是，她比胡玮炜赤手空拳来北京的年纪更大，而且身后空无一人。

这一刻的刘小夏觉得自己真酷，酷到忍不住要用一顿好吃的来为自己加油。然而，想到余额宝上所剩无几的存款，想到自己还并不知道王原野到底是不是个骗子，也就不敢挥霍，老老实实去楼下附近的面馆吃了一碗面。

那是她第一次走进北京的合租民宿旅馆，房间只有不到十平方米却布置得很温馨。老板娘并不愿意和她多说一句话，放下钥匙就出去了。客厅里卧着两只猫，一大一小盯着她，那犀利的眼神把她盯到发毛，这让她觉得自己像是个侵入者，有些茫然和不知所措。这个民宿七天起订才有优惠，她也就只订了七天。七天应该能决定自己是否适应这份工作了吧？她给自己一周时间重新适应北京，也给自己一周时间理清思路，到底要怎样过接下来的人生。

打开微信，她用的还是原来那个头像，和葛雄在一起时就用着了。如今，葛雄已经在她的世界里消失了好久，她没有在意究竟有没有被他拉黑或删除。只是头像一直是那一个，她依旧懒得换。

这次来北京，她应该要从头开始了，可想了想却依旧没有多大改变。这次她其实下了很大决心，却并不想让大家知道。人到了某个年纪总会不得已地隐藏起一些心思和情绪，她也不例外。

在这个被黄沙笼罩着的北京早春，不到七点钟她就坐上了传说中可怕的八通线，重新开始了真正意义上的北漂生活。如果说之前在回龙观的那段日子让她领教过 13 号线的人间炼狱，那么，八通线显然可以和它不分伯仲。好在终点站是可以多等几次抢个座位的，她甚至把挤上地铁能够抢到位置的过程当作是一个有益身心的运动。

第一次的战术明显失败了，九点钟方向的大妈跃跃欲试，六点钟方向的彪形大汉将她撞翻，还没有回过神来座位全满，只好下去。第二次她换了一种打法，在列车尚未停稳时找准位置一击即中，却一不留神被一个胖子挤了出去。这让刘小夏想起小时候玩的抢凳子游戏，没有点稳准狠的巧劲儿还真难获得一个座儿。

等了三趟车，终于成功地顺利坐下，随着人越来越多，车厢里的人也开始躁动不安，没多久就会有一两个嚷着“你到底长没长眼睛”的家伙，打破众人齐齐盯着手机好似入定的平静局面。好不容易不吵了，车厢里又传来了京片子广播员那罗里吧嗦的报站声：“欢迎乘坐八通线列车，本次列车终点站为四惠东车站，四惠东是换乘车站，想要乘坐一号线的乘客请下车。”

当刘小夏还在犹豫要不要下车的时候，前面的人群将路堵得水泄不通，后面又没有想要上车或下车的人给予她神一般的助力，只能眼睁睁地看着车门关上，坐到了“请全体乘客下车”的四惠站。

八通线真是一条神奇的地铁线，车厢破旧但人流永远涌动不息，来自通州的上班族就像一团蚂蚁涌进八通线，再涌出，全员换乘奔向大望路和国贸这样的 CBD。

刘小夏以前一直以为北京的国贸都是摩登女郎，至少在她印象中应该和上海的白领女孩一样精致。她们挎着金属链小皮包，穿着猫跟鞋，脸上的粉底涂得均匀又自然，口红是淡淡的职业风。

然而，在八通线这么惨烈的拥挤下一切都将幻灭。猫跟鞋显然在抢凳子登陆战时没有任何作战能力，甚至还有可能不慎崴脚，金属链小包容易误伤和你肩并肩同呼吸共命运的“挤友”，而很少有粉底能在进行那么剧烈的运动流汗后还不脱妆，更不要提一不留神一个刹车口红就不知道蹭在了谁的身上。所以，她看到车厢里的女孩多半都清新自然地背着双肩包，穿着牛仔裤和球鞋，一副大学生的清纯模样。而事实上，连这样的女孩都很少见。就如网友孤狼所说，北京才是真正稀缺女性资源的地方，在拥挤的车厢里到处充满了雄性的汗味，偶尔飘来洗发香波的气息都会让人感觉一阵心旷神怡。

快到办公室时，她接到了王原野发来的短信："我们的办公室在D座1311，你看到门外那个翅膀的标志了吗？翅膀下面写着'心飞扬'三个大字，对，就是它。从那个门进来就是了。"

刘小夏有点蒙，但她还是一下子想起来，因为北京寸土寸金，办公地点很多都是合用的。这一点她并不陌生，聂芹芹的公司也是这样。她从容地走进办公室，和王原野打了一声招呼，开始了她正式来北京后的第一份工作。

Chapter 28

我是新媒体小编，没写过“10万+”的那种

“你没有拿电脑过来？我刚才忘了告诉你，我们因为还在创业阶段，关于采买办公器材的资金就相对节约一些了，目前公司也暂时没有多余的电脑，所以还希望你克服一下，我们后期可能会改善这个条件。但没有电脑实在不好开展工作，不然你回去拿一下？然后我们一起开个会。”

王原野挠了挠头，显得有些羞涩。这和在D城的他略有不同。在北京的王原野穿得比在D城还要随意和休闲，T恤加运动外套，一双慢跑鞋，办公桌前还架着一副网球拍，好像随时就要出去打一场比赛似的。

刘小夏看着1311这个大办公室，敞开式的办公环境同时容纳了至少三四家公司。她甚至还没搞清楚到底哪些是她的同事，就稀里糊涂坐上了回去的地铁。过了早高峰的地铁果然很空，她第一次欣赏到北京早高峰后的上午，高耸入云的办公大楼，不再拥挤的地铁站，刚买完菜的

大妈悠闲地靠在椅背上舒服地伸个懒腰。坐在地铁里她想着，还要相信王原野吗？这到底是个怎样的公司？琢磨了半天又想起王原野那张朴实憨厚的脸，觉得也许她真的想多了。

“只要不是传销和骗子，不忽悠我交钱，不限制我人身自由，不没收我手机，也许就可以继续试下去。”

再回到公司时已经快十一点，公司的全体人员开了个简单的欢迎会，算是让她熟悉了大致环境。这时候她才知道，新佳人传媒目前的团队加上她也不过就八个人。创业公司里不会养闲人，除了大老板和CEO以及一个运营渠道、一个平面设计师、两个实习编辑外，就剩下她了。她觉得王原野应该没有骗她，这是一个很典型的创业型公司，团队很年轻，看起来气氛也很融洽。

BOSS谢菲菲看起来根本不到三十岁，从她挺拔舒展的站姿隐约能看出她大概有过几年舞蹈底子，她瘦弱的身体里似乎潜藏着巨大的能量。这还真是让人万万没想到，原来刚才在卫生间里补妆的小个子女孩竟是这个公司的BOSS？

谢菲菲给人的感觉有点像张韶涵。对，就是那种气质，但长相上却没有张韶涵那么可爱，而且似乎并不那么好相处。听王原野说谢菲菲是个处女座，这让刘小夏有点害怕。都说相由心生，尤其是过了一定年龄的人，脸上都挂着气场。

谢菲菲长得不算漂亮，颧骨很高，下巴却很尖，按照一些人的话说，这种长相叫作精明相外显，看着就不太容易接近，而且很挑剔，八成平时事儿不能少。

“首先，欢迎新同事来到我们新佳人传媒，也十分高兴我们这个队伍又壮大了。我在这儿说一下我们公司的理念和文化。我很希望每一个女孩子来我们公司后会变得越来越美，既有高情商又会好好赚钱，最重要的一点是能够找到自我，成为一个真正的新时代女性。我们新佳人，就是要做新时代的佳人，去开创一片属于自己的天地。”

“新时代女性”这个词，王原野早在 D 城时就和刘小夏说过，他说这种女性概念的提出可以掀起一个新的风尚，说不定就能创造出一个“10 万 +”。关于“10 万 +”，是每一个新媒体小编所追求的基本目标，也曾是刘小夏的目标。

王原野希望她好好写一个有思想有深度的选题，给出的标准和要求很高，是既要深刻又要有意思、有内涵的“10 万 +”，而不是空洞无聊又无病呻吟的那种。

刘小夏的第一个工作任务是做一个付费类课程的产品包装。新佳人传媒于两年前成立，创始人谢菲菲拿到天使轮投资靠的就是她要打造“新时代佳人风尚”这个概念，原本目标其实是一个扶持女性创业、为女性创业者提供帮助的公司，可不知道为什么，方向慢慢偏移到了知识付费这个新兴的领域。

在没有来到北京之前，刘小夏对知识付费的理解是很浅显的。王原野说，依照他的理解，这份工作和传统出版社没什么不同。只是传统出版社出版周期长，很多好书等到上市再售卖也许里面的思想已经过时，而新兴的这类知识付费产品既满足了知识提供者想要快速将知识传播给大家的心理，又能在资金回笼上跑赢时间和对手。

王原野毕业于国内顶尖的名校经济系，是一个资深的媒体人，多年财经记者的背景加上传统出版社过硬的业务素质让王原野对文字很挑剔。不知道谢菲菲用了怎样的手段挖来了这棵大树，也算是新佳人的幸运，毕竟这个公司最核心的业务就是对文字内容的把控。

在刘小夏没有入职前，王原野手下有两个实习生，两个小男生都未满二十岁，一个穿着很潮，文笔很好，只是少了那么一点思想沉淀；另一个很有个性，也很有思想，只是少了一点稳重。当初，王原野非要招来刘小夏也是有原因的，毕竟这样一个主导女性文化的公司生产核心内容是必须要由一个女性来执笔的，现在这个女性角色就是刘小夏了。王原野对刘小夏很有信心，自然也很严格。

“根据你的年龄，我是要培养你做中层领导的。以后，你将单独成立一个部门，所以你要尽快把握好我们的风格，了解我们的调性。”

王原野说的意思很明确，刘小夏现在的职位是副主编，将来王原野要是放手把重心偏向自己的公司，那刘小夏就是主编。

升职加薪走上人生巅峰的日子居然来得这么快吗？刘小夏有点不敢相信。显然，她想太多了，眼下最紧要的事，是如何应对王原野和谢菲菲一起挑剔她小细节的魔鬼般摧残。

谢菲菲作为公司最大的老板，一开始是不会直接过问刘小夏工作的。她只会私底下找到王原野去吐槽她的不满。

这篇文章的配图不够合适，这个图的像素太模糊，这段话能不能换一个说法，行间距要调整，字号也需要改变，字体颜色加重或加粗，空行要空多大……

这些细节问题的提出来自处女座老板谢菲菲，但真正执行的却是王原野。从修改到定稿，翻来覆去就要好多遍。

每个新人都要经历这样一个过程的，刘小夏早就有心理准备，也就毫无怨言，一边耐心地修改，一边努力地去想下一篇稿件的素材。

从前，她从未尝试过这样高强度的工作。谢菲菲喜欢在早上开晨会，因此，直到中午刘小夏才能开始确定一篇稿件的大致内容和选题，然后开始寻找相关的素材去丰富论点，最后再或找或写出几句可以称之为“金句”的句子。而这些不过是开胃前菜，重头戏是谢菲菲的“三审三校”。当王原野觉得文章内容结构没什么问题之后，谢菲菲就开启了她的超强纠错功能和强迫症，一遍遍地让刘小夏进行修改排版。

没接触这份工作之前，刘小夏是最讨厌排版的。毕竟她并没有什么美术功底，以前追求的是只要看着顺眼整齐就好，现在不一样了。她是这个公司未来的副主编，她必须要掌握好公司的调性，满足老板的需求。

拿人钱财给人消灾，这是她来北京前父母跟她说的唯一一句叮嘱她工作的话。她明白，这里不是D城，她没法任性地说辞职就辞职，然后安心回去当一个啃老族。既然来了北京，她的身后便只有她一个人，她就像是过了河的卒子，没有退路也不能后退。

就这样，刘小夏初到新佳人的日常工作，就是任由谢菲菲对着她已经排版好的文章一遍遍地纠错，她再根据意见一遍遍地修改。经常直到晚上九点多才想起来还没有吃晚饭，然后胡乱地下楼买个鸡蛋灌饼，再继续等待着谢菲菲的批示与回复。

这时候她才知道，原来网络上流行的段子一点都没错。对一个新媒体编辑来说，听到哪句话会感觉最幸福又最喜悦？不是什么“我爱你”“别怕，有我呢”，而是一句“可以了，发布吧”。

办公室最后留下来被动加班的，每次都一定有刘小夏。幸好，每次她不走的时候王原野也不会走。王原野很多次都对刘小夏说：“其实你写得不错，真的不错。你来北京才几天就可以适应得这么快，不容易啊！”他这样说其实是怕她辞职，毕竟这年头能忽悠来一个工资普通却如此卖力的小编可不多了。

“谢谢你，王老师，谢谢你给我这个机会。”

“客气什么，你也是在帮我啊。”王原野其实说得没错，他确实要谢谢刘小夏。毕竟在刘小夏没来之前，他已经快被谢菲菲折磨疯了。

Chapter 29

算命的说我有驳婚煞

不到一周，刘小夏就熟悉了他们公司的新同事。毕竟人太少，公司的扁平化管理真是很扁平。领导队伍里除了谢菲菲这个大 BOSS、王原野这个书呆子以及一个喜欢化妆打扮没事就自拍的公关部经理许子晴，剩下的就是林雨、关越越和不经常来上班的两个在校实习生了。

林雨和关越越是两个射手座女孩，只要吃饭就会叫她一起。下午不忙的时候，她们经常偷偷跑到写字楼下面的商铺，顺着一间间小店逛过去，企图把工资早一点败光。但凡是网红商品，只要够新奇够有趣够好吃，就一定能让两个女孩眼睛发光毫不犹豫地掏钱。如果实在没有抢到网红商品就去买奶茶，尽管她们知道这东西既没有营养又容易发胖，还是控制不了掏钱的欲望。

关越越和林雨这两个女孩的生活态度让刘小夏觉得年轻真好，二十几岁真好。她们暂时还不需要考虑存钱或结婚生子，只需要考虑当下，考虑此时此刻的快乐就好，她们最大的烦恼大概只是因为吃得太多减肥总是不成功，穿不下去年买的衣服而已。然而那又怎么样呢？反正去年的衣服已经配不上今年的自己，最好的解决方式自然是重新买！

林雨和关越越一次无心地和刘小夏说，其实当时她刚入职的时候，大家都在猜测王原野是不是对刘小夏有意思，或者是打算把她招进来留着培养办公室恋情的。只是没想到刘小夏进了公司后就左一个“王老师”右一个“王老师”地叫着，让大家也就不再有八卦下去的兴趣。

“所以，你到底是不是属虎的女人啊？”

“不是啊，问这个干什么？”

“因为王老师年初的时候有个大师给他算过命，说他今年肯定能结婚，而且是和一个属虎的女人。”

刘小夏仔细一琢磨，想起来王原野还真是问过她具体是哪一年生日的事，看起来她们的八卦也不完全是假的，想到这里哭笑不得。没想到，一脸严肃的王原野居然还相信算命这种事。

说起算命，刘小夏也犯过傻。相信很多到了年纪却没有结婚的大龄单身女青年都算过命，想看看自己到底会不会结婚，到底哪一年会结婚。

刘小夏和葛雄还在谈恋爱时，葛雄倒是问她要过生辰八字，据说乡下的亲戚算得非常准，就想看看两个人是否八字不合。等算完了之后，葛雄却没有细说，只是告诉刘小夏，她的命不错，甚至和普通人确实不太相同。换句话说，刘小夏本就不该留在一个小地方生活，是注定要离开D城的。

这一点她在当时是一百个不认可，毕竟如果真的如算命所说，她现在就该很有钱，起码是个富二代或官二代，哪至于连份普通的工作都找不到，还要被葛雄取笑。她一直是不信命的，尤其是事业上的事。

直到和葛雄分手后，刘小夏又想起找人算命，看看她的婚姻到底是怎么一回事。这不算还好，一算就让刘小夏彻底灰了心。算命那人说，这世上有一种命叫驳婚煞，这种人的婚姻是注定不会顺利的。有的人经常谈个十年八年恋爱也谈不出结果，有的人明明热恋得如胶似漆忽然就遇到第三者，还有的人干脆本来都要结婚了，结果另一半忽然出了车祸……

这种事听着很邪乎，以至于刘小夏都不敢告诉任何一个人。这就好像是一个癌症患者被医生的诊断判了死刑。有很长一段时间，刘小夏都很沮丧，但很快她就想开了。既然已经被判了死刑，何不就此放下关于感情的束缚？

现在她来了北京，她要暂时告别儿女情长这些琐事。在北京，三十五岁以上未婚的“齐天大剩”多如牛毛，别说她才刚刚三十岁。她认识了林雨和关越越之后，才觉得年轻是一种状态更是一种心态。虽然她比这两个姑娘也不过就大了四五岁，可思想上却差的好像一个世纪。

“人家三十几岁离婚了的女人就不能再渴望爱情了？”关越越一边嚼着薯片，一边劝刘小夏，“年轻就要谈恋爱，谈到世界充满爱。说，想要什么样的我给你介绍两个？”

“你不觉得我年纪大了点？”

“开玩笑呢，姐姐？现在人家六七十岁的大妈都在电视上征婚，别说你才三十。比你大的找不到，小的还没有吗？总之，不能自我放弃。你都不相信爱情了，那谁能帮你？”

“对，你就不能有这种思维。我才二十五岁，有的高中同学孩子还都快上小学了呢。那话怎么说来着？没有该结婚的年龄，只有该结婚的感情。来了北京，你就应该重新活一次，希望这是你全新的开始，重新活一遍二十五岁吧，跟我们一样，为所欲为！”林雨接过关越越的薯片，也抓了几片扔到嘴里。

“可是，我也不知道在北京待多久，万一在这儿谈了恋爱又想回家怎么办？岂不是浪费了感情。”

林雨一直是个很喜欢给刘小夏打鸡血的人，这个来自西北的姑娘别看年纪轻轻，却走过很多城市：成都、上海和如今的北京。

“刚来北京的时候我也想过，不知道能在北京待多久。北京这地方，空气又差，路况又不好，每天单是地铁里密密麻麻的人就让我感到窒息，可我来了一年多还是没有走，这是为什么？说明北京还是有北京的魅力。所以，刘小夏，你认命吧，既然来了北京你就别成天老想着回去了，莫斯科不相信眼泪，在北京也不能认㞞。”

“对，刘小夏，来都来了，怎么就着急走呢？我觉得你是注定要认识咱们，也注定要在北京的。所以，啥都别想，好好地在北京珍惜每一天和每一次机会吧！”

林雨和关越越的话，刘小夏有点听进去了。是啊，来都来了，怎么没几天就要想着回去？

可是民宿只订了七天，再这么住下去怕又是住不起。看来，是得租个房子安定下来，安定下来就不会总想着走了吧。

Chapter 30

女孩子，总归都不会在北京待太久的

刘小夏开始认真地看房子了，之前苏莫北说一千多点就可以在六环边上找个住处，这样的价格如今已经成为历史。一开年，房租价格就普涨了几百，这让刘小夏有些后悔，冬天时就不该从回龙观搬出来。

然而事已至此，后悔也没有用了。刘小夏把所有类似的租房软件都下在了手机里，设置了自己预想的价位便一个个挑过去。紧俏的房子通常在几秒内就被看好的人付了费，毕竟老北漂的白领早就熟悉那些固定模式的装修和陈设，不用去现场看都知道里面什么样。每当刘小夏觉得某间房子还不错的时候，这一秒还在犹豫是不是离地铁站还是太远了，下一秒就出现了三个字——“已预订”。

其他类似的房源呢？每当她下决心想要联系了，就会立马出现被预订的字样，这让她甚至怀疑是不是根本没有这间房，纯属是钓鱼的“逗你玩”。

早听顾鹏飞说过，北京租房界水很深。没有挤过早晚高峰地铁的人没资格谈北漂，没有被黑中介坑过的人也不足以说自己当过北漂。

民宿还有两天到期的时候，正值周末。刘小夏发誓要在这黄金的四十八小时内将自己租房大事定下，至少可以不用拎着箱子从一个民宿漂到另一个旅馆。一大早起来，她就预约了六个预备房源，每一家都在她预想的距离单位地铁半小时“经济圈”的范围内。

第一个房子是在微信群里得到的信息，加到房主后，对方爱答不理地和她很明确地表达自己就是个二房东，因为工作换了要搬到北边去才不得已转租了房子。当时她的合同是去年九月签的，所以她和刘小夏的合同也只能签到当年的九月。

那是一栋老式的居民楼，楼道里的感应灯时好时坏、忽明忽暗的，很吓人。早上还好，等到天黑之后看起来就像在演恐怖片。

走进房间后才知道，这是个三室一厅的合租房，她要租的是朝北的次卧，离卫生间很近。挨着卫生间的那道墙隐隐能看到水渍，想必防水做得也十分将就。次卧房间只有不到八平方米，勉强就能放下一张床，家具也只有一个简易衣柜、一套很小的桌椅。就在刘小夏犹豫要不要和这个二房东签约的时候，对方的电话响了起来，那人立刻小跑着出了门，再回来时就对刘小夏说：“不好意思，你也不用考虑了。刚才有个人刚付了钱，押一付三，你没戏了。”

不签也罢，刘小夏赶紧百度公交线路，前往下一个地点。

二号房离刚刚的一号房有点距离，要再往郊区挪上两站公交。同样陈旧的楼梯间，感应灯倒是没坏。推开她要租的那间门一看，窗户只有半扇，暖气也不知去向，仔细一问果然是个隔断。就这样的房间，房东却说一分钱都不会降，后面还排着十几号人呢！

之后的三号、四号、五号房，几乎也都差不多，有一套房的楼道里还躺着一只巨大的老鼠尸体。这让刘小夏很快对看房这件事感到麻木和疲惫，还有一丝反胃般的恶心。

最后一个六号房，是她狠心在更偏僻的地方约的某知名房屋出租公司的管家，管家领她上去的时候她就闻到一股刺鼻的味道，就问这房间是什么时候装修的。管家看了看她，很直接地说："一周前。"

才装修一周就能住吗？刘小夏心里一颤，在北京吸点雾霾也就算了，没想到在外吸雾霾，在家还要吸甲醛。

管家倒是很贴心，跟她说手里的房源有不是新装修的，或者味道少一点的，但老实说，最近房子很紧俏，刚开年大家也都在变动工作，如果不嫌弃可以再住远一点。再远一点是有多远？管家打开手机地图，指了指更遥远的燕郊。

"很多人在北京上班都坐火车通勤呢。这里有快速公交，只要排上队，不堵车的情况下一个小时左右也到了。"

刘小夏并不是第一次来北京了，她知道那意味着早上要五点多甚至更早就得起来。以前，她和聂芹芹在燕郊住的时候五点多就看到有人在排长队，甚至有一些老人只为了让子女多睡一会儿，四点多就过来排队。燕郊没有通地铁，交通不方便自然房价也就不算高。

这黄金四十八小时过去了一半，没想到却一无所获。晚上回到民宿时已经九点多了，这是刘小夏在这里住的最后两个晚上，没想到今天房东看到她破天荒地打了招呼，问她要不要一起吃个饭。

这是她在来北京后接受的第一个来自陌生人的善意，也是在这次吃饭时的无意聊天中得知，这个房东和她年纪相仿，来北京已经七年，除了房东外还有一个职业是插画师。这套东六环的房子是她父亲去世前留下的遗产，一间自住，留下两间出租。害怕自己孤单，就养了两只猫。她的父亲生前就和母亲离婚了，这让她也不太相信婚姻。房租和插画赚到的钱可以让她衣食无忧，她觉得或许就这样一辈子一个人过下去也不错。

“在这里住过的房客都是来去匆匆，把这里只当作一个歇脚的地方。有的来旅游，有的来学习，还有的来考试。你呢？我看你和他们好像都不太一样。”

“我是来北京工作的，暂时还没有找到合适的房子，所以就先短租过渡一下……”

“哇，那你蛮有勇气的呀。在北京没有同学、朋友什么的吗？”

“也算有，也算没有吧。毕竟朋友都有自己的事，不想去麻烦他们……”

“也是的，在北京都不容易的啊。一个女孩子在外面就更不容易，你自己要当心呀，找房子还是找那种正规一点的比较好，北京租房到处是陷阱呢。”

刘小夏第二天又看了一天房子，在几乎要绝望的时候翻到了一家租房公寓的广告。那是一家很新的公司，听着没什么名气。拨了电话后没多久，一个自称是小谭的人领她看了一间房。那间还没有装修好，几乎就是个毛坯房，未装好的半截电线还露在外面。

“这个也能住？多久交付？”

“三天吧，或者如果你不着急也可以再等等，顶多五天。”看着刘小夏皱起的眉头，小谭又说，“你要不要再看远一点的？那个装修的时间长一些，应该没什么问题，好处也有很多，至少你能挤得上地铁，就是比这里远了四站地铁的距离。”

这个过程里，小谭接了两个电话，有一个听说是租客没有房子住了，晚上就要睡大街了。小谭很着急，马上打电话联系了谁，立马给那个租客安排了住房。

“我把钥匙先给那个租客了，本来他是想租下某个房子的，结果被另一个人抢了先，我看他太可怜就让他先找个空下的房间住一个晚上。毕竟这个天气还是有点冷，真要睡到大街上太可怜了。”小谭一边解释，一边问她想好了没有，要不要看看那个房子。

“其实那里很不错的，附近很热闹，有很多吃的，还有一个规模挺大的超市。交通除了地铁还有很多条公交线路，而且是个电梯房，你一个女孩子如果想要拿点什么东西或者搬家都更方便。小区素质还挺高的，物业很负责，基本安全还是可以保证的。我们会把你单独房间的门钥匙全部都给你，一把都不留。”小谭很聪明，他知道像刘小夏这样的独身女孩，最看重的是安全。

再过不到二十四小时，刘小夏也该无家可归了，她想了想只好就硬着头皮跟小谭进了地铁。小谭说得没错，再往郊区走几站也没有多荒凉，反倒更繁华了。除了头顶上偶有飞机经过时稍显嘈杂外，从房间里关上窗户和门也没有多少声音。

“这个房子押一付一，没有额外杂费，小区看着也还算安全吧？你说你是一个人住，我觉得这间还真挺适合你。房间朝东，有个不大的小阳台可以晾晒些衣服。如果天气好，你可以把被子拿到楼下去晒。我觉得这个小阳台真的挺不错的，你要是喜欢还可以养些花草什么的。”

刘小夏四周看了看，重点检查了厨房的煤气和卫生间的水管，只用了五分钟就决定要住进来。她实在是怕了，也实在是累到再也走不动了，最重要的是，她一眼就爱上了那个阳台，每天早上可以看到日出的清晨，能够有动力和希望继续在这个城市拼下去。

“你来北京干什么？工作还是学习？”

“工作吧……”

“哟，那你可辛苦了。一个女孩子来北京这样的地方，可熬人着哩。”

“怎么？北京不好吗？”

“嗯，我觉得不适合女孩来。我刚来北京的时候想法和现在可不一样了。”

“你以前怎么想，现在又怎么想？”

“以前我觉得在北京可以赚到大钱，随时都有可能翻身。现在嘛，你会发现北京的有钱人真是太多了。”

小谭点了一支烟，背过去开始抽。

“北京这地方干燥，像你这种姑娘过不了多久就会受不了。”

“这又是怎么说？”

“你们女孩都爱美不是？北京这种天气，待久了皮肤都不好，像你这样细皮嫩肉的，不出半年就得后悔了。春天，风沙大，几天就能把你吹黑；冬天又特别干，涂擦脸油都不好使。”

“所以照你的说法，女孩都在北京待不久？”

“可不是嘛，要我说来北京待几个月就行了。你要是就单纯想体验一下什么是北京，要我说两三个月也就够了。时间长了，不值得啊……”

“那照你这么说，外地女的都不能在北京待太久，那北京岂不是没有什么外地女孩了？我看那街上女孩子很多啊！”

“那是你不知道，大多数女孩等到结婚了或者交男朋友了，也就都离开了。男孩来北京基本也都是为了赚钱。反正你也别浪费时间了，能回去就回去吧，来北京的代价比你想象中的可大多了。”

小谭自顾自地说了很多肺腑之言，说到自己也感慨起来。对小谭来说，北京就是他赚钱的地方，他知道他的下一步就是赚够了钱在老家买房结婚。老家的女朋友已经等了他好几年，他也早就累了，三年的时间就让他明白，北京这座城市对他来说不过就是个埋葬青春的坟场。他和苏莫北同龄，也曾和所有刚来北京时的北漂们一样，睡过条件很差的群租房大通铺，没有钱时连续一个月吃泡面，和老家人报喜不报忧，换过好多份工作，甚至还被老乡骗过。所以，哪怕他的工作是希望刘小夏马上就把租房合同签下来，却情愿这个姑娘能够少吃一点苦，少受一点罪。

Chapter 31

有时候，真想干掉我的室友

搬到新家的第一天，刘小夏见到了第一个与她同住的室友，一个来自山东的大男孩。他始终没有说起自己的名字，刘小夏甚至连他姓什么都不知道，所以也只好在微信里将他标注为“隔壁室友 A”，名字就是他自己的网络昵称——“不爱说话的土拨鼠”。土拨鼠说自己是个程序员，在三元桥那边上班，偶尔女朋友会过来住。

他问刘小夏要不要先用洗衣机，见刘小夏摇了摇头就随手关上了门。在北京，大家多半是无法预测同处一室的这些人到底是怎样的，所以都会暗自祈祷能遇到一个至少通情达理、素质高一点的人。

搬来一个月，其余的室友到底是做什么工作的，是怎样的性格、脾气、习惯，刘小夏都不知道。大部分时间她都把自己一个人关在房间里，小心翼翼地听外面的声音，像一只胆小的兔子。

她知道慢慢就会习惯这种和室友相处的模式了。大家同在一个屋檐下，彼此甚至都不知道对方真实姓名是什么，却在群里可以很客气地描述一些当面说出来会脸红的话题。

比如，谁的内衣裤还放在洗衣机里没有拿走；卫生间的纸篓满了，应该定时清理了；又有谁把茶叶渣倒进马桶，导致堵了；头发缠住了下水口……甚至，她觉得也许隔壁的男生都会更清楚地知道她的生理周期。

有次去洗手间，她一推开门看到土拨鼠赤裸着上身蹲在马桶上，着实被吓了一跳。对方马上说了句："对不起，忘了锁门。"这让她反倒觉得是自己的错误，急得羞红了脸。

她在努力适应着合租生活，又经常觉得时光倒流，好像又回到了刚大学毕业的那个时候，那个对未来充满好奇、对一切还充满幻想的年纪。

老家的朋友在知道刘小夏去北京的事之后，反应都很强烈。有人觉得她是因为失恋的重创故意躲出去疗伤的，而更多的人则认为刘小夏这么做实在是一种对人生不负责任的无理取闹。

"在老家找个好人就结婚啊，何必在北京漂着？有意义吗？"

"哪那么多好人等着我去嫁？"

"还是你不想找，中国男人比女人多三千万，你现在是不着急，等再过个五年你就真着急了。"

"没事跑北京去干吗？你知道你这么做其实是一种变相的不孝顺吗？父母都多大岁数了，经不起你这么任性地瞎折腾。要我说，你的青春叛逆期也应该早就过去了吧？怎么现在还不知道照顾老人的感受？早晚他俩会被你气死。"

"你年纪不小了，在北京待几天就回来吧。在北京你一没房子二没户口，漂到什么时候是个头？你又不是二十出头的小姑娘，这个年纪从头再来的风险太大了。"

“你父母怎么就同意你去北京工作了，也没拦着你点？哎……”

刘小夏在刚到北京的一个月，不知道每天要接到多少这样的“问候”。有的看似苦口婆心，有的干脆冷言冷语。但她自己却觉得前所未有的轻松与自由，毕竟离开了 D 城，她真的就是一个人在管理着自己的一切了。她开始明白一个人住的好处，也慢慢习惯了没有别人陪伴的孤单。

周末，土拨鼠接来了女朋友。两个人上午还在厨房里你侬我侬地耳鬓厮磨撒狗粮，下午就忽然激烈地吵起架来。更可怕的是，那个表面上看着文质彬彬对她礼貌客气的程序员小哥，对女朋友可完全没有那么温柔。

这次争吵，土拨鼠揪着女朋友的头发就是一顿毒打，刘小夏从自己的房间居然可以清楚听到女生被拖在地板上衣服摩擦的声音。

“你是不是觉得王欢比我好？你和王欢在一起的时候也这样吗？”女孩的声音明显要比平时说话的普通分贝高出很多。

“你有完没完？对，她就是比你好，比你温柔，比你美，至少没有你这么无理取闹。”

“你再说一遍！”

“她就是比你好，好一千倍、一万倍！”

“那你有本事去找她啊，你现在就去啊，去啊！”女孩开始哭起来，那种哭确切地说更像是一种歇斯底里的号叫。刘小夏上一次听到这种哭声，还是曾经在机关做临时工路过信访办看到上访群众撒泼的时候。

土拨鼠忽然一声惨叫，那凄厉的声音让女声也暂时停止了哭号。如果没猜错，一定是女生狠狠地咬了男生一口。

然而，这种互相伤害的打架很快又如暴风骤雨过境，声音渐小，成了两人性爱的一段前戏。很快，哭号变成了娇喘，然后是激烈的摇床声。这样的戏码，几乎每个周末都要上演一遍，这让刘小夏恨不得每逢休息日就出门。她可不想每天都像个偷窥狂一样被动接受别人的隐私。

一个周末的清晨，还不到八点，苏莫北忽然发来一条微信，这让刘小夏感到很意外。原则上，苏莫北平日早上起床都要八点半以后，一个淘宝店主的作息总是不算规律的，苏莫北也习惯了晚睡，所以绝对不可能起早。

"决定在北京长期待下去了？"

"嗯，被一个猎头挖来的。"

"那很不错啊。你现在住哪儿？"

"东六环。"

"那是远了点，怎么不住回龙观了？"

"嗯，就是不想住了。"

刘小夏本来想发的是："你到底想怎么样？不是躲着我吗？不是怕麻烦吗？怎么自找麻烦了？"然而没有，她也装作若无其事。

"等有空去你那儿坐坐。"

"那等我把东西置办齐了再来吧。"

"好。"

两个人停下了对话，一切好似什么都没发生过一样。

刘小夏心里知道，这一次她又回到北京，苏莫北不可能一点情绪波动都没有。他们还能像什么都没发生过一样，面对面心平气和地去吃一顿饭吗？她觉得她也许能，却不知道他能不能。

而苏莫北其实自己也不知道为什么会在一大早突然想起刘小夏，想起很多年前的夏天，她孩子一般稚嫩的声音和在校园里轻轻牵起他手时小心翼翼的温柔；想起去年夏天，两个人相互拥抱时滚烫的身体；想起几个月前，她的眼泪滴入他脖子的冰凉和他快要爆裂的胸腔里躁动的心跳，以及慌乱而无序的战栗与呼吸……

他暂时还忘不了她，他知道她也不会那么快就忘了他。然而这一切又那么荒唐，他不知道他这样主动联系她的意义又是什么。他不想告诉她的是，昨晚他梦见了她，梦见了他们都在大学里，无忧无虑、自由自在着。梦里的他们好像是同学，他一直傻笑，搞得她也跟着他笑起来。就这样，他笑着笑着就醒了。

过去多美好呢？

“刘小夏，你为什么不是我的同学，你为什么那段时间一直躲着我？你为什么又来北京给我希望？”苏莫北在心里默默想着这个没有答案的问题，又开始了忙碌的一天。这一天的订单很多，他想着这样也好，就可以忘了这些恼人的事了。

Chapter 32

能来北京，谁还没有点故事（上）

刘小夏在新佳人传媒待满一个月的时候，和他们在同一个大办公室的吕西川搬到了她的对面。刚来的时候，刘小夏并不知道吕西川和他的团队究竟是在做什么。

心飞扬公司在 20 世纪 90 年代的时候曾经红极一时，那时候的广告大部分还是要依靠电视这个载体，几乎每个出名电视台的黄金时段都会播出他们的广告。可说到底他们其实不过就是个卖胸罩的，自从遭到了互联网的冲击，传统的经营模式明显就过时了。但毕竟瘦死的骆驼比马大，很多人还是挺羡慕像吕西川他们这样在大公司的，哪怕他们的工作其实只是电话销售。

吕西川的主管杨培月是公认的美女，笑起来很温柔，可又听说私底下却严厉得像个母老虎。他们知道就算这个团队背靠的大树是知名企业，昔日的辉煌也已经不复存在，目前自负盈亏的方式让他们倍感压力。早几年，杨培月在微商火爆时小赚过一笔钱，孩子大一点了也就不愿意再待在家里，一咬牙换了个简历包装自己，应聘上了这个销售团队的总经理。

吕西川和赵海涛正是杨培月刚刚重入职场时亲自招来的得力干将。英雄不论出处，在杨培月的心里，学历还真不是最重要的。黑猫白猫抓住耗子的就是好猫，她自己本身学历也不高，靠的都是胆大心细不要脸，尤其是后面这三个字：不要脸。

吕西川和赵海涛每次在给客户打电话的时候，刘小夏总是对他们充满了同情，毕竟十个电话打过去有九个回复他们的都是："谢谢，不需要。"甚至有人只要听了前面几个字就干脆直接摁掉，再打过去就会被骂是神经病。

除了直接打电话，进入微信时代的销售还得有一个特殊的技能：想尽一切办法去加陌生人的微信，并假装自己是情感导师，然后再安慰那些失恋的女人，变成她们的朋友。随着时间的推移，神不知鬼不觉地把各种产品植入到安慰对方的过程中，莫名其妙又充满真诚地让对方吃下你的这剂"安利"。

杨培月把这种工作方式称为"养朋友圈"，吕西川和赵海涛平时大部分的工作任务就是想尽一切办法去加那些无聊的人和不知从哪儿搞来的客户，通过假装是熟人的方法来添加对方的微信，一步步取得对方的信任并把产品卖给对方。这种方式让刘小夏总觉得其实他们的工作就是骗子，不过就是这种方式还算不上"诈骗"，充其量就是一个愿打一个愿挨罢了。

吕西川看起来也就二十多岁，却自称历经沧桑。这个老家在河北的男人却很奇怪地操着一口地道的南方口音，让人不禁有些好奇他的故事。说起过去，他总是先故作深沉地叹上一口气。

吕西川的皮肤状态看起来很不错，据说这是每天都敷面膜的结果。

按说他的工资并不高，所以面膜自然用的是公司不知何时开发的产品。他每天朋友圈里除了美容护肤的常识，就是敷面膜的自拍，不太了解他的人总以为他也许根本不喜欢女人。

每次别人开玩笑他都不生气，办公室里的大家都知道他画眉毛的技术堪称一流，连经常化妆的关越越都自叹不如，还要向他请教化妆技巧。私底下，关越越她们都叫他画眉哥。

画眉哥有一种妖娆的气质，身边的同事经常开玩笑说他骚起来就没女人什么事了，他倒也不恼，笑嘻嘻地捶对方一拳，说上一句："死鬼啦，讨厌。"大家立马笑成一团，然后再继续周而复始地打电话，被拒绝，再打电话，再被拒绝。

有一次，吕西川忽然伤感地说，想想三十多岁了在北京还没有成个家，心里堵得慌。大家马上八卦地问他是不是想谁了，他才若有所思地承认曾经被一个姑娘甩了，好久都没走出来，也就稀里糊涂地单身到了现在。

提到过去的事，吕西川有点懊恼，他初中毕业后就没有再上学了，老家人都认为读书没用还不如早点干活，所以父母勉强让他接受完九年义务教育就希望他早一点工作。十五六岁的他一赌气从家里跑出来，一晃就是十多年。这十多年他几乎没怎么回家过过年，也可能是因为没念完书的事让他从心里恨着父母。他一直想，倘若他当年读了高中也许也会像那些在北京正经上班的小白领一样，干着比电话销售更体面的工作，说不定现在早就买了房娶了媳妇……然而，这一切都因为他连高中学历都没有这个残忍的现实而化成了泡影。

他还记得来北京的第一份工作是发传单，因为初来乍到不懂规矩被他们的组长欺负，只拿到了一半钱，那时候的北京还有地下室，他和一帮不知道从哪里来的孩子一起睡在地下室的大通铺。谁知道发传单的工作莫名其妙就不让干了，他们那群孩子里有一个认识“丐帮”的朋友，便又稀里糊涂地跟着要了几天饭，直到后来看到部分人被警察送到救助站遣送回家，他才赶紧逃出来。

他又说起自己最骄傲的一件事，是曾经被传销组织骗进去过三次又都侥幸地逃出来。大家都很不理解为什么会一而再再而三地上当，但听他说完原因，大家又都沉默了。

“那时候小啊，又不懂事，当时就是穷，特别想赚钱，也特别想活下来，或者有个地方吃饭。哪管那么多，只想着怎么样才能把肚子填饱。最后因为我吃得太多，人家实在受不了把我赶出来了……”

从传销窝点逃出来后，他又陆续做过 KTV 的服务生、餐厅的服务员，认识了一个叫强哥的南方人，一来二去混成了兄弟。强哥在天通苑附近的理发店里做洗头小哥，吕西川的南方口音也就是那时候跟着他学会的。他们赚到点钱了就去大排档喝酒，今朝有酒今朝醉，从来也没想过什么明天，也根本没存过钱。

吕西川也想过要不要和强哥学一下怎么理发，谁知道手艺都还没学成，强哥就说他要回老家了，老家人给他说了媳妇，他要回去结婚，然后就再也没有回过北京。至于画眉毛的手艺到底是不是和强哥学的，吕西川没说，而他一个大老爷们为何身姿变得如此妖娆，是否因为生活所迫做过什么超越底线的事，他更没有说。反正大家听完了他的身世和经历，都一致认为他的确是个有故事的男人。

“你看我长得这么帅，皮肤又这么好，追我的女孩可多着呢。但我这人就是太挑剔，所以不是谁追我就一定要答应对方谈个恋爱。宁缺毋滥是我的原则。”吕西川刚说完，杨培月就翻了他一个白眼。

“也不看看自己多大岁数，差不多就行了。像你这样大的年纪，在你们村孩子早就上小学了吧？”

“岂止是小学，可能初中都快毕业了。”吕西川说完，若有所思地看了看刘小夏。

“哎，听说你也三十多岁了？孩子多大了？应该也结过婚吧？”

刘小夏听了有些不高兴，可吕西川这话说得又没错。倘若她不来北京，就她这个年纪，按照之前在老家按部就班的生活也该是结了婚又生了孩子的女人了。

“没结婚，更没生娃。我还单身。回答完毕。”

吕西川有些不可思议地望着她。

“就一直没结过婚？”

“嗯，没结过婚。”

“哎，可惜了哟。你是个大学生，我配不上你。要不然……呵呵。”

“我来了北京就不想这事了，顺其自然吧。”

“那怎么行？该找还是要找的，不然你和我们海涛聊聊？我们涛哥人挺好的，人长得老实又特别能吃苦。”

吕西川卖力地向刘小夏推荐赵海涛还有一个原因，赵海涛是带他入行的半个师傅，当初要不是赵海涛肯带着他，他也很难进入到杨培月的团队成为电话销售。

赵海涛有点胖，在刘小夏第一眼看到赵海涛的时候，就想起《西游记》里猪八戒变身为人时期的扮演者马德华。在心飞扬，大家都叫他海哥。

海哥超级喜欢网购，几乎每天在前台都能看到他的包裹。他平时最大的一个业余爱好是给淘宝店家打差评，然后等着卖家打电话来找，他再慢条斯理地和对方说没什么好商量的，就是觉得产品不好用，直到对方答应要退一部分钱他才满意。

换作以前，刘小夏肯定要对这种职业差评师的行为强烈谴责，可在现实生活中真看到赵海涛这样的人了，却感觉又好气又好笑。

心飞扬公司的很多同事都觉得赵海涛对刘小夏好像真的有那么点意思，关越越也寻到了一些蛛丝马迹。

周一吃西瓜，海哥分给她一大块，还特意用纸盘子包好放在一边，插上牙签。周二下午吃坚果，他抓了一大把放在刘小夏的桌子上，还特意问她好不好吃，要不要多吃一点。周三干脆直接递给她一杯即冲的香飘飘奶茶，说：“这个口味的你肯定没喝过，要不要试试？”周四是巧克力，费列罗的。周五问她周末什么安排，要不要一起吃个饭，顺便又拿来一袋薯片让她抓一些。

“你手太小了，多抓点。”

“谢谢海哥。”

“客气啥，来北京不容易，要对自己好一点啊。有空给你讲讲我刚来北京的故事。”

“好啊，等有机会的。”

刘小夏和关越越想的差不多，赵海涛这样刻意地接近她，也许真的是那个意思。可她又觉得不可能，毕竟赵海涛应该知道自己和她根本不是一路人。在拒绝了海哥的第二次吃饭邀约后，她决定这次好好和他摊开了聊。然而，贸然拒绝显然很不合适，万一人家又说不是那个意思，岂不是很尴尬。就在她犹豫着到底怎么要和赵海涛说的时候，赵海涛主动和她聊了起来。刘小夏也就知道了赵海涛的故事……

Chapter 33

能来北京，谁还没有点故事（下）

赵海涛三十六岁，外表看起来却像四十多岁。他们销售团队里最小的那个姑娘巧巧，曾经以为他差不多是父辈的年纪，开口就想叫他一声叔。所以，还有一些人叫他涛叔。

赵海涛在老家的时候很早就结了婚，用他的话讲那叫初恋时不懂爱情。他十八九岁就有了孩子，三十岁时离了婚，一个人净身出户来了北京。

刚来北京时，他兜里只有四百多块钱。来北京的这几年，他干过保安，当过汽车销售，卖过刷鞋神器，走街串巷也吃了不少苦，可这些他都觉得没什么，他喜欢北京，喜欢这个宽容的城市，喜欢北京的公平。他知道，在这里只要肯吃苦就能得到想要的。

如今他在心飞扬做个“骗子”心里有点不爽，这本来也不是他想要的生活。

赵海涛看到刘小夏后第一印象是这姑娘真安静，来到公司后坐在那里一坐就是一天，平时也很少讲话，就算讲话也都是淡淡的一两句，而且很少笑。

他觉得刘小夏应该也是有点什么原因才来北京的，后来听说是王原野“高薪”挖过来的“人才”有点吃惊，又听说她是个北方姑娘，就多了一层亲切感。

“刘小夏，我总想着请你吃一顿饭，但你千万别有什么负担，我就是觉得你挺有想法的，听说你年纪不小了还敢来北京一个人闯荡，就凭这一点我就挺佩服你的。我也没别的意思，我吧，就是个粗人，小学毕业确实也没读过几年书，真心羡慕你们这些读过大学的高才生。你要是觉得不想和我吃饭也没关系，我就是把你当个妹妹，以后遇到困难了就和我说，如果我能帮到你的就尽量帮，你看这样行吗？”

赵海涛说得很坦诚，坦诚到让人不忍拒绝。可想到他平时对待那些客户的时候说过的谎话，刘小夏又觉得赵海涛的话也许就是那种常规套路的客气。

“海哥，你这么客气实在让我不好意思。在北京能认识你们，我也挺开心的。有句话我不知道该不该说？”

“什么话，你直说就行了。”

“那个……下次能不能别让我用我的声音去跟人家客户证明你是个女的了？”刘小夏想到每次赵海涛在“骗”别人购买产品的时候，总要用她的声音来伪证自己是个女的这件事，就觉得心里过意不去，好像自己也和赵海涛同流合污一起去行骗了一样。

“行吧，那我尽量。你也知道，我们销售是要看业绩说话的，我要不说自己是个女的，没人搭理我，尤其这个产品还都是你们姑娘家用的，让我一个大老爷们张口挺不好意思的。”

刘小夏也知道，其实他们公司的产品绝对没有吹嘘的那么好。这几年为了扩展市场，这个卖塑形内衣的公司陆续开发了很多新产品，什么穿了会发热减肥的瘦身裤、紧身衣，还有抹了就能年轻十岁的化妆水，以及吃了会瘦的巧克力。这些听着功能奇特的产品其实本身并没有多大效果，自然也就卖得不温不火，销售量根本上不去。

杨培月觉得这样下去不是办法，每个月别说绩效奖金，就是正常的工资发出来都困难，大家都要吃饭，不能在一棵树上吊死，也就睁一只眼闭一只眼地放任吕西川和赵海涛随意去发挥他们的聪明才智接一些私活。谢菲菲看好他俩的三寸不烂之舌，也想挖他们过来做点兼职，于是他们两个也成了刘小夏他们公司的销售团队成员。

谢菲菲和所有创业公司老板一样，巴不得员工一周七天、一天二十四小时全都属于公司。自从刘小夏入职一个月就脱离实习生身份迅速成长为公司主力后，每天的下班时间就变得越来越晚。

为了满足谢菲菲的奇思妙想，刘小夏经常要在半夜发稿、排版，再被订正，反复修改直到可以发布，或许这就是互联网创业公司特有的文化。什么"九九六"都是开胃前菜，作为一个优秀的新媒体人，就是要随时随地待命，没有休息日和节假日，没有下班时间和上班时间的区别。遇到热点随时要去蹭，遇到老板心血来潮的念头也要随时去想办法付诸实践。

每次吕西川和赵海涛下班都会瞄一眼刘小夏的工位，每次也都毫不例外地看到她一个人坐在那里加班，除了有采访任务的时候。

那次，王原野带着刘小夏采访，采访对象是个创业型的女企业家。因为与对方约在下午三点半，他们总算是比平常下班时间早了几个小时。王原野一路上有意去讲授采访的技巧，也是希望她通过采访明白一个新媒体人和传统媒体人的真正差距在哪里。

其实，在王原野心里是不屑于新媒体这个称呼或职位的，当初要不是新媒体的迅速崛起，他原来所谓的传统杂志社哪会那么快就倒闭？现在的新媒体门槛实在太低，只要会写字，能把话说得明白，很随机的一次传播也许就能造成一次大型的营销事件，瞬间可以让一个人甚至一个动物变成网红。

而令人讽刺的是，那些所谓写过“10 万 +”的新媒体人文笔也并没有想象中那么牛，有的连标点符号的位置都经常用错，这就让王原野十分不服气。

“采访前记得先发个采访大纲给对方，然后再想好到底要问什么问题。你要引导对方，而不是被对方牵着鼻子走。”

“那如果对方就是不吃你这一套，非要想办法绕过你想问的问题怎么办？”

“那就穷追不舍，想办法尽量把你要知道的问题问出来。稿子写得精彩不精彩，主要还是要看你问的问题是不是精彩的，是不是尖锐的、大家都感兴趣的。”王原野想不到刘小夏对采访这么认真和上心，这让他想起了刚参加工作时的自己。刘小夏的专业背景虽然不算科班，可论努力程度和态度还真是让王原野放心的。他觉得这姑娘留在 D 城确实可惜，他要让她知道，在北京可以遇见牛人的机会绝对是翻倍的，而如果不是在北京，她刘小夏也绝不会有这种机会和他这样入行十多年的老记者一起去采访某一个行业的牛人。

Chapter 34

不化妆的女企业家

采访地点约在北三环的一个金融中心一楼的咖啡厅，被采访者肖云是个幼儿阅读童书绘本相关项目的创始人。肖云刚从某个大型座谈会的会场里走出来，一身米白色的套装，一双软底平跟皮鞋，齐耳的短发，完全素颜的脸让刘小夏有些惊艳。

平心而论，肖云的长相实在称不上好看，可那种书卷气和优雅却完全掩盖不住，微笑是有亲和力不张扬的，好像一朵清丽的花，不急不躁缓缓开着。

肖云还未开口，她那潮汕人典型的骨骼特征就让人感受到了这位南方女人的温柔与细致。刘小夏忽然想起电台主播姚叶曾经对她说的话，这时候她发现，有时候女人也不一定非要靠口红来提升气场。像肖云这样有气质的素颜女人同样很美，这种美像水墨画，传统而典雅，不疾不徐。

“抱歉，刚才会议有些长，耽误你们的时间了。我们现在开始？在开始之前，您二位也可以先看看我们绘本馆的宣传资料，多了解一下我和我的创业项目。”

肖云说话时一直带着职业又礼貌的微笑，让王原野和刘小夏也变得更客气和温和起来。

“您能先谈谈是怎么来北京，又是怎么开始创办这个项目的吗？”刘小夏在问第一个问题的时候依旧有点紧张，声音在发出一半的时候还略微有些颤。肖云依旧还是微微一笑，那笑容适时地让刘小夏觉得放松，瞬间忘了自己是在采访一位女企业家，反倒像是在和一个亲切的学姐聊起家常。

“我呢，大学毕业后来到中关村，当时有一家在20世纪90年代很有名的IT企业，我在那儿当法律顾问。大学时候我学的就是法律，专业很对口。那家公司当年提供北京户口，我觉得自己很幸运，正好成为第一批拿到北京户口的外地大学生。在这个公司一做就是八年，这八年我结婚生子，也开始慢慢有了一些积蓄。刚好孩子长大了一些，我想做点自己喜欢的事。”

“您是怎么想到要做亲子阅读的？”

“我平时就有两大爱好，读书和旅行。创业都是要从自己喜欢的领域开始，旅行在当时不具备条件，所以我就选择了更切实可行的阅读。那时候我的孩子刚好可以开始阅读书籍了，我就发现系统地去指导一个孩子阅读，其实是一件很有必要的事，每一个孩子都有最适合他那个年龄段或心理状态阅读的书，我就是在做这样的事情。”

“做孩子阅读这种项目，不是长期的，总有些孩子到了一定年龄就会退出这个市场，您又是怎么把握和看待这件事的？”王原野觉得刘小夏暂时还问不出什么太特别的问题，只好自己来。

“亲子阅读靠的是一种口碑传播，也许你的孩子已经不需要参与这件事，但不代表着你的同学、朋友、邻居不需要。我们最初在做推广时其实也没有付出太大的力气，用现在的网络语言说叫‘自来水’。能够成为我们会员的家长朋友，在孩子受益后都会主动推荐给身边的朋友，让他们持续加入我们的队伍中来，有的甚至自己做起了负责人。我们会馆的负责人普遍都是受过高等教育的知识分子，我的理解是我们的会员应该都是中产家庭。所以沟通起来也比较简单，我在传递我的理念时也不需要耗费太大的力气，家长都很理解和支持。眼下我们在全国已经发展了上百家的会馆，希望能够给更多的孩子提供这种一对一定制的阅读服务。”

肖云谈起她的项目神采飞扬，尤其是那种举手投足间散发的自信，让刘小夏看得有些入迷，险些忘了她接下来要问的问题。

“您的这个项目在发展负责人的时候和微商推广的方式是否有些类似？”

这个问题，是王原野当初在看了刘小夏采访提纲后随口提到的，刘小夏也没有考虑过这个问题会让肖云莫名产生反感。一个知识分子型的女企业家，怎么愿意用自己的项目和在她的认知中很 low 的动辄就“喜提玛莎拉蒂”的微商相提并论。

“我们和微商不太一样的，呵呵。”肖云的笑容有些勉强，王原野却将这个话题继续深入了下去。

“那您觉得你们和微商到底哪里不一样呢？”

肖云的脸色开始有些难看，但依旧保持着较好的仪态说下去：“这个话题我不太想深入地谈下去，我觉得你们应该多了解一些其他方面。”

接下来的采访就变得程式化，几乎完全按照采访提纲一问一答地聊下去，其间肖云还喝了几口水来平复自己的心情，好在后来的话题没有什么波澜和尴尬，进行得十分顺利。

当走出北三环金融中心的时候已经是傍晚，肖云说这个时间肯定堵车堵得厉害，说完拿出手机扫码了一辆小黄车，居然骑着自行车轻快地走了。

王原野也不住地感慨，这个女人真是很厉害啊。说完，看着刘小夏点评一句："你今天第一次采访，表现得还算可以，以后就这样采访吧！我觉得肖云的素质很高，你运气真好，第一次采访就遇见了这样有趣又有内容的采访对象。回去整理一下录音，好好地把这篇人物采访稿写好吧！"

刘小夏想到自己刚才起的话头羞赧地低下了头，心里想，从前她最讨厌那些在电视里对某一个问题不依不饶提出尖锐问题的记者，没想到自己居然也成了这样的人。而王原野觉得，只有尖锐的问题才能引起冲突，让读者产生兴趣，平淡无奇的采访稿又有谁会多看一眼呢？

"你要有抓住敏锐话题的思维，采访都是这样的，越是有争议的东西读者越爱看。那些不痛不痒的问题谁都会问啊！"

结束采访的那天晚上，刘小夏一个人回到出租屋想起肖云，内心有些不太平静。一个女性创业者二十年还保持初心，哪怕已身家过亿，照样可以面带微笑地骑着小黄车回家。这和她之前认知中的成功女性并不一样，她心里也记住了肖云在采访时说过的话："一个人在创业时最难坚持的就是初心啊。如果没有热爱，怎么去坚持？如果不够热爱，又拿什么去坚持？"肖云的不施粉黛，和她的幼儿项目有关系，她的气质也刚好与她选择的项目所契合。这个一直怀着初心从中关村走出来的中年少女让刘小夏明白，一直坚持做一件自己喜欢的事有多幸福，就算在职场沉浮多年，还可以那样保持着对未来美好的憧憬有多幸福。

来北京后的刘小夏在经历了若干个无法正常吃饭甚至无法正常睡觉

的日子后，经常觉得下一秒就快要撑不下去，可第二天一觉醒来又似乎可以立即满血复活。她开始不再像从前一样，对某个人或某件事抱有幻想了。哪怕一件微不足道的小事都可以让她开心好久，十分容易满足。

或许明天又会有很多令她崩溃的事发生，或许明天她又会因为什么事开始迷茫或不安，但那又怎么样？这次重新回到北京的刘小夏已经不再惧怕未来了，她只想过好眼下的每一天。

肖云找到自己人生中最热爱的事，而且坚持下去了，那么她呢？她找到了自己最热爱的事情了吗？她也想过自己想要的生活，尽管她暂时还并不完全清晰地知道，什么才是她真正想要的生活。

Chapter 35

新佳人是什么？赚钱最重要！

新佳人文化传媒是刘小夏自认为选对的方向，她觉得这个公司的立意很好，一定可以成为她在北京的新起点。创始人谢菲菲起先也确实是这么想的，希望做点和女性创业相关的事情，毕竟早年公关公司的背景，让谢菲菲在创业初期也认识过像肖云那样知名的女企业家和优秀的创业者。可惜的是，没做多久就发现女性创业者们多半都停留在三分钟热度上，有时候忽然兴起，觉得开个蛋糕咖啡店很有趣，于是找朋友、亲属和老公筹钱开始创业，却通常因为没有经营理念和管理思维等原因，导致创业失败。还有的人干脆就是因为把创业这件事想得太简单，最后多半都会因为资金链断裂和吸引不来客源这类问题彻底放弃了创业。

事业是死的，人是活的。谢菲菲瞄准了知识付费这一领域后，发现卖情感课程真是个不需要太多本钱又可以迅速赚钱的买卖。现代人喜欢阅读心灵鸡汤，感情遇到问题了也慢慢开始选择去听听有经验的人如何解决。

年初的时候，谢菲菲误打误撞认识了一个所谓的“情感导师”，并合作了一个叫作“教你如何搞定男人”的在线付费课程。没想到这个课程在网上销量好到令人意外，一度成为搜索页面上的爆款。谢菲菲一下子觉得挖到宝藏了，随即和她的CEO团队商量以后都要偏重这类项目，甚至想要和这样的情感导师逐一签约，成为类似包装明星的经纪公司。

现在的知识付费课程通常都是卖服务，听完了课学员还有后续的咨询需要，吕西川和赵海涛作为“外援销售”自然也就派上了用场，没事陪学员聊聊天，引导他们再去购买更多的课程。其实哪有那么多情感老师？就算能请来那些老师偶尔讲上一两节枪手写出来的课，也不可能二十四小时全天候等待购买的学员来提问，为他们答疑解惑。

王原野自然不屑于写这些情感故事来吸引眼球，这个重任只能落在刘小夏身上。每次遇到写情感故事或类似软文推广的任务，王原野也都会推诿，后来干脆说不如自己当一把老师，出一门课程卖卖熟人也好。这样，他就可以把重心转移到新的工作内容上来了。

谢菲菲自然不同意，她也不知道从哪里搞来了当前最火爆的情感主播助理盒子的联系方式，决定通过为对方包装炒作的方式获利。

在王原野加入新佳人传媒的这大半年来，他的股东身份迟迟没有得到落实，这让他慢慢觉得谢菲菲并没有真正把自己当成是一个合伙人，说得更过分一些，她只把他当作是一个高级一点的打工者罢了。那些将来的股份期权都是冠冕堂皇的客套话，他这才发现知识分子的清高毫无用处。

王原野在一次去上海谈合作之后，对公司就变得不那么上心了。他的一举一动被刘小夏、关越越她们一眼就看出来了，这样下去，公司未来的发展方向会怎么样？

林雨来北京这一年，手里也算积累掌握了好多同行的资源，她心里也早就琢磨着能不能也在知识付费这个领域喝上一碗汤。

这一年，某个权威的统计机构说，未来中国内容付费用户将超两亿人。知识经济已经逐渐挤走了共享经济，站到了互联网的新风口上。知识焦虑让太多人想更快地汲取更多“干货”，快点升职，快点发财，快点成功，快点减肥，快点幸福，快点自由。这时候，一群群“知识二道贩子”带着付费课程来了，“给十条腊肉，我都教”。如果转发朋友圈拉来新学员，就能免学费，发奖金！明明是一场知识经济，到最后却演变成了一场知识传销。

在这个行业，没有知识，只有生意，卖的不过是焦虑感、上升感、成就感、安全感、幸福感，让人沉浸在“我在学习”的幻象以及“渴望别人认同”的虚荣里。用户付了费，囤了课，然后躺在床上开始期望明天能“在转角遇到更好的自己”。

殊不知，未经思考的知识并不属于购买者，一口气吞下知识胶囊这颗速效救心丸，也不过是受了场知识外衣包裹下的成功学洗礼。

刘小夏其实心里知道，阅读和人生一样，深入的自我体验远比你接收一百条二手资讯重要。但是为了生存下去，迈进这一行已经是一个无法选择的选择。不然新佳人文化传媒为什么由原来的偏重女性创业改成了知识付费，还不是因为能赚钱。一次公司动员大会上，谢菲菲说了一句话让全体员工们听了都很失望。

“新佳人是什么？赚钱最重要！”

没了初心的公司，还能走太远吗？这让林雨、关越越和刘小夏这三个核心员工有了忧患意识。

关越越说：“新佳人干的事我们也能干！公司的核心业务和流程，

不过就是制作课程、包装文案、形成图文海报、上架平台发售的过程，这些业务不就是我们三个人平时的工作吗？既然是这样，为什么我们不能自己干？”可话虽然这样说，要想真的做起来谈何容易？

就在这个时候，刘小夏接到了家里的电话，问她到底打算在北京待多久，是不是打算就在北京一个人飘上一辈子了？这个话题十分沉重，刘小夏刚要反驳，想找出几个理由来搪塞，没想到自己的母上大人只给了一个解决方式：

“迅速地给我去相亲，不管用什么手段和方式。”

这句话是个命令，也是一种态度，时刻提醒着她，作为一个漂在异乡的大龄未婚女青年还不能真正地在个人问题上彻底自暴自弃。关越越和林雨知道刘小夏倘若不积极地解决她的个人问题，怕是很快就要被家人抓回老家去，这显然不是个好的趋势。好不容易遇到一个有可能成为事业合作伙伴的人，怎么能让她那么快就离开北京？两个人开始七嘴八舌地出起了主意。

“我听说最近有个很著名的公众号组织了一个‘48 小时 CP’的活动，会根据兴趣、爱好、年龄、城市等资料，迅速匹配合适的人，比相亲什么的有意思多了。你要不要试试？”林雨向来快人快语，“就当玩了，而且关注这个号的人素质应该都不会太差，你就果断报名吧！”

“对，管他什么活动，只要能认识男人就行。要不是我有了男朋友，我也想玩！”关越越把手机页面点开，直接帮刘小夏填了资料，在年龄那一栏停了一下，“别写三十岁，改成二十七岁！还有，学历这一栏也别写太高，大专都够用了。”

周末，那个公众号还真的推送来了一个男人，昵称是“骑着蚂蚁看世界”。

“有点意思哈？”关越越和林雨都觉得这个活动酷毙了，纷纷感慨自己为什么早早就有了男朋友。

网络上的蚂蚁很热情，每天的聊天相当有节奏感：早请示，中问好，晚汇报，进入角色之快让刘小夏有点意外。“CP”到底是什么？她好像还没有完全理解这个概念，或许这就是一次虚拟恋人的游戏。可蚂蚁却说自己实心实意就是想要找女朋友的，在刚刚过去的某一个网上流行的撒狗粮秀恩爱节，蚂蚁居然还发了红包给她。本以为是几块钱的小意思，等点开才知道数额居然那么大！这可吓坏了刘小夏，急忙想要退给他，他却完全没有要收的意思，反倒光明正大追求起她来。

“天有点热了，哥哥发个红包给你买个雪糕吃……”

“今天上班辛苦吗？外面下雨了，发个红包给你点个外卖吃……”

蚂蚁好像并不擅长言辞，每次表达心意的方式都是钱。刘小夏原以为这是遇见了一个不把钱当回事的富二代公子哥呢，仔细问了一下才知道，对方不过也就是个工薪阶层的小职员。

蚂蚁说有空见个面呀？都在一个城市，周末可以约着一起出去玩什么的。刘小夏心里还是纠结着，真的要去吗？这个男人会和那些在陌陌、探探上的一样吗？

Chapter 36

刘小夏，你能不能不折腾

林雨最近动了离职的念头，这念头从前也有过。那时候新佳人恰好还在转型的初期，谢菲菲比现在还要作，经常三分钟热度般地想起一个项目捡起来就要做，这种心血来潮通常第一个苦的人是林雨。

但那时候林雨只是闹闹脾气，想到自己账户上欠的几万块钱，也就暂时咬牙坚持了下去。可这一次，她觉得好像真的坚持不下去了，身体上开始出现压力过大的征兆，每天不是头疼就是胃痛。

“你们就没有梦想吗？”林雨忽然在和刘小夏、关越越三个人建的小群里冷不丁来了这么一句。

“来北京还不是为了赚钱？当上 CEO，走上人生巅峰啊，哈哈哈。”关越越想都没想就给出了这个答案。

“说得实际一点啊！比如，我的梦想就是拥有一辆路虎，开出去特别帅气。最好还是有北京牌照的那种！”

“那我的梦想就是想买什么口红就能买什么，阿玛尼、杨树林、迪奥，喜欢的色号统统都收了！”

刘小夏这时候很沉默，她不知道自己的梦想到底是什么了。她似乎只是为了来北京而来北京。为了赚钱吗？还是，单纯就是为了来体验北京到底是什么。

林雨很快打破了这个沉默。

“刘小夏，我们给你安排一下。你得有个奋斗目标。比如，以后在北京的郊区买个小房子，这样你就不会总想着回家了。”

“对！买个小房子，不用太大，够住就行。然后，周末咱们三个就在一起做做饭，聊聊天。”

“棒！我觉得我们三个肯定有能实现的这一天。”林雨很激动，马上将原来的微信群名“炸鸡啤酒蹦迪群”改成了“路虎别墅迪奥群”。

“有奋斗目标才有动力，等到咱们有天做出一个爆款课程来，不断地复制，卖个几万份，我们就辞职。什么新佳人，我们把它收购了！”两个射手座女孩简单而乐观。

“所以还等什么？我们三个成立个公司吧！悄悄地在这里熬上一阵，等慢慢强大了，有钱了就把新佳人炒掉。”

刘小夏没有说话，她只是在想关于创业她能做些什么。她一直觉得自己根本毫无商业头脑，做生意对她来说比算账还令她头疼。如果说经商需要天赋，那刘小夏可以说是毫无天赋。可看着两个女孩那么信心满满，她也被这种情绪带动了。谁不想早一点实现财务自由，再也不用给任何人打工呢？

刘小夏不是没有梦想，她想有钱了到处去走走，她想有钱了可以给家人换一套大一点的房子，她还想有钱了做点自己喜欢的事……

可惜梦想太多，却没有一个看着不会被人嘲笑。尽管有人说过，只有说出来会被人嘲笑的梦想才算是梦想，但对她来说连说出来被嘲笑的勇气都没有。准备注册公司的前一周，刘小夏买了罐啤酒喝到微醺，壮了壮胆打电话给苏莫北。她觉得现在找他总要找点什么理由才可以，想了半天，决定问他注册公司的事到底算不算靠谱。

苏莫北很平静地接起电话："折腾那个干什么？"

"不是我一个人开公司也叫折腾？"

"你以为开公司是闹着玩的？要报税，还要找发票，麻烦得很呢。我都不知道怎么摆平这些事的，所以你自己决定到底还要不要开公司。你说你要开个公司是为了什么？玩？那我劝你趁早打消这个念头，没意义。"

苏莫北的话刘小夏其实根本没有听进去，她来找他问起开公司的事只是陈述事实，不是要征求意见，甚至说更像是一种通知。可苏莫北依旧是这样冷冷的态度，让刘小夏很难堪。

"最近好吗？"

"不太好，我说好你觉得我撒谎，我只能说我不好。"

"不好就回去。"

"不回去。"

"找个人结婚。"

"我是来北京赚钱的，我没有资格谈什么感情。"

"对，没资格。"苏莫北听到这句话的时候无意识地重复了一遍，他觉得最该说这句话的也许是他。刘小夏的"折腾"在他看来确实有些幼稚，他时常想这个三十多岁的女人究竟是怎么长到这么大的。

创业，他承认他当初创业是因为喜欢，但也因此付出了很多心血。公众号文章里经常说，创业初期的人是根本没资格谈恋爱的，因为谈感情实在是一件太浪费时间和精力的事了。

他承认就算现阶段跟某个姑娘谈了恋爱，也一定是和客户聊天的时间比和女朋友的更多。他无法解释自己怎么会跟每一个可能成为他潜在客户的姑娘聊起天来，都软萌可爱调皮又不失礼貌，也无法解释甚至为了建立社群不得不一人分饰两角，男女通杀。

他经常觉得时间不够用，不知不觉就忙到忘了吃饭，作息混乱，不点外卖是他最后的坚持。这样的日子，连他自己也不知道还要撑多久。

刘小夏需要很多照顾和爱，他知道自己给不了她。然而，她现在却像个孩子一样幼稚地站在他面前，索要糖果一般问他能不能给，显然让人很为难，只好将她轰出去。对，就是要把这样幼稚的孩子轰出去，才能不让自己心烦意乱。

“你知道我这段时间过得很苦，但是我没有说过一次找你帮忙的话，甚至连一句抱怨的话都没有说。”

“是啊，你没有，而且你也应该有新的朋友。来北京也有段日子了，新的朋友会帮助你的。”

“但是我也不能忘记老朋友啊，你知道的，这个城市里对我来说熟悉的老朋友已经不多了，他们都离开北京了，就剩下你了。”

“是吧，就剩下我了……”苏莫北重复着刘小夏的话，他怕下一秒情绪崩溃，只能努力克制住自己，不要心软。

“对不起，说改天请你吃饭的，对不起。”

“别和我说对不起，我知道你不想见我了。”

“见不见面不重要……”苏莫北其实还想说，你要好好的，撑不下去就回去。但是他那半截话又咽了下去，刘小夏这样又是何苦。

他不是没有看到她的朋友圈，知道她经常加班到深夜，见过凌晨两点的北京天空；知道她没有时间吃早饭就要匆匆挤进可以让人变形的地铁；知道她一个人住，钥匙忘带了被锁在外面，室友却没有一个回家的；知道她下班怕黑不敢叫车回家，只能默默走路；知道她被室友偷偷拿走了放在冰箱里的食物，只好在晚上饿着肚子……

这样的日子又是何苦？他想不出她到底想要干吗，难道只是因为他在她最低落的时候帮了一把，她就贪婪地想要他的爱情吗？

爱情到底是什么，其实他自己也不知道。在北京，他只是个小小的淘宝店主，如果把他丢在北京的相亲市场，他也应该在鄙视链的最底层。一个没有车也没有房，更没有北京户口的外地青年，没资格谈什么所谓的爱情。而他口中说的三年内结婚，也只是一种理想状态。他无法想象如果离开北京又会是什么样子，完全不敢想。

不管苏莫北如何反对，刘小夏还是开了她人生中的第一个公司。去拿营业执照的那天还下了一场雷阵雨，关越越、林雨、刘小夏三个人从雨中奔跑着护住她们的“合法证件”，如同护着一件宝贝。她们捧着梦想，小心翼翼地开始了她们的创业生涯……

Chapter 37

青春如夕阳，凭什么不能狠狠抓一把

新佳人公司的大单子来了，王原野是这样通知她们三个基层员工的。“只要你们全程参与好，从中赚来的钱最后都是你们的，我甚至可以一分钱不要。”王原野能够这样说，也是发自内心的。他把钱看得并不太重，反倒觉得如何更好地去激励员工才是正经事。

他也不是没有分析过那些成功的大公司。成功的 CEO 格局都是相似的，他们懂得必须对员工慷慨一些，才有可能让员工为你真正卖力，毕竟这年头能够真正踏实为公司卖命的员工并不多见了，甚至说，像林雨她们这样在谢菲菲的折磨下还不离职的员工，也十分少有。

马云说过，如果员工离职，只有两个可能：要么钱给的不到位，要么在工作里受到了委屈。在刘小夏没有来到新佳人之前，公司的离职率是相当高的。很多员工来了不到一个星期就无法忍受谢菲菲的脾气，更不要说陪着谢菲菲一起胡闹，搞那些莫名其妙的项目。

这一次谢菲菲说和许子晴签下了一个“情感大 V”的合同，让王原野很兴奋。“情感大 V”盒子是知名的网络主播，论粉丝和影响力都有相当不错的成绩。谢菲菲作为签约方，自然吹嘘新佳人拿到天使轮投资的过程有多牛，公司售卖的知识付费产品带动的经济收益又是多么令人赞叹。然而，对方的经纪人只提出了一个问题：

“我们盒子平时工作特别忙，根本没有时间来做课程的脚本，所以你们能够在短时间内帮我们把这件事完成吗？”

谢菲菲自然不会放过这个机会，依旧把内容交给了王原野。王原野一个四十岁还单身的男人，去编写一个教人如何成为恋爱高手的课，这简直就是莫大的讽刺。可还能让谁写呢？公司除了王原野之外，也就还剩下一个可以写文案的刘小夏了，而刘小夏也单身，这让两个人十分尴尬。

合同已经签了，口头协议已经达成，这件事也就不得不提上议程了。刘小夏开始逼着自己查找资料，假装成为一个“恋爱高手”，每天开始潜心研究起了“撩汉大法”。为了验证成果，只好和那个暧昧对象蚂蚁进行模拟演练。这边厢刘小夏虽然不太走心，但麻烦的是蚂蚁却当了真，一来二去两人居然发展到了相约见面。

关越越知道这件事后开始怂恿刘小夏：“见一面就见一面吧，又不是约炮。在微信随时开着定位和我们保持联系，有情况我们随时帮你报警！”

在蚂蚁第三次约刘小夏的时候，她终于同意了。他们约在了景山公园，决定去看一次夕阳。

那是个周五，下班本来就晚了半个小时的刘小夏紧赶慢赶到了公园门口，还是快七点了。好在已是夏天，夕阳的余晖还剩下那么一丢丢，两个人气喘吁吁以最快的速度爬上了山，可惜太阳还是带着那最后一抹霞光沉下了山去，只剩下略微泛红的光晕。

夕阳下，蚂蚁望着刘小夏的背影开始出神。这个女孩第一次见面就和他来这么浪漫的地儿，看起来一定是对他有那么点意思。可他不知道的是，刘小夏只是爱上了北京的夕阳而已。

夕阳无限好，只是近黄昏。这句几乎人人都看过的诗，她在以前并不喜欢。一直不明白为什么好端端的夕阳无限，却要加上“只是”两个字。

美过，不就够了吗？她不知道自己是不是美过，或许从来就没有美过。哪怕在无人的时刻，一个人看着镜子中的自己，如此普通又平淡无奇的脸、长出赘肉的小腹和不够纤细的腿。呵，还是老了吗？青春，她的青春好像也就似这夕阳，一点点地就要落下去了。

不甘心啊，不甘心。为什么就不能狠狠地去抓一把呢？所以她决定去抓了，哪怕扑个空也要抓一次。她想起自己勇敢地离开熟悉城市的那天，在火车上看到的夕阳，就那样一点点落在有些荒凉的田野尽头，红得惊心动魄。

这些日子，她按部就班地挤着地铁上班下班，看形形色色的人群每天上演着千篇一律的套路，谁踩到谁的争执，不让过安检的撒泼胡闹，乞讨卖艺的残疾人投来可怜期待的眼神。更多的时候，她觉得自己就像是一个孤岛，静静望着大陆，熙熙攘攘又喧闹。一个人去超市，一个人去看电影，一个人走在空旷的马路上哼着不成调的歌。孤单吗？她也没觉得孤单有多不好，因为她知道自己的心里似乎有个一直陪伴着她的人。

然而，事实上那个人也不打算真正陪伴她。于是，她决定自作主张地把那块小小的空间留着，留着吧。她想到几天前在老家的父母还打来电话，问她还打算结婚吗？她沉默不作声。

为什么要逃到北京来，不过是为了减轻内心的负罪感罢了。这里纵然人山人海，却又如此冰冷。唯一能让她开心的是，北京有着很美的夕阳，在这儿没有人关心她已婚未婚，这座城带给她的是踏踏实实地努力就会有实实在在的回报，在这里的人即使月薪五万还依旧众生平等般和她一样挤着地铁。

眼前这个站在他身边一言不发又陌生的男人，让她对自己目前的心思也感到有点困惑。想到这个男人曾经热情到让她有些害怕，那每天早中晚不间断的问安、一言不合就要发几个红包的殷勤，在见面后反倒显得特别尴尬。她觉得自己完全不想刻意和他找什么话题，只是呆呆地遥望着远处的夕阳一点点地沉下去。

这次和蚂蚁的见面对她来说更像是个特例，她依稀觉得上一次见陌生网友的事早就过去很久了，久到她甚至忘记了自己以前究竟有没有见过网友。

也许她仅仅是被蚂蚁的一句“一起去看个夕阳吧”的邀请所打动，也或许是蚂蚁那一堆软萌的表情包让她不由得想起苏莫北。苏莫北是否也会在某一个时刻和某个人一起去看夕阳呢？想到这里她才狠了狠心，咬牙切齿般地应了。

下山的时候，蚂蚁紧跟着她，一路无话。她其实早看出来他是很想牵住她的手的，可惜她并不想给他这个机会。公交车里司机的一个急刹车，全车的人并没有怎么样，可蚂蚁却借机紧紧捏了刘小夏的胳膊一下，让她有些反感。

回到家的时候她问自己，究竟这一次差在哪儿了呢？好像只是没什么感觉。蚂蚁长得不帅，但也不能说很丑，普通的身高、普通的长相和普通的学历背景与家庭，挑不出什么毛病又找不出什么可圈可点之处。

微信上，蚂蚁又发来一波软萌的表情包，他说：“小姐姐你不想理我了吗？我们还有没有下次见面的机会呀？”刘小夏干脆把手机扔在一边，完全不知道到底该如何回复。

工作的这一天好累，真想吃饱了就把自己扔到床上什么都不想。刘小夏想来想去，觉得看夕阳这种事下次还是一个人去好了。对，还是一个人的好。

Chapter 38

谁说金钱买不来爱情

“你们关于情感主播盒子的项目现在可以停下来了。”谢菲菲也没有问王原野项目进度到底进行到了哪一步，就直接宣布马上停掉。

一下子，这个当时能让林雨和关越越激动到想尖叫的项目，莫名其妙地成了飞掉的煮熟鸭子。至少，对于她俩来说项目的终止就意味着一个路虎的轮胎和若干个名牌口红不见了。刘小夏倒是很淡定，毕竟结束了这个项目意味着她再也不用假装成恋爱高手了。这些天，她觉得当年那句“金钱能买来性，但买不来爱情”，也是谎话。谁说金钱买不来爱情？至少用金钱可以买来泡妞的技巧。

王原野知道项目暂停后，心里比刘小夏他们更加生气。虽然只简单地问了一句为什么，但口气一改以往的绅士与谦和。果然，沾上了金钱和利益，再有风度的人也会换成另一副模样。

谢菲菲很严肃地和王原野说：“我也考虑了很久，我觉得这么重要的一单怎么可以交给两个爱情不成功的人去写？所以，我特意找来了情感界鼎鼎有名的‘坏小子’团队来搞定这件事。我们大家应该把这个项目做成一个案例，一个模板，作为一个可以复制的大项目的样板，就和装修公司的样板间那样，是可以拿给客户看的。”

“坏小子”又是什么？刘小夏有些蒙，赶紧在微信里悄悄问林雨。

“就是一个专门教人泡妞的组织。后来这组织经常做一些丧尽天良的丑事，比如骗姑娘的钱和色，甚至诱导女孩为他们自杀！”

刘小夏立马百度了“坏小子”，看到这个团队果然在网络上“臭名昭著”，可又不得不说深受网络上一众屌丝的追捧。这个组织的创始人是第一波从国外得知“PUA”这个方法的，后来经过了改良和二次本土化创作，通过病毒传播的方式迅速在 QQ 群和微信群里传授“泡妞经验”，很快就让许多“学员”在经过学习后“抱得美人归”，只是后来组织黑化，一些不怀好意的人把它变成了“百人斩”的秘籍。

那些受害者资料让人看得触目惊心，有人在群里晒被“拿下”后的姑娘全裸的床照甚至连码都不打，有人在群里晒为他们自杀的女孩割腕的照片，还有人干脆晒行骗后女孩为自己转账付款的截图……

“所以，我们这个课也要和 PUA 一样引导大家去犯罪？”刘小夏心里一沉，第一次感觉自己的三观受到了冲击。可想想谢菲菲在上次开会时说的那句：“新佳人传媒是什么？赚钱最重要！”也就不再想追问什么别的了。职场里的看破不说破，刘小夏已经习惯。

“不让我再假装恋爱高手也是个好事，只是我的枪手稿子已经写得差不多了……”刘小夏还是和王原野如实交代了项目进度，没想到这句话一下子让王原野胸中的怒火烧得旺起来，他一路带风地走进谢菲菲办公室。

“为什么项目终止的事现在才告诉我？”

“现在告诉你有问题吗？离合同终止日期还有大半个月。”

“我就问你，为什么终止项目的决定没有和我商量过？”

“这不重要，重要的是我们要把这个项目做好。”

“你确定你找的这个什么‘坏小子’团队，就一定能把这个项目做好？”

“反正肯定比你俩强！你得承认，专业的事就得专业的人办！”

“但你知道吗？刘小夏和我为了接这个项目连续加了好几天班，周末都没有休息。我想请你好好看看我们的工作质量！好好看看到底是不是真的辜负了你的信任！”

“你们当然也很棒，但毕竟你俩也不是著名的情感导师，本身没有影响力，就算你们写得再棒，也没有说服力。”

王原野没有再争辩下去，本来他还想问谢菲菲是不是真的还当他是合伙人，但仔细一想这样问怕是伤了和气。他的性格总是令他在最关键的时刻把嘴边的话咽下去，或者是因为他觉得那样做实在不太像个男人。

刘小夏有时也搞不明白，为什么王原野这个堂堂名校毕业又有多年记者从业经验的资深编辑却混成了这样。也许是知识分子特有的清高，王原野根本不愿意去求任何同学帮忙，哪怕他的同学现在大多都混得有模有样，甚至有的早就已经实现了财富自由。

对刘小夏来说，王原野是个不错的领导，或者说是个不错的老师，但却不会是个不错的男朋友。已经四张的王原野玩心还很重，他可绝对不承认自己已经是个中年人，而是极力地向年轻人靠拢。

王原野参加过几个只允许“三十五岁以下”人士参加的线下交流会，大家也都看不出来他的真实年龄，这让他觉得运动果然能使人年轻。王原野平时爱好打网球、跑马拉松，赚的那点钱都贡献给了去各个城市跑马拉松的车票。他会问关越越和林雨，眼下年轻人最爱看的书和电影是什么，也会琢磨最近流行的短视频 App 抖音为什么会火起来。他希望自己能够成为那种到了八十岁依旧风度翩翩的绅士，更希望自己的心态永远保持在二十五岁。

到了四十岁，王原野想明白了一件事：最好的生活是什么？就是在北京赚钱，在上海玩，在老家生活。王原野的性格并不适合当一个公司的创始人，也不适合做一个独当一面的 CEO，他性格里有怕事的一面，遇到问题第一个想到的解决方式是逃避，单凭这一点他就注定没法把自己的公司做起来。

王原野之前和刘小夏吹牛炫耀时说起他自己的公司，原本创意和想法也是很好的，想做个书单分享类的电子图书馆，可太过于书卷气的王原野并没有找到适合这个项目的商业模式。从知识分子到商人，他要走的路还很长。随意投钱开发了一个小程序后，他发现这玩意儿如同鸡肋，食之无味弃之可惜，慢慢地，自己的公司也就停滞在原地，加上性格懒散、玩心重，不愿意再出去辛苦地找工作，只好来谢菲菲的公司做个 CEO。

没想到这个 CEO 权利比他想象中的小，除了他信心满满地招到了几个内容编辑外，几乎一无所获。

王原野提出要和刘小夏一起在网上重新再为公司招几个人才，看到不错的就约来公司看看。每次，刘小夏定下来一个人选了，王原野却总说还是差点意思。

“刚来的那孩子怎么样？”

“差点意思。”

“差在哪里？”

“感觉好像少了……少了那么点灵气。”

“到底什么是灵气？”

“这个我也说不准，不过一个人有没有天赋是能看出来的。比如，他是不是一个热爱生活的人，是不是具备很敏锐的观察力，或者能够迅速领悟领导的意思。这些都是灵气，反正刚才那孩子没有。”

“哦？那王老师，你觉得我有灵气吗？”

“你觉得呢？你要是没有，也不会被我招来啊。”王原野说完这句有点尴尬，很快就把头低下，开始忙自己的事去了。他知道，刘小夏早已经在平时的工作中和他刻意保持了距离，而且有意无意地暗示了对他只是对老师的尊敬，并没有“那种意思”。

记得有次许子晴开玩笑，问刘小夏是否会喜欢王原野这样的男人，刘小夏倒是连想都没想就说了一句应该不会。王原野还很大度地说：“没关系，你喜欢什么类型的男人，我给你介绍啊？”

可真要给刘小夏介绍对象，他才没有那个心情！

Chapter 39

在北京相亲是一种什么体验

“嘿，小夏子，听说你去北京了？”薛萌拨来电话第一句就是问这个，刘小夏一时真没缓过神来。

“对啊，来好几个月了。怎么，您老有何吩咐？”

“男朋友在北京？”

“扯淡，哪有什么男朋友。”

“我去，不是吧你。没男人，你自己一个人跑北京去瞎折腾什么？”

“谁说我瞎折腾了。我在这儿一没偷二没抢，勤勤恳恳、任劳任怨、孜孜不倦地用我的双手光明正大地换取劳动果实，怎么就叫折腾了？”

“你才去北京几天就学得这么贫。多大岁数人了，差不多得了哈。我前阵子在街上可看着你妈了，在街上看到别人孩子，那眼睛都冒着光。你想想吧，你把人老太太都逼成啥样了。我跟你说哈，再这么下去，没准哪天你妈能从外面抱个小孩回家养，你信不信？”

“至于吗？我妈可从来没和我说她有那打算。”

“你是真傻还是装傻？你妈着急让你结婚，你不知道啊？自从你和那混球儿分手以后，你家人不着急才怪。”

“着急也没用，我现在也不在家，他们催也没法催。”

“那你自己就不能上点心？真打算一辈子当个修女了？那我看你不用去什么北京，去五台山就行了，或者哪个尼姑庵道观啥的。”

“去你的，我现在这岁数了，谁还看得上我？”

“那你也得心态积极一点，我跟你妈可说了，你在北京指不定已经有男朋友了，就是还没定下来，你赶紧应付一下也好和家里人交代。我有个姐们儿在北京一家婚介所工作，她觉得你条件还行，努力一下是有希望把自己交代出去的。所以你加油哈。”

“原来给我打电话就为这事。”

“那你以为呢？这年头能给你打电话的，除了你爸妈，再就是外卖小哥和快递小哥了吧？”

“反正我知道不管是谁的电话，只要是找我准没好事。”

“我可把你电话告诉那个在婚介所的于姐了，你自己看着办。管它有没有合适的，也先说自己确实是准备相亲了，不然你妈过两天看你在北京还一个人，准拉你赶紧回家不可。你要还想在北京继续逍遥，听我的话准没错。”

“那就谢谢薛大萌了。”

“说真的，真要在北京折腾累了就回去吧。你又不是真的缺钱花，你爸妈可就你这一个闺女，你一走他俩真挺孤单的。”

“别说了，一会儿就要主持艺术人生了是吧？非要把我说得鼻涕一把眼泪一把，你才甘心？我知道，等我把葛雄当年欠我的那些钱赚回来就回家。”

“啥？那孙子还欠你钱了？欠多少钱？老娘找他要去，他耽误你青春也就算了，咋还骗过你钱啊？”

“行了，你也别问了。反正我自己有分寸，你说的事我一定放在心上。”

刘小夏挂了电话没多久，就接到了一个“010”开头的固定电话。对方说自己是“金玉良缘”婚介服务中心的，本来条件反射想要摁掉，忽然想起薛萌的话，又礼貌地接起来。

“您好，是这样的，我们是很正规的服务机构，了解到您是单身，想跟您进一步核实一下。您现在是否是单身状态呢？”

“嗯，是的。”

“那请问您来北京多久了呢？”

“三个月。”

“是今年年初刚来的，是吗？”

“对。”

“那您这边有长期在北京工作的打算吗？”

“这个……说不好，也许吧。”刘小夏有点不耐烦了，心想这个客服还挺细致，好歹以前和她们也算是半个同行，不然先给她点面子也好。

“是这样，我觉得您各方面条件真的都还算不错。我这边有几个还不错的男孩的资料，您要不要先看一下？”

“我能问一个问题吗？”

“您说……”

“就是，你这边单身女士的资料是做隐私处理的吗？还有，您说的这个介绍资料或者安排见面是需要花钱的吗？还是说需要成为会员之类的？”刘小夏开门见山，她知道这种所谓的服务机构不可能白白就给她好心介绍什么男朋友。

“这个您放心，刚才和您聊了一会儿觉得您性格不错，听声音应该也是个美女吧？加上您的大致资料我也已经了解了，觉得您这样的条件暂时不需要花钱成为会员。如果您对我们公司有什么进一步想了解的，也可以在下班后来我们这儿体验一下，我也好顺便和您更细致地聊聊。”

“那等我有时间的吧。”

“是这样的，我能叫你‘小夏’吗？小夏，我觉得您可以等下班了就过来看看，甚至中午过来看看都行。我们公司就在国贸附近，您趁午休的时间出来溜达一圈都行。”

“等我考虑考虑吧。”

“那我加您的微信，您通过一下？我真的挺喜欢您这种性格的女生，在北京一个人漂泊很累吧？如果有个人能为你分担一些压力，是不是会更好？所以，我觉得您在忙工作的同时也确实应该考虑一下婚恋这方面的问题了。毕竟一个女孩子在北京打拼还是很辛苦的，如果能在北京成立一个家庭不是更幸福吗？”

每一个电话销售的基本素质都是要在短时间内让客户犹豫不决。这一点刘小夏早就领教过，当年她在 D 城的“有你真好”婚介所工作的时候，就曾经有一个女孩自荐要当电话销售，她在介绍自己优点的时候，就强调她与众不同的一个优势就是：“我能和陌生人聊天聊到对方在五分钟之内不会挂掉我电话。”

刘小夏也有点佩服这个叫于虹菊的电话销售，毕竟于虹菊刻意绕开了最让她感到尴尬的年龄问题。刚才听于虹菊说她手里有男孩资源的时候，她忍不住多问了一句他们是否离异过。显然，她早已经对在自己这个年纪还能找到一个大龄未婚的单身男人，完全不抱什么希望了。而于虹菊的话让她又略微找到了一点自信，哪怕那句话充满了恭维与虚伪。

接下来的日子，于虹菊始终保持着每隔两三天就在中午给刘小夏发几个消息的频率，来攻破她的心理防线。刘小夏倒也还是以往的样子，不卑不亢很客气地回复她最官方的那句："有时间就过去。"

其实，本质上刘小夏还是逃避相亲的。之所以逃到了北京，还不是因为万人如海一身藏。在北京，没多少人关心她的故事、她的过去。在北京，刘小夏可以隐藏自己，获得自己想要的安全感。在北京，除了关越越和林雨这些同事知道她是单身外，并没有哪个人真正那么关心她的婚姻状况。

春天的时候，北京的风总是很大。大风一吹，散落一地的全都是破碎的梦，哪有心思去想那些远在天边遥不可及的事。在北京，随着认识的人越来越多，她反倒觉得越来越孤独。于虹菊发来的微信都很温情，下雨带伞，降温加衣，温暖得就如家人一般，让人有种错觉，好像于虹菊不是姐姐也胜似姐姐。这样知心体贴的姐姐，刘小夏又怎么好意思一次次地拒绝？

一个周五的中午，于虹菊再次打来了电话，问刘小夏最近工作是不是还那么忙，不忙的话不如晚上下班就过来。

"有个男孩挺适合你的，比你大两岁，硕士学历，北京本地人，父母都是知识分子，肯定是那种特别好相处的家庭。他工作也很稳定，在银行做管理层，没有不良嗜好，平时就喜欢安静地看看书喝喝茶。你要不要见见？"

Chapter 40

媒人和房产中介其实是一样一样的

刘小夏终于同意亲自去“金玉良缘”门店，体验一下于虹菊所说的“亲人般”的服务。周五的傍晚刚过六点，她换了条看着相对更女人味一些的裙子，本来还想着要不要再好好化一个妆，因为时间来不及就只涂了豆沙色的口红。不注意根本看不出来，她其实也算“化了妆”。

走到门店的前台，很快就过来一个满脸堆笑的“红娘”接待了她。

“你是于老师？”

“你是刘小夏吧？于老师特意跟我提到你了，所以我就赶紧出来接你了。”

“谢谢，于老师这会儿不在？”

“妹子，这会儿吧，于老师挺忙的，她正在里屋开会呢。要不你等会儿？”

“那好吧，我不着急。”

“刚下班就过来了？一定还没吃饭呢吧？”话还没说完，李萍就递过来几块小面包类的零食，塞到了刘小夏的手里。果然是“亲人般”的服务，只是李萍的假笑让人看了不那么舒服。

“我叫李萍，你叫我萍姐就可以了。于老师刚才还跟我说，你和我算半个老乡，我一见到你就特亲切，也特喜欢你。你果然像于老师说的那样，是个看着就很适合娶回家的那种姑娘啊。”

“谢谢，您过奖了。”

“咱俩这算是他乡遇故知，在北京都挺不容易的，我可就拿你当妹妹了哈。来，跟姐聊聊为什么还单身呢？是因为太挑剔了，还是感情受过伤？你先来填一下资料，我们这边先根据你的实际信息登记一下，这样也证明你的态度是严肃的，所有来我们店的人也都是这样做的。”

李萍的这一系列话术显然是经过训练的，刘小夏隐约觉得有点不对劲，但还是耐心地接下了李萍递来的表格。那表格的内容和样式她很熟悉，之前在“有你真好”的时候，她也设计过类似这样的表格。只是明显的，北京的“婚介所”在做个人资料登记的时候项目种类更加繁多。以前在网上刘小夏就知道，北京大爷大妈去相亲角给子女找对象存在着鄙视链：本地人＞外地人，城六区有房子的＞郊区有房子的＞没房子的，女博士和属羊的在鄙视链最底端。

胡乱填完了表格，刘小夏有些好奇李萍究竟要怎么开始表演了。她也想看看，北京的“同行”又是怎样忽悠恨嫁的大龄单身女人从包里掏出钱来的。

李萍语速一直是温和平静的，她耐心地询问刘小夏为什么要来相亲，以前大致的恋爱史和基本经历，美其名曰为了更好地了解她，以便寻找最合适和匹配她的对象。刘小夏随口说了点半真半假的经历，说自己谈了段比较受伤的恋爱，分手后就来北京了，一切说得如此轻描淡写，李萍听完反倒蒙了。

眼前这个看似漫不经心、不慌不忙的姑娘，真的没有对象？

李萍虽然有些怀疑，可还是向刘小夏做了思想动员，并有意无意提她手中的“资源”。

“妹子啊，你也知道你现在这个年纪在老家已经不小了，若不是来了北京，你嫁出去的机会基本上都很渺茫。我有个弟弟，大学刚毕业两年就结婚了，现在孩子都挺大了。大龄产妇可是有生命危险的，你想想，恋爱要谈个一年半载，再到结婚、怀孕，里外里就是两年。你来年就三十二岁了，卡在三十五岁的这个标准里多危险？就算你家人不催你，你自己也得对自己的身体负责啊。年纪大了代谢慢，自然就不好恢复，你想，走形后的身材再要减回姑娘时候就不容易了。”说完这句，她还有意无意地看了看刘小夏，露出担忧的目光。

“我说得没错吧，妹妹？我看你身材还挺不错的，平时肯定也挺注意自己个人形象的吧？我也是过来人了，在这儿也绝不是对你危言耸听。你要是趁年轻把孩子生了，不但精力充沛还不耽误工作。我以前有个同事，刚生完孩子落下一身病，经常请病假，后来就不得不辞职了。所以说，结婚生育对女人来说就是一个坎儿，你过去了，皆大欢喜，过不去，很多事都得跟着耽误啊……”

刘小夏这样的话以前也没少听，她何尝不知道晚婚晚育的后果有些是不可逆的。但事已至此，她曾经想顺其自然，却被给予无情痛击。李萍这些话也许在对待别人的时候还起点作用，但对于现在的刘小夏来说，真是对牛弹琴。

“姐姐我手里有几个不错的男孩资源，要不你先看看照片？”李萍从手机里翻出几张照片，一边翻着一边介绍，“这个男孩子长得帅吧？他就一直跟我说，想找个懂生活又知书达理的。我觉得你是最佳人选啊！他现在在北京已经买房了，虽然要还房贷但工作特别稳定，而且他说过最喜欢上进的女孩子。听你说自己也在创业，是吧？那就再好不过了，他很希望女人有自己的事业。我的意思是，他可能还会为你做出一点物质上的支持。你懂的。”

李萍看刘小夏还是没有什么反应，就又换了一张男孩的照片。

“要是不喜欢，那就看看这个。这个男孩子也很不错的，长得很朴实，在国企工作，做产品检验工程师。他就是很典型的经济适用男，没有刚才的那位那么帅，但胜在气质。我觉得你既然是在感情上受到过伤害，一定希望有个人来温暖你，对不对？这个男生就是这种暖男的类型。我去他家做过实地调研哟，他家特别干净，一看就是平时生活习惯特别好的那种，你知道我们去男孩家调研都是突击检查，事先都没有打过招呼的。所以能保持到那种程度真的都让我惊讶。而且他说他特别喜欢做饭，你要是和他在一起一定会很幸福的哟。”

李萍在介绍男孩子的时候，语气和房屋中介差不多，让刘小夏有点出戏。她忽然想起刚来北京租房的时候，其中一个房屋中介也是像这样把房子吹得天花乱坠，可实际上带她去看的房子和网上的图片简直天壤之别。一个厕所旁的储物间不到五平方米，都能被中介当成是舒适次卧拿来出租，说好有空调的，结果实地看了连窗户都没有。整个房间里散发着腐败的气息，压根儿就不通风！

“看这些男孩需要怎么约？您给我安排，还是说要交钱之后再安排？”刘小夏打断了李萍的话。

“这个吧，你也知道，像你这个年纪，薪资水平也一般，你应该可以理解，我们的会员都是万元起的，尤其你还过了三十岁……”

“就是说，还是交了钱才能见面，对吧？”

“你这么说就没意思了啊，我也是为了你好。最近月底刚好有活动，能给你省上一部分钱。婚姻这种事不是小事，对不对？几万块钱买到一生幸福，还是划算的。我看你和我是老乡，就和你实话实说了。在老家，你估计结不上婚了，运气好点的话也许能遇到个离异不带小孩的，运气不好的……呵呵。”

李萍忽然变了脸，她本来觉得刘小夏不过就是有点犹豫，这样的客户她也见过不少，只要扎到对方内心的最深处，就能立马激怒她。

“我们这儿至少能给你保证见面质量，不然就凭你自己，在这偌大的北京想要遇见像我刚才说的那种条件的男人，再过十年你都遇不上。何况再过十年，你就四十了，到时候可能就真生不出孩子了……”

刘小夏淡淡地一笑：“那我就再考虑考虑哈。”

“考虑的时间也不能太长，离月底就还有一天了。明天以后，价格可就涨回去了……”

“我知道，您看今天已经这么晚了，您还因为我没有按时下班，我这也挺过意不去的。这事让我再想想，有机会咱们再联系？”

“你要是金钱上周转不开，我们这儿有多种方式的。你有没有蚂蚁花呗？可以先用它来分期的。”

“不用，这也不是钱的事，就是我想先回家想想，再和父母商量商量，看看到底要不要选择相亲这种方式。不管怎么样，今天都谢谢你。”

李萍还想再说什么，但话到嘴边又咽下去了。她觉得，也许刘小夏还真是有对象故意来玩的。想到白费了半天工夫就有点生气，她走到门口也没再说送一下，就看着刘小夏坐电梯下去了。

“一看就是个穷命，卡里估计连一万块钱都没有，还想来北京找对象？回去得好好和于虹菊说一下。”李萍觉得自己这次真是看走眼了。

Chapter 41

“㞞”字的意思是遵从自己的内心

从“金玉良缘”出来天已经全黑了，刘小夏难得在地铁里抢到了一个座位，没一会儿就迷迷糊糊靠在椅背上睡着了。她忘记有多久没有在车里这样睡着过了，尤其是在北京。

这个城市没有办法给她安全感，就如同她多次一个人买夜间卧铺的火车票，在周围开始鼾声四起时，也完全不敢睡得太实。这一次，她是真的太累了。好不容易有了座位的她，伴着地铁不断前行的轰鸣声，稀里糊涂地在梦里不知不觉绕了北京一大圈。

人生有时候有可以兜兜转转又回来的机会，而有时则没有。因为睡过头，错过了要下的站，只好又回到上车的起点，看似好像什么都没有改变，可是时间却真真切切地过去了，就像她也已经不再是二十几岁一样。本来她是想趁着周末随处逛逛，可睡到了这个时间也只好回家，连饭也不想做。

她无论如何也想不到，从前一个愿意钻进厨房治愈心灵的人，来到北京后竟然完全不想做饭。一来，她一个人住本来饭量就不大，做多了无人分享；二来，每天忙碌的工作让她回到家里只想躺在床上马上睡觉，别说做饭，就是洗漱都要打起精神。而还有一个原因是刘小夏没有想到的，那就是她好像失去了一种生活乐趣。刚来北京的第一个月，她还信心满满觉得没事的时候自己做做饭是件开心的事，尽量少在外面吃，也几乎拒绝外卖。可两个月过后，厨房的锅落了厚厚的一层灰，米还剩下大半袋，只有周末偶尔会自己熬个粥。

而进入这个月，变得更忙的她已经不得不向外卖妥协了。她开始理解苏莫北的冷锅冷灶，也开始明白他为什么那么排斥外卖。因为一旦开始外卖的懒惰生涯，真的连出门吃个饭的心情和动机都没有了。

这天，她刚一推门还没来得及开灯，就隐约看见地上爬着几个黑乎乎的东西，发出唰唰的声响。巨型蟑螂，还是什么变了异的虫子？她尖叫着飞快开了灯，才发现原来是隔壁土拨鼠因为想做“麻小”在水缸里养的小龙虾。这些耀武扬威的家伙挥动着大钳子在客厅里傲慢地散着步，爬得稍快一些的已经进入卫生间，厨房自然早就下不去脚了。凡是公共区域，龙虾已经随处可见，可想而知，倘若不是锁了自己房间的门，估计现在连她的床上都有可能爬满了这玩意儿。

“真想把他们立马煮了吃了，谁让土拨鼠没有好好看好他们。”刘小夏在微信群里咬牙切齿地和林雨、关越越吐槽，可事实上她还是用筷子一个个把那些龙虾夹回了水缸里，盖上了盖子，礼貌地给土拨鼠发消息：“你家的龙虾跑出来了，我怕他们爬出来暂时先盖了一个盖子，希望你能尽快把它们处理掉。”

刘小夏和土拨鼠这样客气，但土拨鼠却向来和刘小夏不见外。什么东西但凡被放进公用的冰箱，被吃掉的概率几乎就是百分之百。有时候，刘小夏刻意在群里用漫不经心的语气问：“是不是哪个小伙伴不小

心拿错了我的荔枝 / 西红柿 / 酸奶 / 可乐 / 苏打水……”最后，总是土拨鼠回一句：“不好意思，我本来想着先借一下的，忘记还回去了。”

“你可真㞞啊！他这样的行为和偷有什么区别！”

关越越说，像他这样的室友就应该用“偷”这样的字眼刺激一下。

“都在一个屋檐下住着，谁好意思说得那么过分呢？”

“那他就能好意思吃得下去，心也是真够大的。”

“谁让我一个人住呢？至少他和他女朋友两个人，看着更有战斗力一些。”

“哎，在北京合租谁还没有遇到过几个奇葩？”

林雨忽然想起她也有这样一个奇怪的室友，那个女孩据说在某个广告公司做 HR，每次去卫生间洗漱都只拿一个比香皂还小的盒子，一进去就是一个小时。眼看着上班就快要迟到了，你越是敲门，她就越是躲在里面不出来，还发出很奇怪的声音。平时那室友就直接把收到的快递全部堆在门口，吃过的外卖盒子也都堆着，夏天隔着门都能闻到一股恶臭。

有时候好久都没有见到她，林雨还总是担心这个室友是否发生了什么不测，死在了房间里。就是这样的室友，居然还在朋友圈发什么岁月静好、现世安稳的话，不知道的还以为她是个多么美好的女孩子。

说完，林雨在群里发来一张室友房门口照片，隔着门缝也能看到里面到处堆着纸团之类根本看不出是什么的垃圾，完全已经看不出床和垃圾之间还有多少距离。林雨的照片实力验证了一个女人可以邋遢到什么地步，真想象不出她每天睡觉的时候是直接睡在垃圾上，还是从垃圾堆里扒拉出一张床的位置躺上去。

关越越说：“什么时候我们才能告别这种和别人合租的日子呢？我们可是有公司的人啊！”

可话虽然这样说，三个人过去了一个月却始终没开张。不知道为什么，好像谢菲菲知道了点什么似的。在三个人联合开公司的第一个星期，就开始频繁地给三个人的工作量都提升了一个档次。

开一个公司，真的比想象中难多了。苏莫北提醒刘小夏的话，没有哪句是错的，只是不好听。也许只有男人才是可以冷静到冷血的动物，女人的感性思维救不活一个创业项目。

关于创业，刘小夏在苏莫北面前就是个菜鸟，而且是眼睁睁看着会垮掉的那种。如果他们还和以前一样，什么都没有发生过，或许还能把创业这件事当作是一个话题好好聊聊。然而，苏莫北最近却刻意冷淡疏远刘小夏到了几近残忍的地步。

“或许他有女朋友了。对，一定是这样。”刘小夏想偷偷从他的微博或公众号里找出些痕迹，却一无所获。好像真有那么一个女人，又好像没有。总之，他的头像和背景图都还是几年前的那一张，冷冷的蓝色与黑色调。

她想感谢他，这种感谢看起来好像毫无道理。或者是苏莫北激发了她来北京的动力，也或者是苏莫北让她知道自己心里还有尚未完成的事要去做。总之，她是真的想要感谢他，尽管这样看起来像是对他产生了某种奇异的感情而念念不忘了一样。也尽管，苏莫北并不需要这样的感谢。

刘小夏有时觉得自己在犯贱，如果他真的有了女朋友，那她这样和第三者有什么区别呢？她甚至觉得，自己拥有这样的想法都很可怕。

苏莫北的生日到了，是一个周末。刘小夏想要送他一件特别的礼物，这个礼物最好不要带有任何会让人误会的意义，看起来就是一个普通到不能再普通的朋友送的。显然，这太难了。

在这个时候她才发现，她似乎对他一无所知。就像去年夏天在小旅馆里，她望着他那滚烫的眼神说的那句话一样。对，她似乎只知道他的名字和他在北京这两件事。眼前恍然出现了苏莫北那时看着她的那种有些玩世不恭的笑容。

做了无数次心理建设，在苏莫北过生日的这个周末清晨，刘小夏还是带上那本从外文书店买来的英文原版《教父》，走进了比平时空旷很多的地铁，预计不算换乘也要将近两个小时。

书的包装并没有拆，是由王府井书店的店员用最原始的绳结捆扎的，书页间散发的油墨香很好闻。本来她想好好包装一下的，后来又觉得那毫无用处。她似乎又想起他那冷冷的语气，有什么意义呢？

今天的她并没有刻意打扮，穿上平时最习惯的那件衣服，把头发最高处的碎发挽起来扎了个丸子，其余的披散开来。或许还会有人以为，这样的她还只是个刚毕业没多久的大学生。她为自己竟然还会有这种想法，而略微觉得有些可笑。

能见到苏莫北吗？她不确定。其实她也只是想把东西送到，并不是真的要见到他本人的，可她还是去了。如果见不到，应该就可以让自己彻底死心了吧。她被自己的这个想法又吓了一跳。她不应该早就死心的吗？她觉得自己有时候挺㞞的，可㞞这个字不就是告诉她要遵从自己的内心吗？她决定㞞一回。

Chapter 42

喜欢这件事，与你无关

这是刘小夏第二次来到苏莫北家附近的地铁站，不到半年，周围已经起了几栋高楼。冬天时破败的景象并没有稍微改观，这里依旧像个朴实又荒凉的村子。凭着记忆，她找到了苏莫北家小区的位置。原来电动车几分钟的路，走过去也不过就是十几分钟。

周末的早上，大部分人可能都还没真正起床。十点十五分，她看了看表，犹豫着要不要在快到楼下的时候打个电话。绕了一圈，长得一模一样的建筑让她完全不记得苏莫北具体是住哪栋楼。这时候她才觉得自己实在荒唐，她在做什么？毕竟她不是他的女朋友，她的身份尴尬到根本完全没有找上门的理由，现在别说敲门，就是连看一眼的勇气都没有。

可是，她花了将近两个小时，就是为了来这里看一眼他家楼下吗？她深吸了一口气，拨了电话。

“喂，是我。”

“嗯，怎么了？”

“我在你家附近，想给你点东西。你在家吗？”

“不在。你跑这么远干吗？折腾。”

“真不在？”

“真不在，我出去玩了。”

“好，那我放你家楼下快递代收点好了。”

“你跑这么远折腾什么？”

“你去哪儿玩了？”

“就出去玩了，一时回不来。”

“哦，那快点说该放在哪儿。我还有别的事，一会儿就离开了。”

“你为什么要折腾？”

“没有意义，是吗？”

“对，没有意义。我现在挺忙的。”

“好啊，那你忙。放完东西我就走。”

“行吧，你放在那个小超市就可以了。我会去取的。”

“好。生日快乐。”

“嗯。”

苏莫北挂了电话，心情有些复杂。没想到今年的生日刘小夏终于记住了，并且还亲自过来说要送点什么给他。她是真的想见到他的吧。然而，他却硬是假装自己没心没肺似的无所谓。还能怎么样？见面了就能冰释前嫌，当作所有的事都没发生过，还是再一次把她拖到床上？他可没有把握，这一次是不是就能忍住，什么都不会发生了。

刘小夏猜得没错，这么一大早，苏莫北根本不会走太远，说出去玩了也可能就是一种借口。反正他早已习惯在她面前撒谎，装作玩世不恭无所谓的态度了。他就是单纯地不想见她，或者说不敢见她了。

苏莫北在刚挂掉电话的这一秒，挣扎着要不要去超市看看刘小夏到底给他送了什么，可又怕这个时候刘小夏还没有走。

他猜得也没错，刘小夏确实在小区里待了很久，才走到苏莫北说的那个超市。她想了半天，不知道怎么开口把东西留在那个超市里。尤其，超市里的老板是个黑着脸的大叔，冷冷地看着她不想买东西还欲言又止的样子。

“我能把东西放在您这儿吗？待会儿会有人过来取。”

“什么东西？”

“一本书。”

“哦，你找个袋子包好它。”

“我能在您这儿买一个袋子吗？”

“你自己随便找一个就好了，拿一支笔把名字和电话写上。”超市大叔全程黑脸，他完全搞不懂这年头怎么还会有这种操作。要么寄快递，要么亲自见面送给他。既然有电话也有地址，为什么还要把东西留在他这个小破超市里。这姑娘可能是被男人甩了吧？或者，在追求他们这栋楼里的某个男生？

他在刘小夏走后看了看那张纸条，写着两行很清秀的字：“苏莫北，电话 180……”没有一句多余的废话。

“真是搞不懂现在的年轻人哟……”

其实那本书里什么都没有留，哪怕是一封信或者几个字，干干净净就是本来的样子。也许多年后，苏莫北自己都不会记得当初是怎样获得这么一本书的。可这本书，大概是她能想到的最合适苏莫北的礼物了。

十几岁时的苏莫北第一次看到《教父》这个电影，就被老教父的睿智和小教父的果断所折服。《教父》被称作是男人的圣经，教会了男人果断、理智、冷静、有责任感又珍惜家庭。但对刘小夏来说，这样一个黑帮直男电影她起先是不太感冒的，她不太赞同那句“我花费了一辈子就学会了小心，女人和小孩能粗心大意，但是男人不能”。女人也不能粗心大意，这世上但凡有了粗心大意，之后的代价就得有人负责。

大学时候的苏莫北曾很努力地学英语，并也曾天真地想过能否有机会出国看看这个世界，西方国家的部分理念他认可并向往。可现实总是如此残忍，最终徒留下对英语学习的热情。刘小夏不知道他是否还保留着这份热情，她只是想通过这本英文原版《教父》告诉他，从前的那个他、他曾经的那些喜好，其实她一直都记得。然而，就算记得又如何？他也许早已不是原来的他，或者就算没怎么变化，却也不再完全是从前的那个他了。

做完了这件事，刘小夏原路返回，又用了一个多小时才回到了家。她知道来回三个小时的路程，都可以从上海到杭州了。这种穿越大半个北京的做法，以后应该不会再有了。

她越是靠近，他越要背过脸。即使两个人都在这同一个城市，又如何？就算地铁有无数条线路可以通向他，他还是狠狠地，用他的方式推开了她。也因为他的刻意推开，让她觉得通向他的路似乎从四面八方被阻隔了。男女之间可能有纯粹的友谊吗？原来真的没有。

她把这件事告诉了网友孤狼，孤狼有些惊讶。

“你就这么爱他？”

“你不懂的，我对他也许不是爱，是一种感激。”

“男人哪懂得你说的那种感激。对他来说，你的这种表达就是爱，还是一种毫无意义又不值得一提的幼稚的爱。没意思的。”

刘小夏关掉了和孤狼的对话框，自己静静地想了一会儿。也许孤狼说得没错，在苏莫北看来，她这种示好就是一种毫无意义的纠缠。她有点看不起自己了，来北京这么久，她头一次感觉到悲观和沮丧。这让她回忆起自己刚来北京时的那些冲动与信誓旦旦，看起来都更像是对苏莫北的期待。

她不愿意承认自己这种动机，因为她本来分明认为自己来北京的目的完全就是单纯的，和苏莫北也是没有多大关系的。可被苏莫北的拒绝一打击，她自己反倒开始困惑了。

没有几个人真正知道，她刘小夏来北京是为了什么。她和一些人说过，是为了来北京赚钱。

她也说过，人越是安逸就越容易堕落。在D城，她确实可以过得相对安逸，每天朝九晚五，周末和朋友喝喝茶聊聊天，但这样安逸的生活一辈子有什么意思？她不甘心就那样下去，她还没到三十五岁啊，为什么就要把自己埋进安逸的坟墓里去？

她还和一些人说过，没有为什么，她就是喜欢北京。王原野当初在问她更喜欢D城还是北京的时候，她也是这样说的。在人生的三十岁，她还敢来北京，就是一件日后讲起来值得骄傲的事。她骨子里就是不想安逸的，就是想折腾的。所以她还需要和苏莫北解释什么呢？为什么，就没人相信其实她来北京，更多时候只是因为自己真的喜欢北京。

随他去吧，就算让他觉得她很爱他，想要纠缠他，也无所谓。她只是想这样做而已，没有为什么。想到这里她踏实了，像放下一块石头那般如释重负。

Chapter 43

在北京，你得随时接受离别

林雨还是辞职了，哪怕在谢菲菲多次挽留之下还是很坚决。林雨辞职的那天，关越越和刘小夏找了个像样的饭店还特意庆祝了一下。

大家心知肚明，林雨的离开从某种意义上意味着，她们三个人的小公司也无法再像从前那样随时可以有商有量了。换句话说，可能这个一时头脑发热的创业决定也要冷静下来了。可在北京，刘小夏开始习惯了，人与人之间的聚散离合也就是一个念头的事。

上个月，心飞扬公司的杨培月团队也解散了。在此之前，他们刚刚拍了一组特别漂亮的团队写真。吕西川继续跟着杨培月开拓新市场，而赵海涛则彻底离开，他说他自己早就不想干了。熙熙攘攘的办公室因为他们的离开显得颇为冷清。

这就是北京，和你一起联合办公的隔壁同事总是说不见就不见了。有的也许是融资壮大后搬进了更漂亮的写字楼，有的可能就是因为经营不善宣布破产。职场上的聚聚散散时有发生，昨天还和你一起分享着零食的人，转眼就消失在人海，连句后会有期都可能忘了说。

也就在上个星期，土拨鼠和他爱歇斯底里哭号的女朋友搬走了，连同他们一块搬走的还有一只虎斑猫。那只猫经常在刘小夏偶尔开门时跑到屋里和她讨些吃的，或者什么都不做，只跳上阳台趴在那里晒太阳。刘小夏为此还特意找了个垫子给它，让它更舒服一些。可那只虎斑猫却偏偏更喜欢纸箱子，于是，刘小夏从床底下拿出一只最适合猫的身材大小的纸箱子放在阳台，等着它随时光临。

土拨鼠刚搬走的时候，刘小夏经常望着阳台的空箱子发呆。那种伤感淡淡的，原来和什么相处久了都会有感情的。她发现少了吐槽的对象也少了很多乐趣，虽然再也没有人偷拿她冰箱里放着的水果与汽水，再也不必听到他们之间的争吵与“为爱鼓掌”的声音了，但同时也再没有人在朋友圈里互相调侃那些曾在客厅里散步的小龙虾，以及随时可能在午夜闻到的炒饭香味。那是一种年轻人的活色生香，他们争吵、和好、哭泣、大笑，还有周末在客厅的火锅聚餐都变成了一种记忆，过去了就是过去了。

很快，不到一周的时间，隔壁又搬来了一对情侣。搬来后，他们没有一个人来和刘小夏打过招呼，当然也几乎不吵架，关门时轻手轻脚。他们很少下厨房，也很少出现在公共区域，安静极了。

这就是北京，合租同居的小情侣或许下一秒一言不合就拉黑删除相忘于江湖，前东家也没有任何恩情，这一天你提出离职，下一天就要被断掉保险，投入疯狂的面试。一个辛苦布置的临时小窝，极有可能会因为工作而不得不含泪告别它。所以，这里真是更适合冷血又洒脱无情的人。

林雨经常这样劝刘小夏：“在北京，你一定得学会随时告别，随时接受新的人和事，所以不要看得太重，也无须那么走心和伤心。过好现在就够了，别问什么明天和以后。今朝有酒今朝醉，想吃点什么就吃点什么，想做什么就马上去做。明天以什么姿态活着还是个未知数呢，干吗要想那么多！”

林雨辞职后没多久，新佳人的商务对接合作工作停滞了一大半。可谢菲菲认为这不过是暂时的，一个林雨走了算什么，将来融资了肯定还会有更好的员工加入。想到这儿，她信心满满地又去多谈了几个融资方。

在融资这件事上，她想得过于乐观。也就是这两年，很多情感博主在网上也不过是写写恋爱技巧，就融到资了。

和谢菲菲一起开始创业的许欣然，当初不过就是开了个公众号教女孩子们怎么不动声色地把小哥哥收入囊中，半年多的时间就吸引来了几百万粉丝，前几天刚刚融资了五千万，成为一匹黑马在知识付费业大放异彩。谢菲菲虽然心里不服，表面上却还是大大方方送上了祝福。

就为这气不过的融资五千万，谢菲菲暗自把许欣然当作了模仿对象，从策划选题到文案标题、图文包装无一例外地换成了“许欣然风”。宣传海报的色调也从之前她最为偏爱的“乡村名媛土粉色”换成了“性感撩人魅惑紫”，这个改变连最不敏感的平面设计师关越越都惊呼不妙。

“老板最近是有点矫枉过正了吧？我都换了好几次风格了，她还是不满意，说要更撩人一点，更性感一点。到底什么叫撩人性感呢？”

“就是看了觉得很‘那个’的意思吧？”王原野一脸荡漾地看着关越越，一切尽在不言中的“那个”让刘小夏忍不住想笑。

关越越努力了一个下午，终于做了一张性感撩人、十分“那个”的海报，这次谢菲菲很满意。最终版海报发到工作群里时，刘小夏和王原野差点把嘴里的水全喷出来。

那紫红色的背景乍一看，不知道的人还以为是性保健品的广告。

图片上的欧美男女都裸着上半身，女人手里拿着皮鞭之类的东西冲男人邪魅一笑，果然性感得不要不要的。海报标题则更是露骨到让人咋舌：“爱情三十六计，做能驯服他的女人。”

“再这样下去，以后我的作品是不是都得参照杜蕾斯或者杰士邦了？”关越越悄悄对刘小夏说。

“那我以后起的标题怕是也要走这个路线了呢。赶紧给我发几篇小黄文，让我好好恶补一下。”

“哎哟喂，你还用恶补，照着平时那些三俗公众号随便抄抄不就好了？老板现在显然不是看你的文笔有多优美流畅，观点有多犀利鲜明，只要能赚到钱、吸引到流量和眼球就行。以后你也别费劲了，来点小荤段子，再配些露骨的插图和看着就让人想入非非的标题，保准老板喜欢。”

“对，新佳人是什么？”

“赚钱最重要啊！”关越越和刘小夏异口同声地用谢菲菲的语调又重复了一遍这句话，引得王原野莫名其妙。

为了尽快融到资，谢菲菲开始鼓动公司集体搬到环境看起来更高大上的地方——中关村。许子晴听到这个消息最为兴奋，毕竟那里离家更近，也不用天天花两个多小时在路上了。王原野也开始动员刘小夏：“搬到那边挺好的！没事还可以去奥林匹克森林公园跑跑步，去北大看看‘小奶狗’。”

“那我为什么一开始来北京找的第一份工作就不去中关村呢？就是不太想去那边啊！”

“为什么？”

“因为中关村和我八字不合！”刘小夏没有详细说她不想搬去中关村的原因。中关村于她，其实也早已经不是什么禁忌了。

自从苏莫北拒绝见她之后，她并没有再刻意想起他来。微信里，他们的对话也一直停留在苏莫北那句简单的“谢谢你的书”。其实他本可以连这句话都不发的，可犹豫了两天他还是说了。

有人说，爱情本来并不复杂，来来去去不过三个字，不是“我爱你”“我恨你”，便是“算了吧”“你好吗”“对不起”。

苏莫北不承认这是段爱情，可他们之间却好像说了好多“对不起”和“谢谢”。刘小夏对搬到中关村办公的态度一直不置可否，相比较之下关越越则强硬很多，就是不想去，没有为什么！这样僵持着耗了一个星期，终于还是在一个周五的下午，由谢菲菲发出了最后搬离通知。

“如果不去，那这个月的保险谁给我交？连面试的时间都不给我，她谢菲菲真不是个东西。”

“那就去吧，先坚持一段时间再说。我们和老板说要求弹性工作时间就好了。”

“那也只能这样。”

关越越和刘小夏在背后骂了谢菲菲一百零八遍后，还是平静地接受了暂时搬去中关村以待融资通过的事实。

谢菲菲依旧不忘画饼充饥：“等我们融资成功有了钱，给你们发奖金！中关村肯定不是长久之计，我们到时候就杀回国贸来！”

其实，新佳人的搬离除了因为融资，更紧迫的原因是租期已到，楼下因为架设了更先进的刷卡系统，物业费上涨了一个档次，公司不再能够承担得起高昂的租金，只好搬离。这个原因谢菲菲才不会让员工们知道，她最近寝食难安，创业的艰辛果然不是一般女人能承受的。她开始后悔，当初怎么就投身了创业这片红海里，还自以为当个有“事业”的女强人一定会很酷。看来她想错了，创业只是个看起来很美的事。如果公司只有一个人，放弃了也就算了，可她现在有合伙人，还有为数不多的员工，怎么能说放弃就放弃？

Chapter 44

错过的就让它错过吧

去中关村上班的第一天，刘小夏就开始犯困，办公环境纵然“高大上”了很多，可对她们来说其实毫无用处。谢菲菲为了融资成功，每天都要开一次动员会，动员大家在关键时刻都要打起精神，坚持过这段最艰苦的日子就一定会迎来曙光。

因为公司离家太远，以前养成的去了公司才吃早饭的习惯，被迫改成了进地铁前就吃掉，自然地，起床时间也跟着提前了很多。睡眠不足的情况下，工作效率也直线下降。但谢菲菲安慰众人说：“只要公司融资成功，一切都只是暂时的。”

在这栋看着十分“高大上”的办公楼一层大厅，存在着一个同周围风格完全不搭的乡土气息十分浓郁的小卖部。那里陈设商品的方式和每一个三四线小城高速公路休息站附近的小商店没什么两样。更让人生气的是，价格设置得也十分不合理，简直令人怀疑进到了旅游景点。老板爱买不买的态度让关越越想要发火，刘小夏劝她还是不要这么冲动。

“这里本来就是个人傻钱多的地方，中关村遍地都可能是月薪五万的程序员，一袋很普通的牛奶卖个十块钱都不算贵。对他们来说，时间才是金钱，有走出去的时间都能写好几行代码了不是？”

刘小夏说得没错，楼下小卖部只是冰山一角，出去吃饭和周围外卖的价格才叫人真的心疼。且不说周围免配送费的商家很少这个不争的事实，连选择的种类都特别有限。好不容易马马虎虎订了一餐，拿到手里的便当像是在机器猫的缩小灯下照过一般，明明图片上看着挺多，颜色和味道应该也不会差，结果吃到嘴里如此寡淡，让人想起久违的大学食堂。

“新佳人现在搞成这样，我也不想干了，尤其是没有林雨在，连吃盒饭吐槽的环节都不那么有滋味了。”

“为了外卖不好吃这样的理由就要离职？ 90 后果然离职的时候很任性啊。”

“岂止是外卖？我压根就不喜欢中关村，你看咱们拿着顺义的工资，吃着海淀的外卖，每天在路上耗费将近四个小时，到底是图啥？她谢菲菲是为了创业的远大理想，我们又为了啥？”

“那你为什么不自己一个人待在国贸或者马上炒了谢菲菲？”

“这不是怕你一个人留在这里孤单吗？”

“哎哟喂，你这么有良心呢？”

“哎哟喂，说的是啊。哈哈，其实是因为我怕没人给我交保险。在北京，就保险这玩意儿断了麻烦，我还想要将来买车买房走向人生巅峰呢，怎么能因为这点小事就影响了我的进京大计。”

关越越说得没错，她来北京也才两年多就体会到了北京保险和北京户口有多重要。关越越男朋友有一辆河北牌照的代步车，每周光是办进京证都让人十分闹心，更不用说将来还想着结婚、买房、孩子上学，这些哪一个不需要连续五年甚至七年的社保？但凡断了一次就前功尽弃，想补都补不了。这是关越越这类看起来很洒脱对什么都无所谓的90后年轻人的无奈，也是很多北漂的痛。很多人不知道回家后北京的社保还有什么用，在全国社保暂时还无法统一的大局面下，相信如果不是北京这个城市实在伤害了北漂们的心，他们一时也只会因为“不能断社保”而努力地尽快寻找下一份工作，尽量留在北京。

刘小夏和关越越不一样，她其实反倒没有那么在意社保，她只是想要体验一下苏莫北曾待过的中关村到底是什么样子。

几年前，苏莫北刚来北京的时候曾经和刘小夏说过，如果她来了北京，最想带她去北大看看。从中关村到北大，确实不算远，如果骑自行车，几分钟也就到了。那时候，去北大看看成了他们之间的一个约定。

现在，苏莫北早就离开了中关村，刘小夏却来了。她来中关村的第一周周末，下班时间就想着要一个人去北大看看。

一路上，她越过了微软、新东方这些知名企业，看到那些朝气蓬勃的年轻人有说有笑地走过食宝街，有的捧着刚从路边买来的煎饼果子边走边吃，有的像是要去电影院看最新上映的电影。这些年轻人对未来还充满着无限憧憬，脸上是那么自信和阳光，这让刘小夏看着特别羡慕。她羡慕这些刚毕业就来北京奋斗的年轻人，如此乐观又积极地面对人生有可能出现的一切挫折或挑战，甚至磨难。

刘小夏就这么一路上边看着行人边走着，不知不觉就挪到北大门口，一个保安马上拦住了她。

“对不起，同学，请出示一下你的学生证。”

“不好意思，我是想来参观的。听说可以用身份证登记的，对吗？我这就给您……”

保安神情漠然，用手指了指旁边的牌子，好像刘小夏不识字一样，那上面写的是：谢绝参观。

“对不起，我们最近不开放对外参观了。如果你有需要，可以在官方网站进行预约，每天名额也很有限。”

有些扫兴地离开北大，刘小夏在朋友圈发了一句：“有时候真的是这样，不是所有的一切都会在原地一直等着你……”错过了就是错过了，没有参观成北大又变成了刘小夏在北京的一种新的遗憾。

这天晚上，她沮丧地回到出租屋，点开手机发现有一条来自她随意写过文章的打赏，上面的头像和署名分明是马晓军！

他这是又想用什么方式来羞辱我了吗？刘小夏恨恨地想。

马晓军，刘小夏的大学男朋友，也是她某种意义上的初恋。大学时，马晓军长得一表人才，却偏偏和刘小夏在一起了。马晓军身边的朋友都很不看好他们这对，加上刘小夏在大学时的性格简单粗暴，尤其在一众软妹子里显得十分出挑，加之不懂得以柔克刚，又不幸很快发现马晓军劈了腿。两个人在年轻的时候因为分手闹得满城风雨，互相伤害到差点刀兵相见。所以，当刘小夏发现在有生之年还能看到马晓军的留言和打赏，简直觉得是亲眼撞见了鬼。

“文章写得不错，小霞果然有才华呢！”这句评论让刘小夏火冒三丈：“这阴阳怪气的，还把我名字写错了，才打赏了五块钱，在这儿恶心谁呢？”

可毕竟早已过了二十几岁的年少轻狂，刘小夏平复了心情后还是回了他：“谢谢，如果能把我的名字写对了更好。”

马晓军倒是很意外，他不过就是最近生活上有点失意，和大学同学随便喝了顿酒，两个人聊起了大学生活顺便想到了刘小夏。酒过三巡有些糊涂和伤感，就想到去网上搜刘小夏的名字，谁知道居然还真找到了刘小夏写的文章，也就感慨万分地打了个赏。

分手后，他们差不多七年没有任何联系，隔着时光想起的也便只剩下过滤后的美好了。马晓军还是不能免俗地去问那三个字：“你好吗？”

刘小夏倒是回得爽快：“挺好的。”

“结婚了？”

“没有。”

“单身贵族呢？”

“哈哈。”

很明显，刘小夏不想再正面回答什么，马晓军也就只能尴尬地自问自答。想象中的热情和老友般的问候都没有。

刘小夏的回答都是冷冷的，礼貌又简单。

“你还记得我当初的梦想是什么吗？”马晓军忽然提起这件事，他其实有点茫然了。人一旦过了三十岁，感觉时间就过得越发快，好像用不了多久，就能到四十岁。他发现刘小夏并不关心他的婚姻状况，也不关心他的工作。

“你曾经的梦想不就是考公务员？现在你已经成功了。”

“所以，你现在做了你自己想要做的工作吗？”

“是吧，每天都很忙，也很晚才能到家。”

“你身体都还挺好的？”

“嗯，挺好。”

刘小夏本来想回他：“托你的福还没死。”后来觉得不妥，伸手还不打笑脸人。马晓军就算是之前做过多少又恶心又幼稚的事，也是过去的事了。时间真可怕啊，可以让人的感情变化莫测。马晓军那种若有似无的关心让刘小夏感慨起来。

“要早点睡，晚安。”马晓军在不知道还要再寒暄些什么后，只好用这个结尾。马晓军想，女人果然心狠，她应该是真的完全放下了吧。当年她刘小夏死活都不肯离开D城，如今却只身来了北京。这么多年到底发生了什么？她又经历了些什么？好多问题，他都想好好问问她，可很明显地，她已经不想回答他了。谢谢，她只说了谢谢。是谢谢他当年劈了腿，还是谢谢他现在和她主动说了话？

马晓军还是屏蔽了刘小夏的朋友圈，他不想让她看到他现在的生活。一个男人总以为自己曾经的前女友无论什么时候心还是属于自己的，可事实证明女人却往往真的不会那么想。

相见不如怀念，有些感情过去了就是过去了。

Chapter 45

有些事，平静接受就好了

新媒体编辑，在很多私企老板眼里其实是个很鸡肋的存在。最近，刘小夏在新佳人的位置已经由“跟网络有关的编辑”切换成了“多功能写字儿的”。这年头，一个人如果同时干不了两三个工种，在私企是根本生存不下去的。谢菲菲最近找刘小夏单独开了个会，主要就传达了两项精神：

一、自媒体可以放放，既然自己写不出“10 万 +”，别人还写不出吗？大不了觍着脸问人家要授权便是，不要非把重心放在一门心思闭门造车的创作里。想想如何投机取巧，做互联网，就要有互联网思维，流量的获取可以不择手段。

二、着重把工作重心放在情感问题的解决上，为此也必须要觍着脸去和不同类型的情感博主、情感“大 V”甚至专栏作家签约，努力劝说对方成为新佳人的独家授权作者。

这两点还没说完，刘小夏就已经有些头大。她知道什么事但凡和

KPI 挂了钩，一定不是好事。有人说，广告文案就是用文字的方式做销售，这一点她以前不太认可。如今她却不得不承认，没有营销思维的文案确实就像一个少了灵魂的人。

林雨离职后，新佳人并没有着急招兵买马，反倒是把重心全都放在了他们“转型”后的第一个项目——情感主播盒子的情感课上。盒子的经纪人亚亚，其实就是盒子的爱人，因为完全不懂 IP 炒作这一系列的概念，轻易就被谢菲菲和许子晴忽悠得云里雾里。

当听多了谢菲菲和许子晴张口闭口“我们有几十人的销售团队，我们的后台有多少万粉丝”这类夸大其词的话之后，时间长了，刘小夏和关越越都有种错觉，好像她们真的是一个拥有专业销售团队又所向披靡的公司。

投资人来到新佳人办公地点的那天，谢菲菲特意交代了很多注意事项，比如，如果投资人问起对未来的发展前景，一定要答得充满信心；问到对她本人的看法，一定要答：是一个有责任心、有冲劲又敢想敢做的创始人。这些事，她之前已经强调了不止一遍，就差没把标准答案打印下来强制每个人背诵了。然而，当王原野走进会议室接受访问的时候，还是出了纰漏。作为合伙人的王原野，居然对公司的账务完全不清楚，更别说具体的数字和每个项目的大致情况。

融资的失败变成了意料之中的事，谢菲菲把许子晴和王原野叫到楼下的咖啡店，开了个长会。关越越和刘小夏心照不宣：新佳人这艘船这次是真的要沉了，至少再也容不下她俩了。

那个会议结束之后，王原野果然在微信上给刘小夏发了表示抱歉的话：“很遗憾，我要离开新佳人了。感觉对你最抱歉，把你请到北京来，没想到是这个结局。”

“没关系，无论如何都很感谢王老师给了我一个合理的理由来到北京，是真的感谢。”刘小夏说得没错，她是真的感谢这个能合理说服自己来到北京的机会。未来的路还要不要在北京走下去她不知道，但她不后悔在北京的日子。

王原野和许子晴都要离开了，但新佳人却没有真的破产。谢菲菲很平静地告知刘小夏，中关村的办公地点也马上就要到期了，下一站也许会搬到望京，也许是不知名的某个小区，总之，新佳人未来还是挺需要她的，希望她考虑清楚了再决定。刘小夏没有犹豫，只思考了几秒钟就说出了离开，而这两个字她早就思考好了。她实在无法忍受，一个失去初心的企业为了追逐利益最终死相难看。

于是，就在这个云淡风轻的午后，她平静地接受了在北京经历的第一次，也是唯一一次人生中的被动失业。

在做工作交接时，刘小夏最后一次打开她的工作文档。不整理不知道，那些最近处理情感纠葛的产品文稿标题像极了《知音》和《故事会》，“流产”“小三”这样的字眼触目惊心，而有些选题甚至连十八线小城的妇女都不会看——“怎样让他为我花钱”“怎样让他一直宠爱我”“怎样让他说不出分手”……

幸好新佳人融资失败了，不然得祸害多少还未形成属于自己世界观的少女。刘小夏轻叹一口气，短短的一个月，她对中关村也有了感情。难吃的外卖，永远拥挤的食宝街，摩肩接踵的电梯间，走过微软时聚在楼下抽烟的傲慢白领，以及比 D 城贵上三倍的煎饼果子。

正式离开中关村的那天，天气很好，刘小夏拍下了那时那刻的天空，也在心里记住了这段假装自己是个高端白领的日子。

她习惯性地发消息给苏莫北，没有用“我失业了”这样楚楚可怜的字眼开头，而是问他如果是她，会做怎样的选择。一个小时过去了，两个小时过去了，四十八小时过去了……他没有回复她。

明明在这四十八小时里，他还发了一条朋友圈。刘小夏好想像从前一样拨个电话给他，于是翻通讯录找到他的电话，可停留在页面久久没敢拨出去。这年头除了卖保险和卖房子的，已经没有什么人还打电话了吧？

不知哪儿涌出来的一股冲动，她还是鬼使神差地拨了电话，在拨通他电话的那刻，居然还是有着那种心都快跳出来的紧张。刘小夏完全不知道前面等待她的会是什么。听筒里传来的是很传统的“嘀嘀嘀”的等待音，第一声响起，没接，第二声响起，还没接……是不是看到她的号码故意不接呢？嗯，如果不接，那真的就是不想接了。经历了这样短暂的思想斗争，刘小夏放下了电话，心也跟着沉了下去。

早就该知道是这样的结果，就和新佳人要破产一样，只是刘小夏不愿意去面对罢了，以为不正面面对，结果就不会砸下来，其实不过是自欺欺人而已。

在一段感情里，大家追求的到底是什么呢？她完全想不明白，是这种胆战心惊、想得得不到的自虐感？那去追星、去购物、去天天照镜子，不就行了吗？是互相理解、互相扶持的陪伴吗？那去养猫、去养狗、去交朋友，不就行了吗？

其实都不是，人原来是这么一种恶心的动物，想跟一个人上床结果上不了，于是很郁闷，然后把这样的心情误以为是爱情；不甘心，不想放手，觉得好像没了对方就活不下去或者活得不好，把这种情绪又当作是真爱，其实都是狗屁。人哪，还不是因为太贪心，什么都想要，到头来什么都得不到。

贪恋别人对自己的好，想永远被人爱着，因为被人全心全意宠爱着的感觉真的太好了。或许，那些不缺爱的人一定很善良吧，没受过太多委屈，整个人都是温柔的、明亮的、发光的。可惜她不是，她只能自己爱自己。

刘小夏又打开他们之间的微信聊天页面，依旧等不来苏莫北的消息。与他的对话还停留在某天晚上的那句："你还在那儿住吗？"

再点开他的头像进到朋友圈，里面躺着他转发的几条为店铺宣传的广告信息，再往回翻，几乎看不到什么跟自己有关的消息。唯一一条关于她的，还没删除，那是她去年冬天来北京时转发的大火腾退通知建立北漂临时收容住所的消息。看到这条转载，让刘小夏在这变态的失落中竟还生出些莫名的喜悦。

然而，他在年初时早已经说过那么绝情又狠心的话，那她在这里故作深情看起来就是痴，是傻，是蠢。

闲下来，她又换了一种思路，想看他有没有更新店铺的官方微博，看他都发了什么，有没有女孩子评论，如果有，还要点开女孩头像看一下；看他有没有新添加关注，关注了谁，是不是女孩子，如果是，也要点开女孩头像看一下。可他仿佛退出了微博一样，已经几个月不发也不转了，是忘记密码了吗？还是，美好的新生活让他不屑在网络世界再浪费一分一秒了？

网络世界也是真的神奇，即便隔着再远的距离，也能凭借一两句话就把两个人拉近在一起，可更多的时候，就算有你有他全部的联系方式，知道他全部的动态，他还是可以离你很远。

这样过了好久，刘小夏一直找不到任何再把话题引出的借口，直到有一天，一位朋友提到有种很不错的软件可以用来做店铺推广。刘小夏第一个想到的，是要不要发给苏莫北看看。她将链接直接扔过去，还未准备好接下来要用怎样的措辞来描述自己只是无意中发现的，以掩饰真实心态，就瞬间收到了回复。这回复速度太快，快到她几乎要哭出来。那段回复是："对方开启了好友验证，你还不是他的好友，请先发送好友验证请求，对方验证通过后才能聊天……"

Chapter 46

只要降低标准，工作不难找

当苏莫北不再成为刘小夏留在北京的一个重要理由，失业就回 D 城本来算是一个最合理的选择，可当真的要离开北京时，她又不舍得了。北京还有无数个新佳人，也有无数个小公司，在翘首企盼等待着刘小夏的加入，她想了半天决定还是再试试。

少了王原野的伯乐眼光加持，刘小夏的第一次北京面试并不算顺利。那是一家大型教育类集团旗下的分公司，公司很看重第一学历和之前的工作背景。面试时，人事总监很不客气地问了刘小夏一个问题："你为什么会选择在三十岁之后来北京，尤其是当自己的能力还够不上主管只能从专员干起的时候？"

北京的面试当然比 D 城的更加残忍。有次，一个产品负责人问她，有没有自己总结出来的一套方法论用于作为知识付费产品的品牌包装。刘小夏勉强回答了一整套流程，面试官只是笑笑，说也不过是个及格水平。其实他们有人选了，只是上面对 HR 有考核指标，如果没有每天约多少个人过来面试，便不算是在认真工作。

连续几次打击之后，刘小夏又懂了：原来在北京，面试有时候只是一种客套和 KPI 考核指标，不要太当真就好。不过，事实上只要是认真想要得到一份工作，降低标准就好。

其实这个道理，和找对象一样。很多大龄剩女之所以天天嚷嚷嫁不出去，多半是因为标准不肯降低，她们要求对方既要有彭于晏的皮囊，又要有高晓松的灵魂，最好还得有马云的财富，那显然是很难有人达到标准的。但是，如果是要高晓松或马云的皮囊，也不那么在意灵魂及财富，就会发现适婚男人其实到处都是。

刘小夏纠结了一周，最终还是在房租面前低头，随意选择了一个小公司。这公司特别新，在上个月才拿到融资，产品线暂时还不是很清晰。老板杜山是比刘小夏也大不了几岁的一个 80 后，之前在体制内的广播界小有名气，也许是年轻气盛受不了一些教条和规则便下了海，摇身一变从情感主播变成了知识付费包装公司的创始人。

说来也巧，之前许子晴在努力打造红人签约 IP 大咖列大名单时，曾经单独邀请过杜山，当时的杜山很礼貌地拒绝了许子晴，理由是什么时候新佳人融资成功了再来找他。如今，刘小夏从新佳人离职出来，让杜山再次坐实了新佳人融资失败的事实，心里竟然莫名有些窃喜，那种喜悦就好像是没有出一兵一卒就赢了一场没有硝烟的战争一般轻松。

刘小夏第一次见到杜山本人，发现杜山比照片上看着更加油腻。也许是常年混迹在演艺圈的缘故，或者是经常要参加录影摄像类工作的原因，不自然的妆容让他看起来更是油光满面，这对于一个男人来说，实在表现得稍微有些用力过猛。他坐在老板椅上看着刘小夏的简历，很好奇地问她：“你在新佳人的时候，有没有绩效指标，就是那个什么 KPI？”

刘小夏当然知道这不是一句普通的问话，杜山的言外之意是告诉她：不管你以前在原来的公司有没有，来到我这儿就必须有。

“没有，我们都是额外发奖金的。”

“对嘛，难怪你会走，这种奖励机制一点都不 OK。我觉得一个懂得如何让员工有期待的老板，就应该设置奖励机制，不然大家干好干坏一个样啊，对不对？这就和国企大锅饭是一个道理了，谁也不肯好好出力。所以我觉得，工作上还是应该多劳多得，工资和实力挂钩，才能更有效地激发员工的工作动力。眼前都没有胡萝卜，谁肯拉车给你，你说是吧，刘小夏？”

刘小夏没有马上回应，她不想做出任何回应。她以为不回应，对方应该也就不会把 KPI 这件事挂在她的身上，毕竟她一直不把自己放进销售部门。

“没什么问题的话，抓紧时间过来上班吧。我们团队现在十分缺人，尤其缺少像你这样有过实操经验的人。相信你也一定很熟悉一系列的配套产品线，刚才你和我们的相关负责人也聊过了吧？我听说他对你负责过的产品也十分看好。总之，我代表公司十分欢迎你早日加入我们的团队。”

说完，他起身伸出了手，在握手之前还刻意擦了一下。这个细节让刘小夏印象深刻，看起来这个未来老板可能有些洁癖。

“最后，有没有想要问我什么的？”

“您是什么星座呢？”刘小夏下意识地想起了当时王原野问过她的问题，他曾说在一起共事，星座其实很重要。起先刘小夏觉得王原野是迷信，星座根本毫无依据。可后来的事实证明，谢菲菲这个处女座老板让她受尽苦难，所以这一次一定要先在心里有个数。

“处女座。”杜山笑起来牙齿微微突出，看起来有点像兔八哥。

“天啊，看起来又要被另一个处女座老板折磨了。好在，杜山是个男人。”刘小夏一边腹诽，一边又自我安慰。她想，就算再怎么处女座，应该也没有比谢菲菲更难对付的老板了，毕竟谢菲菲是个在细节上近乎吹毛求疵的女人。但她只想对了一半，杜山表面上看着是个男人不假，其实他是个同性恋，还是“受”的那一方。

面试是一件劳心费神的事，在不是跳槽旺季的夏天，好的工作机会显然并没有那么多，加上生活费也不宽裕，刘小夏只好硬着头皮选在缴纳社会保险的前一天入职。

杜山公司的办公地点在一栋居民楼里，没有门禁卡的新员工每天进出小区全靠运气，想要进出，只能等待小区内居民路过时顺路跟进去，如果运气不好，少则等上几分钟，多则就是半小时。

这件事，刘小夏在来面试的时候就曾考虑过，心想也许成了正式员工就一定会配备门卡或钥匙。然而她想多了，门卡有限，僧多粥少的环境下，怎么可能把钥匙给刚来公司的她？

而且，因为办公室是在传统的居民楼里，所以偌大的房间也就只有一个卫生间。更不用提午休时间只有短短的一个小时，每天午饭必须掐着时间提早订外卖，否则可能外卖都还没到，午休时间就过去了大半。

吃喝拉撒全部都需要将就，甚至连电脑也要自备，这让刘小夏质疑起自己这次入职的选择到底是不是正确的。中午吃饭时，她仔细打量了这个小公司的员工构成。令人意外的是，杜山的公司规模看着倒是比新佳人大了好多倍，从文案销售到平面设计，再到街头采访视频剪辑一样不少。

显然，从人员配备上看，这个杜山是有野心的，之前说到未来想要做知识付费界的独角兽就可见一斑了。

刘小夏在杜山公司接手的第一个要包装的产品，其实已经上线了一段时间，只是销量不太好。想想也是，一般普通在线知识付费产品的售价顶多也就几块钱，最多也不会超过一杯咖啡的价钱，可他们的第一个产品居然就要上千块，而且完全不想打折，所以上线了一个多月，一单也没卖出去。

杜山在招刘小夏进公司的时候，还曾经着重强调了关于自己的 IP 影响力和粉丝的拥有量。“情感主播盒子的几十万粉丝算什么？你去我微博看看，我杜山的粉丝有 888 万！这个数字几乎要和一个一线当红明星差不多了，甚至比他们还多！”刘小夏对网络数据这类消息向来不是很敏感，但业内不成文的规定是，数据都要靠一些技术手段刷上一刷，尤其是在准备融资前。

对待杜山的数据到底是真还是假这个问题上，刘小夏起初还真没那么上心。可当她得知自己的工资真的要和他们销售部绑在一起的时候，心里还是有些不满，只得想办法先摸清杜山粉丝的群体构成和真正可能会购买的潜在客户到底有多少。在研究了一下午的粉丝数据后，刘小夏有些慌了，原来杜山的微博粉丝还真是买的，且买的数量不少。每条微博阅读量在几百左右，点赞和转发却都是个位！这对于一个粉丝数量几乎快到一千万的超级“大 V”来说，明显是相当不正常的。

Chapter 47

有一种经理叫产品狗

刘小夏在运营部合作最多的一个同事张希希，是个 90 后男生，乍一看他长得有些像《吐槽大会》里的李诞。张希希操着一口流利的东北方言，阐述着他对产品的理解，具体的理念还没怎么说清楚，他那左一句“直道不”、右一句“干哈呢”的乡音，实在让刘小夏不得不笑场。

设计师小苗比刘小夏早来一个月，她以老人的姿态和刘小夏分享了这个办公室的“奇葩”们：

“你看到坐在张希希对面的高个子男生了吗？他老家也是东北的，和张希希组成了一对‘CP’，天天有事没事就‘撒狗粮’。”

刘小夏有些没听懂：“两个大老爷们儿‘秀恩爱’？”

“可不，他俩可是出了名的甜腻组合。”

“是开玩笑，不是真的同性恋吧？”

小苗笑得花枝乱颤：“哈哈哈，这有啥。这么说吧，咱们公司除了那个铁面包公齐总，其他人都……”

“啊？真的？”

“骗你干吗。你不知道吧，其实咱们老板就有点那啥，在招聘的时候直男自然不会入他的法眼。齐总因为是咱们老板的高中同学，例外。”

刘小夏听她这么一说，偷偷打量了一下整个办公室的男的，发现好像还真有那么一点不一样。比起之前心飞扬公司的吕西川，这里的男生单从穿着打扮上都要妖娆好多倍。从心理上，刘小夏并不歧视和排斥同性恋这个群体。只要能够幸福，和什么性别的人在一起又有多重要呢？

刘小夏最怕的其实是和张希希一起开会，每次一轮到张希希发言，他总能将很短的话题拉长到像是吃了炫迈口香糖——根本停不下来。这使得刘小夏不得不想起王原野曾经说过的一句话，语言表达能力和沟通能力最强的人绝对不是文案，有可能是销售，而销售又是最擅长泡妹子的。如果你新到一个公司还没有马上熟悉同事都分别负责什么工作，不用太着急，看他们话多不多，电话多不多。基本上巧舌如簧的人多半逃不开两个职位，要么是销售商务，要么就是产品经理。

很多人觉得销售和产品经理是很容易上手的工作，往往并不需要什么专业背景和工作经验。所以，大部分大学生毕业后刚开始找工作，又不知道怎么给自己定位的时候，最容易选择这两个职位。

而产品经理在互联网公司，这个职位又显得尤其不一样。大多数人在选择产品经理这个职位的时候，内心的潜台词其实是这样的：

测试？

好没前途啊。

助理？

我是博士毕业啊。

商务？

我才不想每天风吹日晒地到处跑客服？我这老虎脾气你试试！

直到他们听说，居然还有个职位叫产品经理……

不用会开发，不用会设计，不要求有经验或任何硬技能，居然还能叫“经理”。不光如此，只要随便在白板上拿笔写写画画，动动嘴皮子，团队的设计、开发都可以听自己的。

你可以毫不费力地瞬间就变成公司业务方向的掌舵人。君不见，有那么多在新闻里出现过的身价过亿的人都自称“产品经理”。

天啊，这个职位简直就是为自己量身定制的！

谁还说不出几个行业趋势啊，反正证明眼光要几年以后嘛！

谁还挑不出几个用户体验问题啊，反正只要吐槽抱怨不用给改进意见！

谁还不会拖几个形状做个交互啊，反正好不好看要等设计出最终效果！

谁还写不出几篇行业分析啊，反正网上这么多评论文章，凑凑就有了！

抱着舍我其谁的心情，去豆瓣搜“产品经理”，居然还有本书叫《人人都是产品经理》，这不就是说自己嘛！于是立刻信心爆棚，甚至那一瞬间感觉到自己的产品能力都暴增数倍。至于买完书连第一章都没看完就睡着了这种小事，丝毫不影响自己的从业信心。

有这么个段子，说校园招聘时凡是不知道该投什么职位的同学，往往投个“产品经理”了事。好奇之下，HR 拉住一个同学问：“你为什么要投产品经理？知道这个职位是做什么的吗？”同学回答得很直率：“其实不太清楚，不过这么多职位，就这一个挂‘经理’衔啊！”

HR 当即在招聘说明上划去“经理”二字，改成了一个“狗”字，再问他：“我们内部都这么叫，现在你还投吗？”

所以，其实真正的产品经理的一天是这样的：

1. 接需求，画原型，写 PRD。

2. 开会，开会，还是开会。

3. 被设计师喷。

4. 被前端喷。

5. 被 RD 喷。

6. 被测试喷。

7. 想去喷运营，结果想了想，需求是老板给的，关运营屁事。

8. 晚上九点半，抬着盒饭去工程师旁边蹲下来，内心骂了他千百遍之后，面带微笑慢慢地说："哥，再给加个功能呗？这次这个真的很简单的。"

刘小夏和张希希按理说应该是对"不共戴天"的冤家，但每次张希希提出什么需求，刘小夏还是尽量像满足甲方爸爸一样地努力满足他。毕竟，这时候她开始理解当年的苏莫北，明白他为什么在当了一阵互联网产品经理后，哪怕工资看着还不错，也还是辞职了。

当初他一定以为自己是一个产品设计师，能够在自己的努力下做出万人瞩目的产品，所有用户都将在他的规划下，听自己差遣。可实际上真正操作起来，他才会发现自己只是个需求翻译机。如果是不喜欢千篇一律、不喜欢日复一日重复性工作、喜欢与人沟通的人，产品经理固然是个不错的选项，然而像苏莫北之前那种性格，成为产品经理就要主动拔掉自己内向自闭的刺，那一定很痛吧？

Chapter 48

凭本事借的钱，为什么要还

葛雄结婚了。

知道这个消息是因为刘小夏的手机坏了，在去手机维修店鼓捣了半天恢复数据后，葛雄的 ID 莫名其妙像诈尸一般出现在了“通讯录推荐添加好友”的位置，而他的微信头像也换成了喜庆的大红色婚纱照，看起来应该新婚不久。

那是一张很传统的中式婚纱照，新娘穿着不太合身的秀禾服，表情看着有点僵硬，反倒是葛雄笑得像个地主家的傻儿子。他的个性签名也改成了“我要用一生一世守护我的女神”这样的话，看着应该对这个女人很满意。

记得当初葛雄还特意跟刘小夏说过，十分羡慕曾经参加过的朋友办的那种纯中式婚礼，连司仪对新郎、新娘的称呼都是“张家公子”“李家小姐”。刘小夏很平淡地回应他：“没什么兴趣。”现在他倒是如愿以偿，当起了骑大马接亲、享洞房花烛的新郎官。他们分手多久了？起码也有一年多了，而这个年代，一年多别说结婚就是孩子都一岁多了也不稀奇。何况葛雄在和刘小夏分手的那一刻，其实早就在外宣布单身好久了。

刘小夏本以为历时四年的感情应该还是很深厚的，毕竟一只猫养久了如果死掉都会令人难过，她也本以为自己看到葛雄结婚的消息会很难受，可没想到真的到了这个时候，心里却是如此麻木。

她明白了，也接受了，那四年他确实不爱她。在那四年里，即使在所谓感情最好的时候，他也从来未在朋友圈里提到过她的名字一次，照片就更没有。后来，他只在想要交水电费的时候才想起来给她打一个电话……

对，她差点忘了。他还没还她钱！

“你大爷的，还我钱！”刘小夏第一次用了这样粗鄙的语言，发了有生以来第一条添加好友的申请。但她知道，即使他看到了也不会理她的。

就算今年过年时，葛雄还曾觍着脸问她要什么敬业福、万能福之类的东西。真是奇葩，可更奇葩的是，她居然还真给他了！葛雄好像接收得心安理得，居然连一句“谢谢”都没有，甚至还不如陌生人。毕竟，在网上即使是互不相干的陌生人，遇到了这样的事也会在留言的帖子里写上一句“好人一生平安”的。

葛雄看到刘小夏的好友申请时正在开车，起先他以为自己看错了。刘小夏居然去了北京？！她果然还是去了北京。这个女人活得太自我，又太自以为是。

“还钱？我当年凭本事借来的钱，为什么要还你？”

葛雄当年在感情进入寡淡期时，就已经做好了不会和刘小夏在一起的准备，身边的朋友也都十分不看好他们两个人。

“这个女人太自私！”这是葛雄的姐姐对刘小夏的唯一评价，“不信你问她借点钱试试？她一准儿不会借给你。”

葛雄谎称自己在外投资了项目，资金周转不开，又旁敲侧击地问刘小夏家里的房本有没有她的名字，可不可以拿去抵押。果然，刘小夏很正面又干脆地拒绝了他。

“如果没有这笔钱，我有可能进监狱！我不想进监狱啊！”

“如果你真进监狱了，我去给你送饭。”

“你真的连几万块钱都拿不出来？”

“没钱。有钱也不能拿给你挥霍。你之前那个不靠谱的朋友又搞传销又搞诈骗的，谁知道这一次你和我说的是不是还是因他而起的项目？”

后来的一段时间，葛雄陆陆续续问了刘小夏几次，刘小夏实在扛不住也就借了几次，虽然每一次都不太多，但积少成多，累计数目也很可观了。

葛雄在分手后没有再提起这笔钱，刘小夏却一直天真地以为如果他真的有钱了，也许就会想到要还她。但事实证明，她真的太天真。

所以，当她被苏莫北问起为什么来到北京这件事时，用了一个她要来北京赚钱还债的理由。与其说是赚钱还债，不如说是狠下心来要自己牢牢记住这个教训。

这一刻，她想起的不是葛雄那些阴阳怪气讽刺她赚不到钱只能啃老的话，却是她和苏莫北说起葛雄欠钱时他从后面抱住她的温柔。那时候的他们也确实都没什么钱，能给的只是一个拥抱的安慰罢了。

现在的刘小夏，终于可以不用被嘲笑只能啃老了。她没想到葛雄结婚的事不仅没能令她难过，反倒是加速了她不想在杜山公司干下去的决心。

“既然来了北京，就要为所欲为！”

很多电影和电视剧总是可以用一次转场特效以及“几年后”或者“几个月后”这样的字眼，云淡风轻地将过去都一笔带过。可身在其中的人，又能有几个可以这样笑着看淡生活中所遇到的所有烦恼？

两个月后的刘小夏从一家传说中几乎和国企一样稳定的单位离职。当初的她也曾过五关斩六将，一路熬过好几轮笔试、面试、复试，还曾被霸王条款似的一签就是五年的合同吓了一跳，以为就此可以稳定地扎根在北京了。

可惜那家单位是典型的“没有国企的命，却有国企的病”。凡是女人太多的单位都绝对不能算是个好单位，而女人太多的所谓的“国企”每天的日常除了工作，几乎是时刻上演《宫心计》。这对刘小夏这种在《甄嬛传》里活不过三集的人来说，就是一种折磨。

慢慢地，她开始发现同事随时抛出的一句话都别有深意，更不用说可以刷存在感的小组讨论会。在这里，老板不能叫老板，应该叫领导了。而凡是领导能够参加的小组讨论会，办公室里的每个人都有种本能——像妃子争宠般拼命去拍领导的马屁。更不用说，虽然表面上规定朝九晚五，但只要领导不想让你下班，下班前轻轻的一句“咱们开个会吧”，就可以让你饿着肚子从天亮开会到天黑。

有天，领导在开会时发火了，说：“为什么有些同志总是掐着点儿下班，严重证明你们的工作不饱和。”领导说这句话的时候特意看着刘小夏，刘小夏头也不抬假装看手机。领导敲了几下桌子，又继续啰唆了半个小时……

开会多、工作任务多、屁事多，就这样被折磨了两个月，满打满算怎么都还未过试用期，刘小夏就忍不住递上了辞职信。这时候领导反倒是意外了：“明明干得好好的，为什么要走？我们这里可真的很稳定啊！我是诚心诚意地希望你留下来。”然而领导的“诚心诚意”里始终没有提涨工资的事。

纵然北京的公司多、机会多，可没想到陷阱更多。一个月里，刘小夏面试了几十家单位，也几乎跑遍了整个北京城，冷静之后，她想，难道就这样浮浮沉沉以三个月不到就离职的速度继续换下去吗？三十一岁的她又一次站在了十字路口，只是这一次她是真的想要换一种活法了。

Chapter 49

都想爱北京，可是你有资格吗

一个月后，刘小夏在一个同行推荐的公众号里看到了署名苏楚杰的文章。倒也没费太多工夫，她找到了苏楚杰的联系方式，对方很快点了通过。

“好久不见……”先开口的倒是苏楚杰，这让刘小夏有些意外。她本来加了他也只是因为好奇，好奇现在的站长又在做什么。她也有些愧疚，为她后来几乎再也没怎么光顾他的网站而愧疚。离开政府机关后，她慢慢就离开了原来的圈子，也脱离了苏楚杰曾经建立的那个小团体。然而，苏楚杰好像也并不太在意，他热情地打了招呼，知道刘小夏在北京工作甚至还有点惊喜。

“我弟弟莫北也在北京，有空可以找他玩。”

“嗯，是吧，我知道他也在北京。”刘小夏有些尴尬，她暂时还不想让苏楚杰知道，其实他们已经不是微信好友的事实，更不想让苏楚杰知道，其实是他口中那踏实勤劳肯干的弟弟嫌她太烦，主动把她删了。

“他有女朋友了吧？我还是避嫌的好。”

“怎么可能！他平时忙得有时候连饭都顾不得吃，哪里有时间找女朋友。”

看到这句话，刘小夏有些意外，但很快就想到也许这兄弟俩也好久没有联系了，再加上苏莫北那种怪脾气，就算有了女朋友也不见得主动和哥哥讲。

“孩子大了，哪能什么都和你说？你们也很久没有联系过了吧？”

“不会啊，我们上周才打过电话，基本上都会固定联系的，上次还无意中提到你呢。”

“提到我什么？”

“我觉得他还是一直很崇拜你的，从前是，现在也是。你要是还没男朋友，不嫌弃他的话，或许你们两个很合适。莫北这孩子能吃苦，又有创业精神，将来过得不会差。”

“这倒是，苏莫北长大了，有自己的主意了，他以后一定会越来越好的。不像我，已经老了……”

“说什么呢，我看你也不算大，没事你们两个多联系多沟通嘛。”苏楚杰的意思已经很明显，他显然希望刘小夏能够继续将这个话题聊下去。

“你又说笑了，我都多大了，这个年纪在老家，孩子怕是都该要上小学了。”

“哎，你们大城市结婚都晚嘛。反正，不管怎么样，不能耽误了成家的大事啊。好好在北京混，别急着回去，混好了别忘了给我弟弟介绍个对象。当然，你把你自己介绍给他也行。”苏楚杰的话让刘小夏心里有点波动，她不知道该怎样装傻下去，只好沉默。

“对了，我们现在也开始做公众号了，虽然没那么多时间去打理。

你要是愿意，还可以指点一二。”

“什么时候的事？”

“去年吧，还是有些舍不得从前那些老朋友，还有咱们以前网站的那些忠实粉丝，真要是全都放下了还是有点可惜的。你也知道，我弟弟是个能吃苦的小孩儿，平时忙着自己的生意，还要没事和我想想这个公众号怎么经营，他遇到什么事都爱自己扛，平时确实忙到顾不得自己。”

听完这些话，刘小夏才真的懂了当初苏莫北在电话里和她说的“没资格”是什么意思。

经过了在北京反反复复面试、换工作的刘小夏，越是被虐得惨，就越不想放弃。她一想起去年冬天在回龙观东大街，那段睡在几乎看不到阳光的小黑屋里的日子，就觉得一切还是会好起来。

至少经过一年，刘小夏已经不用再睡小黑屋了，即使不急着上班也会有一两份兼职，也能把自己养活了。也许是她以前日日上班，也没顾得上注意左邻右舍的作息安排和生活细节，暂时成了“家里蹲”才发现，同处一个屋檐下的“邻居们”奇葩起来让人心烦。

对面屋子的情侣不分昼夜地唱歌跳舞，尤其那个女生，激动了就会大喊几嗓子，冷不丁来几声尖叫就能让人睡意全无。房东不知何时在客厅和厨房中间的空隙隔出了一个房间，又住进来了一对小情侣，这让本来就拥挤不堪的房间显得更小更乱。那对情侣中的女孩儿也不是省油的灯，平时和刘小夏一样待在家中深居简出，在隔音很差的条件下讲电话，和男友抱怨卫生间很脏，马桶上有不明来源的屎状物，纸篓永远堆到卫生纸快要溢出也无人清理，更恶心的是，她居然指桑骂槐地说搞脏卫生间环境的人肯定是刘小夏。一只“单身狗”如何同时应对两对情侣？面对打不赢的战役唯有逃跑才是上策。

为了节约生活成本，她在网上看到了一则低价转让的租房消息，二话不说就搬了家。不知道是不是巧合，那地方居然离苏莫北的家直线距离只有七百米。

刚搬完家，刘小夏就在朋友圈晒起了新家照片。程潇刚哄睡了孩子，就拨来了视频：

“喂，你这就有点刻意的意思了啊。说，你是不是贼心不死，北京那么大你搬到哪儿去不好，非要给自己添堵。你就不怕自己哪天出门撞见他？就算看不到，你每天来来回回经过当初你俩分别的车站，心里就一点不难受？”

“北京那么大，想遇到一个人太难了。在钱的面前，这点难受算什么？没饭吃的难受才是真的难受。”

“说真的，去北京后悔了没？”

“没有。”

“又逞强了不是？在别人那儿装装得了，怎么还在我这儿装？”

“还真不是装，我发现我好像真的爱上北京了。”

“哈哈，北京是大众情人，谁都想爱它。可问题是，你有资格爱它吗？”

“现在是没资格，那就死皮赖脸地先扛一阵呗。北京它可以不爱我，但我爱北京是我一个人的事儿。”

“你这么说，我还真就没法劝你了。要是你真的打算一辈子不结婚，能死扛着在北京也行，啥时候累了再回家。其实我回老家不到一年就后悔了，要不是孩子小，还想回来。”

“回来干吗？还跟我一样睡合租房，吃方便面，挤地铁？”

“那又怎么了？我现在特羡慕你，哪怕是吃方便面也香，你可是有梦想的人啊！这年头，有梦想的人珍贵得就像濒临灭绝的保护动物。”

“少跟我这儿贫，我还不知道你咋想的？你肯定觉得我一个三十多岁的人，还好意思顶着个追梦的头衔，像一只困在玻璃瓶子里的苍蝇傻乎乎地到处乱撞，简直蠢死了。”

“刘小夏，你听着，就算外面有一百个人说你蠢，你也不能觉得自己蠢。在北京没有一个动力支撑下去就太可怕了。我作为一个过来人必须提醒你，不管你遇到再大的挫折，必须得找到一个能让你坚持下去的动力。不瞒你说，我个人觉得，苏莫北最开始也许是你在北京的一个动力，但你来北京的这一年你俩连个面都没见过，显然他那是下决心逼你回老家。越是这样你越不能灰啊，你得用事实证明你不是因为他来北京的。”

“喂，你怎么又和我提他？还有完没完了。”

“激将法懂不懂？我还指望孩子大一点就重新杀回北京，等着你罩我呢！”

“老老实实在家待着吧，你要是有那么一天，你家老王第一个不答应。”

“他敢不答应？那我就和他离婚！”

“行啦，你也赶紧睡吧，好不容易有点睡觉的时间，不能拿来在我这儿浪费。”

“你说起睡觉我就来气，我现在这还能叫睡觉吗？这叫粉碎性骨折，不对叫破碎性睡眠。”

“那你还不快点睡。”

“这不是怕你一个人跨年感到空虚寂寞冷吗？”

“我一点也不寂寞空虚冷。新家暖气热得要死，想吃雪糕！”

“话说在北京也一年多了，就没一个人能陪你跨个年？”

“有是有的，但是谁又真能陪着你跨年呢？”

这时候，刘小夏想到了刚来北京时接待她的聂芹芹，如今已经拿着前夫给的钱回老家生活了。还有后来那些在北京帮助过她，又悄无声息、不知不觉消失在人海的人，想起他们，还真有些伤感。

关越越新婚燕尔，正在家和老公甜甜蜜蜜；林雨和男朋友去了玉龙雪山；王原野在上海继续玩他的网球俱乐部；新佳人的老总谢非非早就把她删除了；第一次一个人在北京租房时劝她不如早点回去的小谭，也早就离职回老家结婚去了。或许，北京注定是一个让人适应聚散离别并学会把分离看淡的城市。

放下电话，刘小夏望着窗外红色的车流，高架上堵得水泄不通，也不知道那些车里又有多少年轻人是刚刚来到北京的。

就这样，又一年要过去了。

“如果有电视就好了啊，在旁边开着，还能够造成一种熙熙攘攘、热闹非凡的假象。”刘小夏拿出了 iPad，摁下了播放键。

那是日剧《追忆潸然》，讲的是一群小城市青年离开家乡亲人，到大城市工作打拼的故事。他们大多生活在东京的底层，做着最卑微的工作，忍受大都市人的冷漠，受尽职场小人的欺负，日复一日做着辛苦却看不见未来的工作，却仍不愿回到家乡。为什么？一部分原因是家乡交际圈狭窄，居民观念落后，还有一部分原因是，家乡是一个在东京混得好的人才有脸回去的地方。

Chapter 50

好的选择，是去过自己想要的生活

刘小夏不知道，在她正感慨时光飞逝的当下，几百米外的苏莫北在整理准备离开北京的行李，房间一片狼藉。

一个月前，他曾打过一个电话给刘小夏，想在离开北京前对她说一句对不起。他发现，即使同在一个城市，如果没有预谋，也是根本不会见到的。

那是个雨天，雨滴落下的声音几乎要覆盖他的声音，听到她说“你不要忘记初心”时，他有些苦涩地笑了。

“到底什么是初心？我当年还想当个天文学家呢！可我现在是什么？”

“为什么北京把你变成这样？”

“这和北京没有关系，也许我本来就这样。”

“你要坚持住啊！你真的不能忘记初心。”

“我可能就没有过初心。”

“你不能这样，不可以自暴自弃。”

“我本来也不是你想的那样，我就是个自暴自弃的人。所以，你赶紧把我忘了吧。”苏莫北不想再多说什么，他知道这时候再说什么其实也没更多的意义了。

他曾经想过要不要去刘小夏的家看看，和她正式告个别，可想想他们不是早就告别过了？没完没了的告别多没劲，他不想让她觉得自己好像还念念不忘似的。

这一刻他觉得自己是真的没有资格爱北京了，不过也许可以让她恨他。

“我以后还能给你打电话吗？”

“有时间就会接，没有就不会接。”

“我们还算朋友吗？”

“你觉得是就是，你觉得不是就不是。当然，最好不是。”

“所以，其实我就算给你打电话，你也不会接，对不对？”

“我也不知道，如果我在和朋友吃饭，如果我在和女朋友看电影，那我就不会接。谁能预测还未发生的事呢？所以这个问题我没法回答。”

“好吧，我应该不会再打扰你了，只希望你会好好的。”

“我应该不会换号码的，除非哪天我死了。”苏莫北在自己说出这句话后心里也一惊，究竟，他还是有些舍不得。

他知道，就算刘小夏不来北京，他也不会就轻易忘记这座城市。

和S大的四年不同，在北京的四年，他彻底感受到这个城市在潜移默化中带给他的一切。终究他还是和曾经那些一起长大的小镇青年不同了，他甚至觉得自己已经无法忍受马上回到老家，即使北京无法再让他开心，他也不要就那么灰头土脸地回家。

在北京的那些日子，他觉得生活在不知不觉中抽过他几个巴掌，随着时间的流逝，他的生活并没有变得更好，房租却越来越高。四年了，他依旧要吃十元一碗的素面，住在这座繁华都市的边缘地带。

他知道，他其实没有忘记，那些骑着电动车进货时跑过的每一条路，那些新产品上线后反复调试等待客户回馈的崩溃，那些不停地从零到一无功而返的徒劳，那些为了“双十一”“双十二”熬过的通宵，那些被差评和投诉折磨到心烦的日子。

但刘小夏说得没错，他或许早在某一时刻就忘记初心了，他是什么时候想着要离开北京的呢？是从第一次辞职的时候开始的吗？是从接到老家的朋友给孩子办满月酒的电话开始的吗？是从那场大火把快递搞到一团糟，生意完全停止的时候吗？是从知道刘小夏要来北京的那一刻开始的吗？他其实自己也不知道，很多时候，做一个决定根本用不了多少时间。

总之，这一次他是真的下定决心要离开了，他没想到真要离开的这一刻内心如此平静。离这个月结束还有三天，不对，是离这一年结束还有三天。行李陆续寄走了，其余带不走的就地低价处理掉。

他终于把当初劝刘小夏的那些话送给了自己，原地耗着只能是浪费时间。从他下决心和刘小夏说想要结束的那一刻起，其实结局已经注定了。

他早已不是刘小夏眼中那个可爱的小卷毛，他是网友月儿心中的帅店主和北哥。和月儿聊天的时候，他总是会想起当年刘小夏和他说的话：“等你长大以后就懂了，要珍惜你人生中的每一天啊，因为现在的每一天都是往后人生中最年轻的一天。”青春真好，可以挥霍，可以为所欲为，可以只要今天不要明天。他开始羡慕月儿拥有的青春，这一刻，他发现自己好像也没有青春了。他的一部分青春早已不知不觉献给了这座城市。

而他最后能说的也不过只是一句，北京再见。

最后再看一眼西二旗的人潮汹涌，看一眼北五环高架上的车来车往，看一眼火车站那些拥抱着相互告别的有情人。

再见。他在心底和这座城市告了别。再见，他犹豫了片刻删除了她的号码。

从头来过啊，重新开始，但愿她也是。毕竟有时候，告别意味着另一段新的开始。

坐上货车连夜赶往新的城市，他的鼻子被零下十几摄氏度的气温冻出了一个包，就在车子启动前的那一刻，他问自己，对于北京这座城市，以后的以后，还想回来吗？他知道，如果有机会，他还想回来。只是，他不知道那个机会又将会在什么时候到来。他却始终相信，好的选择，其实是过自己想要的生活。这一次离开北京，他觉得他好像离自己想要的生活更近了。那么，这也就是目前最好的一个选择。

尾 声

五年后。

依旧是庸常平淡的一天，北京地铁站依旧人流如织，好像确实比五年前的人少了一些。可刘小夏还是被前面的人推了一下，只能侧过来站在了地铁广告液晶屏的位置。

从前，她是很少去注意这种液晶屏里播放什么的，不过这五年她正有意识地尽量减少自己使用手机的时间，她发现脱离了手机后工作效率确实提升很快，也更容易发现生活里其他的美好了。这就好比上厕所时你什么都没拿，无聊到连身边随便什么东西上的说明书都可以看上半天。

液晶屏里在播放着一个街头采访，主持人追着问路人："你会在家吃完早饭再上班吗？"好多人都摇头。

这就是北京，一个没有生活只有工作的城市。果然这么多年来，地铁视频的质量依旧没有多大的改善和提升。

这时候刘小夏的电话响了，是助理打来的。她马上调高了声音，里面却断断续续地听不清。

“老板，最近好像有个很火的产品……品牌故事……我们要不要……”

“什么？喂？听不清，你发消息跟我说。”

“你在哪里啊？”

“我在地铁上，信号不好。”

“那正好啊，你赶紧看一下地铁里的视频。”

“我正在看，没什么特别的，不就是一个什么无聊的街头采访吗？”

“这个公司的商务来问我们广告位报价了，他们说很喜欢咱们公司的软文风格，我听说这个产品的品牌故事也挺好的，好像从前是一个什么创业公司起家的，中间故事曲折动人，根本不用我们特别费太多心思改编就能发稿了。”

“那人家都有现成的故事情节了，还要咱们干什么？”刘小夏一边心不在焉地继续看着地铁视频，一边回道。

“可是我觉得那个公司的商务好帅啊！”

“你又花痴了，行吧，那你看着接下来就好了。”

“老板，其实也不完全是因为他们公司商务长得帅，我就觉得他们公司给人的整体感觉都挺积极向上的，他们的老板应该也挺靠谱，值得咱们接。”

“哦，公司叫什么啊？”

“……”

关键时刻就听不清了，看来又该换手机了。

刘小夏把手机放进包里，并没有马上把头抬起来，她的视线落在了一个很漂亮的小姑娘身上。那孩子手里抓着一块糖，对她正甜甜地笑着。

地铁视频还在继续播放着，说得好像是一个品牌的初心：

“很多年前我也曾经是北漂上班族的一员，那时候每天都睡眠不足，别说吃早饭了，就是起床都困难，完全没有幸福感可言。”

“所以，从那时起您就想着要做这个产品了，是吗？”

“也不是，我想的第一件事肯定不是要做什么产品，而是辞职，我再也不要这么没有幸福感地活下去了。当初也是歪打正着吧，反正我觉得喜欢一件事就要努力去做好它，那么为它怎么付出都不为过。我也希望每个在北京上班的人都能够对自己好一点，好好吃饭，过自己想要的生活。”

“那您觉得，这么多年您到底是靠什么发展出了属于自己的这个小众品牌的道路呢？”

“还是坚持初心吧，我记得很久之前有一个朋友曾经对我说，无论在哪里，无论遇到什么，都要记得最开始想要做的事。”

“那您现在有什么想对她说的吗？”

“也没什么吧，就希望她也能坚持住初心，好好吃饭，有正常的作息，有健康的身体，过自己最想要的生活！”

刘小夏慢慢抬起头，看到了现在的他。

岁月啊，终究对所有人都下手了。她轻叹，原来时间面前人人平等，甚至说不够平等，就算她原谅了从前的一切，岁月却没有饶过那个少年。

原来，他们的再次相遇还可以用这样一种方式，而就在见到的这一刻，她心中像是在短时内涌起了一场海啸，表情却始终是淡定的，没有人知道她和他又有过怎样的经历，曾经在这座城市经历了什么。

小屏幕里的苏莫北冲着镜头腼腆地笑着，那笑容让她找到了些曾经那个少年的影子。

这时候，换乘站上来了两三个大学生模样的年轻人，他们拖着箱子背着书包，眼神里闪烁着让人羡慕的光，又给这座城市带来了新的希望与力量。

一年又一年，一波又一波年轻的人们满怀希望地钻进这座城市如织的人海，也许几年后，少数人留下来，更多人选择离开。留下的人可能会在某个午夜梦醒的时分不知自己身在何地，为何留在了这里。

离开的人也可能抱着在这座城市留下的缺憾和回忆，一边感慨，一边怀念：在自己年轻的时候，也曾在一座城市留下过痕迹。虽然最终并未出人头地，却让人终于敢于承认自己只是平庸大众中的一员，接受此后平静的生活。

“老板，今晚可能你得加个班。”

“为什么又加班？”

“你不要才当了几天老板就想着要当甩手掌柜啊，什么事都让我一个人拿主意，我也很累好不好。比如我刚才和你说的那个甲方，他们商务倒是挺好说话的，可他们老板却冷冰冰的，根本不像我想象中的那样。”助理在微信里一副撒娇的语气，让刘小夏有些为难。

“可是我已经准备要回家了啊。”

“那就再回来嘛，我在公司等着你。”

“知道了，催催催。我怎么有种错觉，觉得你才是我的老板。”

这样一来一去，她发现自己坐过站了，再出站时刚好撞上了夕阳，那颜色美得让她忍不住站在原地又多看了一会儿。

不论如何，继续加油啊，小满。

她在心底默默地说。

青梅

修改于 2019.3.20 北京朱辛庄